河出文庫

鉄の時代

J・M・クッツェー
くぼたのぞみ 訳

河出書房新社

鉄の時代　目次

鉄の時代

V・H・M・C（1904〜1985）
Z・C（1912〜1988）
N・G・C（1966〜1989）
に捧げる。

第1部

ガレージのわきに細い通路があるのを、おぼえているかしら、あなたがときどき友だちと遊んでいたところ。いまでは使われることもなく、さびれ、荒れ果て、吹きだまった枯れ葉がうずたかく積もり、朽ちている。

昨日、この通路のいちばん奥に、段ボール箱とビニールシートでできた家があるのを見つけたの。なかで男が、通りから来たとわかる男が、身をまるめていた――背が高く、痩せこけて、雨風にさらされた皮膚に、長い虫歯の犬歯、ぶかぶかの灰色のスーツを着て、縁のほつれた帽子をかぶっていた。その帽子をかぶったまま、縁を耳の下に折り込むようにして寝ていた。浮浪者よ。ミル通りの駐車場をうろつく浮浪者のひとり、買い物客に金をねだり、立体交差の高架の下で酒をあおり、ゴミ入れをあさって食べる浮浪者。雨の多い八月はホームレスにとって最悪の月、そんなホームレスのひとり。両脚をマリオネットのように外に突き出し、箱のなかで、あんぐりと口をあけて眠っている。まとわりつく、芳香とはおよそいいがたい臭気――尿、あまったるいワイン、黴臭い服、ほかの臭いも。不潔。

　立ったまましばらく彼をじっと見おろしていた。じっと見ながら臭いを嗅いでいた。訪問者、よりによってこんな日に、わたしのところに舞い込んできた客。

　サイフレット医師から知らされた日だった。知らせは良いものではなかったけれど、それは、わたしのもの、わたしのための、わたしだけのもので、拒むわけにはいかなかった。両腕で抱きあげ、この胸にたたんで、家にもち帰るものだった。首を横にふったり、涙を流したりせずに。「先生、どうもありがとうございました。率直にお話しくださって」とわたしはいった。すると医師は「できるかぎりのことはします。いっしょに取り組みましょう」といった。でも、同志をよそおう表情の裏で、彼がすでに退却を始めたのがわかった。逃げろ（ソーヴ・キ・プ）。献身の義務を負う相手は生きている者であって、死にゆく者ではないのだ。

　震えがきたのは、車を降りたときだ。ガレージのドアを閉めるころには全身におよび、それを鎮めるために、歯をくいしばり、ハンドバッグを固く握り直さねばならなかった。箱が見えたのは、男が見えたのは、そのときだ。

「ここでなにしてるの？」問いただす自分の声のなかに、苛立ち（いらだ）が混じっているのがわかったけれど、抑えなかった。「ここはだめ、出ていって」

　男はぴくりともせずに、彼のシェルターのなかで横になったまま、目をあげて、冬物のストッキング、青いコート、スカートと舐（な）めるように見ていった。いつもおかしな具合に垂れてしまうスカート、頭皮ぎりぎりまで刈り込んだ灰色の髪、ピンクで、赤ん坊みたいな、老女の頭皮。

　やがて男は両脚を引き寄せて、ゆっくりと起きあがった。なにもいわずにこちらに背を向け、黒いビニールを振って広げ、半分に折り、四つに折り、八つに折りたたんだ。バッグ（〈エア・カナダ〉と書いてある）を取り出しジッパーを閉めた。わたしはわきに立っていた。男は箱、空き瓶、尿の臭いをあとに残して、わたしのかたわらを通り過ぎた。ズボンがずり落ちると、それを引きあげた。立ち去るまでしっかり見届けようとしたわたしの耳に、生け垣の向こう側からビニールを押し込む音が聞こえてきた。

　わずか一時間のあいだに、ふたつも——長いあいだ強く怖れてきた知らせと、この偵察。これはまた別の告知だ。腐肉を喰らう鳥のなかでも真っ先に駆けつけるやつ、敏速で、絶対に的をはずさない。あとどれくらい、やつらをかわせるだろう。ケープタウンの禿鷲たち、その数たるや、衰え知らずだ。剝き出しの手足で寒さを感じない。屋外で寝て病むこともない。飢えても餓死はしない。暖は内部からアルコールでとる。接触などで感染した血液内の病原体は、液状の炎によって消滅。饗宴が終わればクリーニング完了、というわけだ。蠅たち、乾いた翅に、濁った目をして、慈悲のかけらもない。わたしの相続人たち。

　なんてのろのろと、からっぽのこの家にわたしは入っていったことか！　ひと足ごとの響きはすぐにかき消え、足裏が床板を踏みしめる歩調は鈍く、生気がない。あなたがここにいてくれたらどんなにいいか、わたしを抱いて、慰めてくれたら！　抱擁の本当の意味が、やっと理解できるようになってきたわ。わたしたちは抱きしめられるために、抱きしめるのよ。自分の子どもを抱きしめるのは、未来という腕のなかに抱きかかえられるため、死を越えた向こう側へ自分を手渡すため、運んでもらうためよ。あなたを抱きしめたのは、いつだって、そういうことだった。わたしたちが子どもを産むのは、子どもから母親のように世話をしてもらうためなの。耳の痛いことだけれど、それは真実、母親の真実なの――いまから最期のときまで、あなたがわたしから聞くのはすべてそのこと。そう、どれほどあなたが恋しいか！　学校のある日に毎朝やったように、二階にあがってあなたの部屋へ行き、あなたのベッドに腰をおろして、あなたの髪をこの指で梳きながら、耳元に「さあ、起きる時間よ！」とささやくことができたら、どんなにいいか。そして、こっちを向いたあなたの、甘酸っぱい息をした、血の通った温かい身体をこの腕に抱いて「ママにビッグ・ハグをあげる」とわたしたちが呼んでいたことをする。その秘かな意味は、決して口にされることはなかったけれど、それは、ママが悲しむことはないのよ、なぜならママは死なずに、あなたのなかで生きつづけるのだから、ということだった。

　生きる！　あなたはわたしの生命。わたしは生命そのものを愛するように、あなたを愛している。朝になると家の外に出て、指を湿らせて風にかざす。北西の方角が冷たくなったら、それはあなたがいる場所からだから、わたしは長いこと立ったまま、鼻をひくひくさせる。一万マイルの陸と海を越えて、あなたの耳の後ろに、首のくぼみに、いまも残っている甘酸っぱい匂いが、ここまで届かないかと五感を集中させる。

今日から、わたしに課された仕事、それはまず、わたしの死をだれかと分かち合いたい渇望にあらがうこと。あなたを愛しながら、生命を愛しながら、生きているものたちを許して、恨まずに立ち去ること。死を自分のものとして抱擁すること、わたしだけのものとして。

では、これはだれに向かって書いているのかしら。答えは——あなた、ではあるけれど、あなたではない。わたしに向かって、わたしのなかのあなたに向かってなの。

午後いっぱい、つとめて忙しく立ち働いた。抽き出しを整理したり、書類を分類したり捨てたり。夕暮れにふたたび外へ出た。ガレージの後ろに、また例のシェルターができあがっていて、うえから黒いビニールがぴんと張られていた。なかに男が、脚をまるめて寝ていた。かたわらで犬が耳をそばだて、尾っぽをふっていた。コリーだ。まだ若く、仔犬よりはやや大きく、黒地に白斑が浮いている。

「火はだめよ」とわたし。「わかった? 火は焚かないで、面倒はごめんよ」

男は起きあがり、剥き出しのくるぶしを揉みながら、自分がどこにいるか、さもわからないといったふうに、あたりを見まわした。馬面の、風雨にされされた顔、酒で目のまわりがむくんでいる。奇妙な緑色の目——不健康な。

「なにか食べるものが欲しい?」

男は台所までわたしのあとから、犬を後ろに従えてやってきて、わたしがサンドイッチをつくってやるあいだ、待っていた。ところが、ひとかじりすると、嚙むのを忘れたように、口いっぱいにほおばったまま、戸口の柱にもたれて立っている。そのうつろな緑色の目に光が射し込み、犬は鼻を鳴らし、あまえて鳴いた。もどかしくなったわたしは「片づけものをしなければならないから」といって男の鼻先でドアを閉めようとした。不平もいわずに男は立ち去ったけれど、角を曲がる前にサンドイッチは放り投げられ、すかさず犬が飛びつくところをしっかり見てしまった。

あなたがいたころは、これほど大勢のホームレスはいなかった。でもいまは、彼らはここの生活の一部になっている。彼らがわたしを脅すかって？　おおまかにいって、それはないわね。少しの物乞い、少しの盗み。不潔、雑音、酒浸り。そんなところ。わたしが怖れるのは、ぶらぶらしている連中のほう、むっつりと口を引き結んだ、鮫のように貪欲な少年たち。初めての獄舎の陰が、彼らのうえに早々と忍び寄っている、そんな少年たちよ。子ども時代をあざ笑う子どもたち。新鮮な驚きに満ちた時期なのに、魂が成長する時期なのに。その魂が、新鮮な驚きをとらえる器官が、成長を妨げられて石のように硬化した子どもたち。そして大いなる分割線の片側では、こちらもまた魂の成長を妨げられた白い従兄弟たちが、くるくるとスピンしながら、よりきつく、さらにきつく、眠気をさそう繭のなかに自分を紡ぎ込んでいく。水泳のレッスン、乗馬のレッスン、バレエのレッスン。芝生のうえのクリケット。ブルドッグに護られ、高い塀に囲われた庭内ですごす生活。楽園の子どもたち、金髪で、無邪気で、天使のようなまぶしい光を放ち、プットたち[*1]のようにやわらか。この子たちの住居は生まれなかった者たちのリンボで、その無邪気さは蜜蜂(みつばち)の幼虫の無邪気さ、ぷりぷり太って、白くて、蜜にとっぷりと浸って、やわらかな皮膚から甘味を吸いあげている。まどろむようなその魂は、至福に満ちて、周囲でなにが起きているかわからない。

なぜこの男に食べ物をあたえるのかって？　そのわけは、彼の犬（きっと盗んできたのだ）が餌をねだりにきたら、あたえるのとおなじこと。あなたにこの胸からお乳を飲ませたのもおなじ。あたえられるほど十分に満ちたら、その満ちたものからあたえること——これ以上深い衝動があるかしら。老いた者たちだって、その萎(しな)びた身体から、最後のひとしずくを絞り出そうとするものなの。あたえよう、滋養をあたえようという頑固な意志ね。わたしの胸を選んで最初の矢を射た死神の狙いは、まことに抜け目がなかった。

今朝、珈琲(コーヒー)を持っていくと、男が排水溝に放尿していた。その動作には恥じらいの片鱗もなかった。

「仕事は欲しくない？　できることはたくさんあるわよ」

男はなにもいわなかったが、珈琲は飲んだ。両手でマグを抱えて。

「自分の人生をむだにして。もう子どもじゃないんだし。どうしてこんなふうに暮らせるの？　どうしてなにもせずに一日中ごろごろしていられるの？　わたしにはわからないわ」

それは本当――わたしにはわからない。倦怠、破滅を歓迎する、なげやりな態度を目の当たりにすると、わたしのなかで不快感がかきたてられる。

男はぎょっとなることをした。まっすぐに、初めてわたしを直視して、ぺっと唾を吐いたのだ。ねっとりと、黄色い、珈琲の茶色い筋を含んだ唾の塊を、わたしの足もとのコンクリートのうえに。それからマグをわたしに突き返し、ぶらりと歩み去った。

ものそれ自体だ、そう考えると身震いが起きた。わたしたちのあいだに登場した、ものそれ自体。唾はわたしに、ではなく、わたしの目の前に吐かれた。わたしがそれを見て、調べて、それについて考えることができるように。彼のことば、彼なりのことば、その口から吐き出され、彼を離れた瞬間は温もりのあったことば。紛れもない、ひとつのことば、言語以前の言語に属するもの。最初は眼差し、それから唾を吐くこと。どんな眼差しかって？　敬意のかけらもない眼差しよ。ひとりの男からの、男の母親ほどの老齢の女へ向けられた眼差し。ほら――おまえの珈琲だ、持っていけ。

昨夜、男は通路で寝なかった。箱も消えていた。それでも、あちこち探すと、薪小屋のなかに〈エア・カナダ〉のバッグが見つかった。ぞんざいに集められた廃材や薪の山のなかに、男が引っかきまわして掘った跡もあった。ということは男は帰ってくるつもりなのだ。

＊1　ルネサンス期の装飾的絵画に描かれた、裸の子どもの像。

すでに六ページ。あなたが会ったことのない、会うこともない男のことばかり。なぜあの男のことを書くのかって？　それは彼がわたしであって、わたしではないから。男がわたしに投げかけた眼差しのなかに、自分自身を見てしまったから、書き出せばこうなるといった自分を見てしまったからよ。でなければ、こんな書きものはたんなる愚痴のようなものになってしまう、昂(たかぶ)ってみたり、沈んでみたり、でしょ？　あの男のことを書いているとき、わたしは自分のことを書いている。男の犬のことを書いているとき、わたしは自分のことを書いている。家のことを書いているとき、わたしは自分のことを書いているの。男、家、犬——ことばはなんであれ、それを通して、わたしはこの手をあなたに伸ばしていく。あちらの世界なら、ことばは要らない。わたしはあなたの家の戸口にあらわれる。「訪ねてきたわよ」といえば、ことばはそれでおしまい——あなたを抱きしめ、わたしも抱きしめられる。でもこちらの世界では、この時間のなかでは、あなたに手を差し伸べるには、ことばを使わなければならない。だから日ごと、自分をことばのなかに籠めて、そのことばをページのなかに詰めているの、お菓子のように——娘のための、誕生日のための、彼女が生まれた日のための、お菓子のように。わたしの身体から出たことば、わたし自身のしずく(ドロップス)、娘が自分だけになったときに包みを開いて、それを受け入れ、しゃぶり、吸収することができるように。瓶(ボトル)のことはこんなふうにいわれるわ——むかしながらのドロップス、むかしなじみの人がこしらえたドロップス、愛を込めてこしらえて、そうやって詰めたその愛こそが、自分自身をあたえる相手に、わたしたちが感じるしかないものなのよ、貪(むさぼ)るにしろ捨てるにしろ。

午後いっぱい小やみなく雨が降ったが、ずい分暗くなってから門の軋(きし)む音が聞こえ、まもなく、犬がベランダに爪をたてる音がした。

わたしはテレビを観ていた。大臣(ミニステルス)か副大臣(オンデルミニステルス)の族(やから)のひとりが、国民になにやら発表していた。わたしは立っていた。彼らが話すときはいつもそうする、それが自尊心を保つための、せめてもの、わたしのやり方だから（座ったままで銃殺執行部隊と向きあおうとする人がいるものか）。「われわれは脅しには屈しない(オンス・バイク・ニ・フォール・ドライヘメンテ・ニ)」と彼はいっていた。おなじみの演説のひとつ。

背後のカーテンは開いていた。ある瞬間、わたしは男に気がついた。窓ガラスの向こうから、まだ名前さえ知らないあの男が、わたしの肩越しにのぞいていたのよ。だからわたしは音量をあげた。ことばは届かなくとも、その拍子が届くように。ゆっくりとした、食ってかかるようなアフリカーンス語[*1]のリズムが、男まで届くように。結びの語句が、地面に杭を打ち込むハンマーさながら、一撃また一撃と打ちつけられるのを、わたしたちはいっしょに聴いた。彼らに支配されて生きる屈辱——新聞を開き、テレビのスイッチを入れるたびに、ひざまずいて尿をあびせられるような気がする。彼らの支配下で、肉づきのいい腹の下に、満杯になったその膀胱(ぼうこう)の下にひざまずく生活。「おまえた

＊1　オランダ語が南部アフリカで土着化した言語。

ちの天下もあとわずかよ」かつて、わたしがそうささやいてやった相手が、いまや、わたしより長く生き延びることになりそう。

買い物に出かけようと思って、ガレージのドアを開きかけたとき、いきなり痛みに襲われた。襲撃——まさにそれだ。痛みが猛然と襲いかかり、犬のように、その歯をわたしの背中に食い込ませた。わたしは叫び声をあげたが、身動きができなかった。すると彼が、どこからかあの男があらわれて、家のなかへ助け入れてくれたのだ。

ソファのうえに、左側を下にして横になった。それがわたしに残された唯一の楽な姿勢だったから。男は待っていた。「座って」というと、彼は座った。痛みが引きはじめた。「ガンなの。骨まで転移してしまった。だから痛むの」

男が理解したかどうか、まったく確信がもてなかった。

長い沈黙。それから「ここは大きな家だなあ」と男はいった。「下宿屋にすればいいのに」

わたしはうんざりといった身ぶりをした。

「学生に部屋を貸すのもわるくない」男は容赦なくいいつのった。

わたしはあくびをし、義歯がはずれそうになって、口をおおった。かつては、わたしだって顔を赤らめたもの。だが、もうそんなこともない。

「家事をやってくれる女性がいるのよ。月末まで家族のところに帰っていて、いまはいないけれど。あなた、家族はいるの？」

変な言い方——家族がいるかどうか、なんて。わたしに家族はいるのかしら？　あなたがわたしの家族？　ちがうわね。たぶん、家族をもつ資格があるのはフローレンスだけよ。

男は返事をしなかった。彼には子どもはいない、そんな感じがする。子どもがいないだけでなく、過去に子ども時代をもったこともないような。骨張った顔に残るのは、風雨にさらされた皮膚だけ。年老いて見えない蛇の頭など想像できないのとおなじように、この男の顔の下に子どもの顔を透視することはできない。緑の目、動物の目——そんな目をした幼児を思い描くことができる？

「夫とはずいぶんむかしに別れたの。その夫もいまは死んでしまった。アメリカに娘がひとりいるけれど。一九七六年[*1]にここを離れたきり、もどってこない。アメリカ人と結婚して。子どもがふたりいるわ」

娘がひとり。わたしの肉の肉[*2]。あなたのことよ。

男は煙草の包みを取り出した。「家のなかでは吸わないで、お願い」

「どこが不自由なの？」とわたしは訊ねた。「障害者年金をもらっているといったわね」

＊1　アフリカーンス語の強制使用に反発して、黒人高校生らが始めた授業ボイコットに端を発したソウェト蜂起の年。

＊2　『創世記』二・二三。アダムの肋骨からイヴが創られた場面。

男は右手をぐいと突き出した。親指と人差し指は伸びるけれど、ほかの三本は内側に曲がったままだ。「動かせない」と男はいった。ふたりして彼の手をじっと見ていた。曲がったままの、爪の汚れた三本の指。労働で硬く肥厚した手というのとはちがう。

「事故？」

男はうなずいた。言質（げんち）をあたえない、その類いのうなずきだ。

「芝生を刈ってくれたらお金を払うわよ」

一時間ほど、男は刈り込み鋏（ばさみ）を使って、やる気がなさそうに、場所によってはいまでは膝丈ほどもある草を刈り込んだ。最終的には数ヤード四方の地面を刈り終え、そこで放り出した。「この仕事は俺には向かない」といって。わたしは時間分の賃金を支払った。立ち去りがてら、男は猫用トイレに蹴つまずき、砂をベランダじゅうに散らかした。

どちらかというと、有用というよりは面倒を起こす人。でもわたしが選んだわけではない。彼がわたしを選んだのだ。いや、ひょっとすると、彼は犬のいない家を選んだだけなのかもしれない。猫のいる家を。

新来者のせいで猫たちに落ち着きがない。ちらりと外へ出たとたん、犬が喜々として駆け寄ってくるため、猫は家のなかをこそこそと、不機嫌に歩きまわっている。今日は餌を食べようともしない。冷蔵庫に入れてあった餌など見向きもしないだろうと思って、臭い混合飼料（なんだろう？　アザラシの肉？　クジラの肉？）のうえから少しお湯をかけてみた。それでも猫はその餌を見くだし、尻尾の先で皿をかすめながら周囲をまわった。「食べなさい！」といってわたしは皿を猫のほうへ押し出した。大きいほうの猫は、神経質な前足を持ちあげ、触れられるのを避けた。それを見てわたしはこらえがきかなくなった。「じゃあ地獄に行けば！」金切り声をあげながら、フォークを猫に向かって思い切り投げつけた——「おまえたちに餌をやるなんて、もう、うんざり！」その声のなかには、耳慣れない、狂ったような烈しさがあって、それを聞いたわたしは小躍りしたい気分になった。人にやさしくするのも、猫にやさしくするのも、もうたくさん！「地獄に行け！」もう一度あらんかぎりの金切り声でわたしは叫んだ。あわてふためき逃げ去る猫の爪が、リノリウムを引っかいた。

だれが心配なんか？　こんな気分のときは、なんのためらいもなく、片手でブレッドボードを叩き割ることだってできそう。わたしを裏切ったこの身体の心配などして、なんになる？　自分の手を見ても、ひとつの器具にしか、一本の鉤の手にしか、なにかをつかむためのモノにしか見えない。この脚、この不恰好な醜い竹馬。なぜ、どこへ行くにもそれを運んでいかなければならないの？　毎晩、毎晩、なぜ、いっしょにベッドまで連れていってシーツの下に入れてやって、腕もうえのほうの、顔の近くにいっしょに入れてやって、そんながらくたの山のなかに横たわって、なぜ、眠れぬ夜をすごさなければならないの？　この、ゴロゴロと鳴る腹部にしても、心臓にしても、どきんどきんと鳴っているけど——いったいなぜ？　このわたしにどんな関係があるというの？

死ぬ前に病気になるのは、自分の身体から乳離れするためだ。わたしたちは、自分を養った乳が細く、酸っぱくなって胸を見捨てると、それとは別の生をもとめてそわそわしだす。それでも、この最初の生は、地上の生は、この世の肉体に宿る生は——はるかに良いものであり、良いものでありうるのではないか。憂鬱(ゆううつ)、絶望、怒りに満ちていたとしても、わたしはその生に対する愛を、まだ手放したわけではない。

痛みを感じたので、サイフレット医師が出してくれた錠剤を二錠飲み、ソファに横になった。数時間後に、混乱した気分で寒くなって目が覚め、手探りするようにして二階へあがり、服も脱がずにベッドに入った。

真夜中に、室内に人の気配を感じた。あの男だ、ほかに考えられない。気配というか、臭いだ。気配がして、やがて消えた。

踊り場から床の軋る音が聞こえてきた。書斎に入ったな、とわたしは思った。これから明かりを点(つ)けるところだ。机上の書類のなかに、なにか見られるとまずいものがあったかどうか、思い出そうとしたけれど、頭のなかは混乱のきわみ。いま男は書架の本を一段、また一段と見ているな、あったとおりにもどそうと努力しながら、とわたしは思う。それから古い雑誌の山へ移る。いま男は壁の写真を見ている。アガメムノン[*1]の秘蔵の財宝で身を飾ったソフィー・シュリーマン[*2]。長衣をまとったデメテル[*3]、英国博物館で手に入れたものだ。そして男は、音をたてないようにそっと、机の抽き出しを開ける。

一番上の抽き出しには手紙、請求書、剝がした切手、写真が詰まっているけれど、それは男の関心を引かない。だが、最下部の抽き出しに、びっしりとコインの入った葉巻の箱がある。ペニー、ドラクマ、サンチーム、シリング。指の曲がった手をそこへ差し込み、ランド硬貨として通用しそうな五ペセタ硬貨を二枚取り出し、ポケットに入れる。

確かに、天使ではない。むしろ、家が闇に包まれると、壁の底部にはめ込まれた幅木の裏からあらわれて、パン屑をあさる昆虫だ。

踊り場の奥で、男が、鍵のかかったふたつのドアを開けようとしている音が聞こえた。がらくただけよ、とこっそり耳打ちしてやりたかった——がらくたと役に立たない記録類よ。しかし、頭のなかに霧がふたたび忍び込んできた。

その日はベッドですごした。力なく、食欲もなく。トルストイを読んだ——知りつくしている有名なガンの話ではなく、靴屋のところに居を定める天使の物語のほうだ。もしもわたしがミル通りへ散歩に行ったら、わたし自身の天使を見つけ出し、家に連れて帰って救ってやれる可能性がどれくらいあるか。皆無、だと思う。田舎に行けばひょっとすると、太陽で焼けるような暑熱のなかに、一里塚にもたれて腰をおろし、まどろみ

＊1　トロイ戦争に勝ったギリシア方の総指揮官。
＊2　トロイの遺跡を発掘したハインリッヒ・シュリーマンの妻。
＊3　ギリシア神話の大地母神。冥界の王ハデスに娘をさらわれて諸国をさまよう。

ながら、時機が訪れるのを待っている、そんな人間がひとりやふたりはいるかもしれない。あるいは不法居住者地域（スクオッターキャンプ）*1なら、もしかすると。でも、ミル通りにはいない。郊外の住宅地域にはいない。郊外は天使から見放されたのだ。ボロを着た見知らぬ人がやってきてドアをノックしたら、それは間違いなく浮浪者、アルコール中毒、迷える魂だ。それでもわたしたちは心のなかで、このどんよりと沈滞した家々が、天使の歌声でうち震えるのを、どれほど待ち焦がれていることか！　物語のなかで起きるように。

　この家はその日がくるのを待ちわびて、必死でもちこたえるのにほとほと疲れている。床板には弾力がなくなった。電気配線の絶縁体は乾いて脆くなり、配管には砂粒が詰まっている。たわんだ雨樋（あまどい）ではねじが、錆（さ）びつくか、腐った木部から浮いている。屋根瓦には苔がびっしり。頑丈な造りではあるけれど、愛のない家は冷たく、いまや活力を失い、死を待つだけ。その壁は太陽も、アフリカの太陽でさえも、温めることができなかった。まるで、服役囚の手によって造られた煉瓦そのものから、手に負えない陰鬱さが放射されているようだ。

　去年の夏、作業員が排水管を埋め直しているとき、わたしは古い管が掘り返されるのを見ていた。地下二メートルの深さまで掘って、崩れかかった煉瓦（れんが）、錆びた鉄、蹄鉄（ていてつ）の片割れまで運びあげていた。でも骨はなかった。人間の過去がない敷地。精霊たちも、天使たちも、関心をもたないのよ。

　この手紙はわたしの心をあらわにするものではないの。なにかをあらわにするものではあるけれど、そのなにかは、わたしの心ではない。

今朝は車のエンジンがかからなかったので、男に、この男、この居候（いそうろう）に頼んで、押してもらわねばならなかった。男はわたしの乗った車を、車寄せまで押し出した。それから「それ！」と叫んで屋根をぴしゃりと叩いた。エンジンがかかった。大きく揺れながら道路に出て、数ヤード走り、それから気まぐれを起こして、止まった。「フィッシュ・フクまで行かなきゃならないのよ」立ちのぼる煙のなかからわたしは叫んだ。「いっしょに来ない？」

というわけでわたしたちは出発した。あなたの子ども時代から使っている、ヒルマンの後部座席に犬を乗せて。長いあいだ、ことばが交わされることはなかった。車は病院の前を通り、大学を通り過ぎ、ビショップスコートを抜けていった。犬は顔に風を受けようと、わたしの肩に身を寄せてきた。ウィンバーグヒルを登るときはひと苦労。反対側の長い下り斜面にかかったところで、エンジンのスイッチを切って惰走した。車は次第に速度を増して、両手のなかでハンドルがぶるぶると震えはじめ、犬が興奮してクーンと鳴いた。わたしは微笑んでいた、と思う。両目だって閉じていたかもしれない。丘のふもとで、スピードが落ちてきたころ、男をちらりと見やった。リラックスして、動じずに座っていた。いいやつじゃないか！と思った。

＊1　地方から都市周辺に流れ込んだ人たちが住みついたスラム。

「子どものころ自転車で、ブレーキなしの直滑降というのをよくやったものよ。自転車は兄のものだった。兄がそそのかしたのね。全然こわくなかったわ。子どもって、死ぬのがどんなものか、想像できないから。自分が不死ではなく、いずれ死ぬ運命にあるとは、思ってもみない。

兄の自転車に乗って、ここよりもっと急な丘を下ったものだわ。速くこげばこぐほど、生きてるって感じが高まった。ぶるっと奮い立つような感じがして、肌が破裂してしまいそうなほどだった。蝶々はきっと、こんなふうに感じるのかも、生まれるときに、自分を産むときに。

こういう古い車は、まだ惰走する自由をもっているわ。モダンな車は、エンジンを切るとハンドルがロックする。あなたも知ってるわよね。でも人はときどき勘違いするのか、それを忘れるのか、路上走行を維持できなくなる。路肩を越えて、海のなかまで突っ込んでしまうこともある」

海のなかまで。ロックされたハンドルと格闘しながら、陽光がきらきらと反射する海のうえを、ガラスの球体に包まれて飛翔する。本当にそんなことが起きるだろうか。多くの人がそうするのだろうか。もしも土曜の午後にチャップマンズ・ピークに立てば、宙を飛ぶ小虫の群れさながらに、びっしりと、男女入り乱れて最期の飛翔をするのが、わたしにも見えるのだろうか。

「話してあげたいことがあるの」とわたし。「母がまだ子どもだったころ、今世紀初めのことよ、いつもクリスマスが近づくと、一家で海辺へ行った。雄牛に荷馬車を牽(ひ)かせた時代の話ね。イースタンケープのユニオンデールからピーサング川の河口にあるプレッテンベルグまで、牛に牽かせた荷馬車で旅をしていた。百マイルの旅をするのに何日くらいかかったのか、わたしにはわからないけれど。旅の途中、道ばたでキャンプをした。

　そんなキャンプ地のひとつ、それが峠(とうげ)のてっぺんだった。夜、祖父母たちは馬車のなかで寝て、母やほかの子どもたちは馬車の下をベッドにした。というわけで——ここから話は始まるのだけれど——わたしの母は夜の静けさのただなかで、峠のてっぺんに横になり、かたわらで眠っている兄弟や姉妹といっしょに心地よく毛布にくるまって、馬車のスポークのすきまから星をながめていた。じっと見ていると、なんだかその星が動いているような気がしてきた——星が動いている、でなければ、車輪が動いている、ゆっくりと、とてもゆっくりと。母は思った——どうしよう？　荷馬車が動きはじめたら？　叫んでみんなに教えたほうがいいかしら？　わたしが黙って寝ているあいだに、荷馬車がスピードをあげて、父さんと母さんを乗せたまま山腹をころがり落ちていったら、どうしよう？　でも、ただの空想だったら？

　恐怖で息が詰まりそうになって、心臓をどきどきさせながら横たわり、星を見て、星が動くのを見て『どうしよう？　どうしよう？』と思って、ギーッという最初の音がいま聞こえるか、いま聞こえるかと耳をそばだてていた。そしてついに眠りに落ちたけれど、夢のなかに死ぬ場面がたくさん出てきた。でも朝になって、夢からさめると、光と平穏のなかにいた。そして、そばには荷馬車があり、両親がいて、すべてだいじょうぶ、もとどおりのままだった」

男がなにかいう番だ。丘のこと、車のこと、自転車、あるいは彼自身のこと、彼の子ども時代のことでもいい。だが男はかたくなに沈黙をまもった。

「母は夜中に起きたことはだれにもいわなかった」わたしが話を継いだ。「ひょっとすると母は、わたしがやってくるのを待っていたのかもしれない。この話は母から幾度となく、いろんなかたちで聞かされたの。旅の目的地はいつもピーサング川。きらきらして、なんてすてきな名前かしら！　きっとそこは、この世でいちばん美しい場所にちがいない、とわたしは思ったわ。母が死んだあと何年かして、自分でプレッテンベルグ湾を訪ねて、そのピーサング川を初めてこの目で見たの。それはもう川なんてものじゃなくて、淀んだ水がちょろちょろ流れているだけで、びっしりと葦が生え、夜になると蚊が出て、わめきつづける子どもがあふれ、短パンをはいた太った裸足の男たちがガスコンロを使ってブラーイ[*1]のソーセージを焼いている、そんなトレーラーハウス用のキャンプ場だった。楽園にはほど遠かったわね。毎年毎年、馬車に乗って山を越え、谷を越えて、はるばる旅をするような場所ではなかった」

ボイエス・ドライヴの登りにかかると、車はあえいだ。意志は強くとも、なにしろロシナンテのような老体だから。わたしはハンドルを強く握り直して、この老体を駆った。

ミューゼンバーグを登ったところで、湾曲するフォールス湾の全景を見おろしながら、車を停めてエンジンを切った。犬がまた鼻を鳴らしはじめたので、外へ出してやった。犬が縁石の臭いを嗅ぎ、ブッシュの臭いを嗅ぎ、放尿するのを、気詰まりな沈黙のなかで、ふたりして見ていた。

男が口を開いた。「ちがう方角へ向かっている。丘を下っていかなきゃ」

わたしは悔しさを押し隠した。いつでも有能な人間だと思われたい、そう願ってきたのだ。かつてないほどの無力感が襲ってきた。

「ケープの出身？」とわたし。

「ああ」

「ずっとここに住んできたの？」

男は落ち着きなく、何度も姿勢を変えた。質問がふたつ——ひとつ余計なのだ。

一直線の白い波が、数百ヤードの長さで海岸に押し寄せていた。波の切っ先を滑るように進むサーフボードのうえに、うずくまる人影が見えた。湾の向こうに、ホッテントット・ホランドの山々が、くっきりと青くそびえていた。飢えだ、そう思った。いまわたしが感じているのは目の飢え、瞬きするのさえ惜しいと思うほどの飢え。この海を、この山々を、しっかりと目に焼きつけておきたい——どこへ行っても、いつでもこの光景が目に浮かんでくるように。この世界への愛ゆえにわたしは飢えている。

＊1　南アフリカ特有の炭火焼バーベキュー。

雀（すずめ）の群れが飛んできてあたりのブッシュに止まり、羽づくろいをしたあと、また飛び去った。岸に着いたサーファーが、重い足どりで海辺を歩き出そうとしていた。突然、目に涙があふれた。瞬きをしなかったからだ、と自分にいいきかせた。でも本当は、泣いていたのだ。ハンドルにおおいかぶさるようにして、衝動に身をまかせた。初めの、静かな、慎みのあるすすり泣きが、やがて、ことばにならない、長く激しい泣き声に変わった。肺の中身をすべて吐き出すような、心臓の中身をすべて吐き出すような。「ごめん、なさい」喘ぐ息のあいまから、わたしはそういって、少し落ち着いてから、ことばを継いだ。「ごめんなさい、わたし、どうしたのかしら」

わざわざ謝ったりすべきではなかった。男はなにかに気づいたようすを、まったく見せなかった。

涙を拭いて、鼻をかんだ。「行きましょうか？」とわたしはいった。

男はドアを開けて、長く尾を引く口笛を吹いた。犬が駆け寄ってきた。従順な犬、おそらく良家から盗まれた犬だ。

確かに車は方角を間違えていた。

「バックで発車して」と男がいった。

ハンドブレーキをゆるめ、丘を少しだけ後進してからクラッチをはずした。車体は小刻みに揺れて止まった。「この車、バックで発進したことがないのよ」とわたし。すると男は「ぐるっと道の反対側に車を寄せて」と指示した。まるで運転方法を教える夫のよう。

わたしは斜面をそのまま後進して、それから道の反対側に車を寄せようとした。道のまんなかを、大音響で警笛を鳴らしながら、大きな白いメルセデスが猛進していった。はっと息をのんだ。「見えなかったのよ！」

「発進！」男が叫んだ。

わたしはびっくりして、わたしに向かって叫んでいるこの見知らぬ男を凝視した。

「発進！」男はふたたび、まっすぐわたしの顔を見ながら叫んだ。

エンジンがかかった。強ばった沈黙のなかを、車を走らせてもどった。ミル通りに差しかかると、男が降ろしてくれといった。

靴と足からひどい臭気が立ちのぼった。彼には靴下が必要だ。新しい靴も。お風呂に入らなければ。毎日お風呂に入らなければ。下着も要るし、ベッドも。夜露をしのぐ屋根が必要だし、一日三食の食事も要るし、銀行には預金も。あまりに多すぎて、あたえきれない。荷が重すぎる。本音をいうと、自分の母親の膝に這いあがってあやしてもらいたい、と思っているような人間には荷が重すぎるのだ。

午後も遅くなってから男は帰ってきた。つとめて、起きたことは忘れるよう努力しながら、男を連れて庭をまわり、やらなければならない仕事を指摘していった。「たとえば剪定」とわたし。「剪定の仕方は知ってる？」

男は首をふった。剪定のやり方を彼は知らなかった。あるいは、知りたくなかったのか。

庭のすみの奥まったところで、これでもかとばかりに、びっしりと繁茂した蔓植物が、古いオークのベンチと兎小屋に絡みついていた。「これは全部、きれいに刈り取らなければ」

男は分厚いマットのように繋った蔓植物のはしを持ちあげた。兎小屋の床には干涸びた骨が乱雑に散らばり、そのなかに、そっくり幼い兎の骸骨とわかる骨が混じっていた。首を後ろにひねったままの断末魔の姿勢で。

「兎よ」とわたし。「以前、メイドの息子のものだった。ここでペットとして飼っていっていったの。それから彼の生活になにか騒動が起きて。兎のことはすっかり忘れてしまったものだから、飢えて死んだのね。わたしは病院に入っていて知らなかった。家に帰ってみると、庭の奥でだれにも顧みられずに、こんな酷いことが起きていたことを知って、気がひどく動転したわ。話をすることも、叫ぶこともできない生き物なのに」

落ちたグアヴァの実が虫に食い荒らされて、木の下には、悪臭を放つ、どろどろのカーペットができていた。「木にはもう、実をつけるのを止めてほしいわね。でも木はいっこうに止めようとしない」

犬が、後ろからついてきて、おざなりに兎小屋の臭いを嗅いだ。死後あまりに長い時間がたって、臭いはすっかり消えていた。

「とにかく、きちんと片づくまで、あなたにできることをやって」とわたしはいった。

「すっかり荒れ果ててしまわないうちに」

「なんで?」と男はいった。

「だって、そうやって暮らしてきたからよ。収拾のつかない混乱を残していきたくないもの」

男は肩をすくめ、ひとりでにやりと笑った。

「お金を払ってもらいたかったら、自分で稼ぎ出さなきゃ。ただでお金をあげるつもりはないわよ」

残りの午後いっぱい、男は蔓植物を切り払い、草を刈り取り、ときどき遠くにぼんやり目をやりながら、たち働いた。二階からわたしが監視しているのに気がつかない振りをして。五時に賃金を支払った。「あなたが庭師ではないのはわかっているし、あなたを無理になにかにしようとも思っていない。でも、こういうことを慈善行為でやるわけにはいかないの」

受け取った札をたたんで、ポケットに押し込みながら、男はわたしを直視しないよう、あらぬ方向に目をそらせて、静かにいった。

「なんで?」

「理由は、あなたにはそれを受ける資格がないからよ」

するとと男はにやりと笑い、その笑いを自分だけに向けながらいった。「資格か……だれにどんな資格があるんだろうな?」

だれにどんな資格があるのかって？　かっとなったわたしは、男に向かって財布を突き出した。「じゃあ、なにを信じているわけ？　取ること？　自分の好きなものを取ること？　じゃあ、やったら――取りなさい！」

男は平然と財布を受け取り、なかに入っていた三十ランドと硬貨を抜いて、財布を返してよこした。そして立ち去った。その足もとに犬が嬉しそうにじゃれついた。半時間もすると男は帰ってきた。瓶がぶつかりあう音が聞こえた。

男はどこかから自分用のマットレスを見つけてきていた。ビーチに持っていくような折りたたみ式のマットレスだ。薪小屋の埃っぽいがらくたのまんなかの、小さな巣のなかで、男は頭のところに蠟燭（ろうそく）を灯し、足もとに犬を寝そべらせて、煙草を吸いながら横になっていた。

「お金を返して」わたしはいった。

男はポケットに手を突っ込み、札を何枚か取り出した。それをわたしはつかみ取った。全額ではなかったが、そんなことはどうでもいい。

「必要になったら、そういえばいい。わたしはしみったれた人間じゃないから。それに蠟燭には気をつけて。火事はごめんよ」

わたしは向きを変えて立ち去った。でもすぐにまた、もどった。

「この家を学生向けの下宿屋にすればいいって、いったわね。それで思いついたの、もっといい方法を。ここを乞食のための避難所にすることもできるって。ここでスープキッチンと宿舎をやることもできるのよ。でも、わたしはやらない。なぜか？　理由はね、もうこの国では慈善の精神が死滅してしまったから。慈善を受ける者たちがそれを蔑んでいる、あたえる者は絶望的な心であたえているのに。慈善なんて、心から心へ行われなくなったら、なんの意味があるの？　慈善ってなんだと思う？　スープ？　お金？　慈善という語は心を意味するラテン語からきたのよ。それを受け取るのも、あたえるのも、おなじように難しい。ものすごい努力が要る。あなたに、そのことを学んでほしい。ただ寝ころんでいる代わりに、あなたに、そのことを学んでほしいわ」

　嘘（うそ）だ。慈善という意味のラテン語の「カリタス」は、心とはなんの関係もない。でも、わたしの説教が誤った語源学にもとづいているからって、それがどうだっていうの？　男はわたしが話すことなど、ほとんど聞いていない。もしかすると、あんな鳥のような鋭い目をしていても、じつは、わたしが思ってる以上に泥酔しているのかもしれない。あるいは、結局は、気を遣わないだけなのかもしれない。この〈気遣う（ケア）〉という語が、慈善（チャリティ）の本当の語源だ。気遣ってほしいのに、男はそうしない。なぜなら、気遣うことにからきし疎いから。気遣うことに疎く、気遣いにも疎いから。

　この国の生活は、沈没寸前の船に乗っているのと、ひどく似ている。滑稽（こっけい）なほど哀れな、酔っぱらいの船長と、無愛想な乗組員、そして水の漏れそうな救命ボートを積んだ、旧式の定期船だ。だからわたしはベッドサイドに短波ラジオをいつも置いている。たいがいの時間は、話し声しか聞こえないけれど、あまり人が聞かない深夜まで辛抱強くつけていると、ふびんに思ってか音楽をやっている局が見つかる。おぼろげに聞こえてきたり、だんだん聞こえなくなったり、昨夜、聞こえてきたのは――どこからだろう？　ヘルシンキ？　クック諸島？――あらゆる国の讃歌だ。この世のものとは思えない音楽、何年も前にわたしたちを離れ、いま、美しく温和な姿になって、星々から帰ってきた音楽。外へあたえられたものはすべて、やがてはもどってくることの証拠だわ。閉じられた宇宙、卵の内壁のようなカーブが、わたしたちを包んでいる。

　そこに横たわり、暗闇のなかで星の音楽に耳を澄まし、流星の塵（ちり）のようについてくるパチパチ、ブーンという音を聴いていると、顔がほころび、心には遠方からの良き知らせへの感謝の念があふれてきた。彼らにも閉ざすことのできない、ひとつの国境だと思った――はるか上方の国境、南アフリカ共和国と、空という帝国とのあいだの国境。わたしが旅することになっているところ。パスポートの要らないところ。

　まだ音楽の魔力（あれはシュトックハウゼンだったと思う）が解けやらぬまま、今日の午後はピアノの前に座り、古い曲をいくつか弾いた。「平均律クラヴィーア曲集」のプレリュード、ショパンのプレリュード、ブラームスのワルツ、ノヴェロとオジェナー版の、へりがぼろぼろになった、しみだらけの、土埃のように乾いた楽譜を開いて。こんな下手な演奏は初めて。半世紀前とおなじ和音を読みちがえ、いまや矯正しようもないほど、骨の髄まで沁（し）みついている、誤った指使いをくり返しながら。（骨のなかでも

考古学者のおぼえ愛でたいのは、たしか、病気で節くれだった骨か、矢じりで割れた骨だった——歴史以前の歴史を記す骨）

　ブラームスのあまったるさに飽き飽きしたわたしは、目を閉じて和音を弾いた。ある和音を指で探しながら。それに行きあたったとき、ああこれだ、とわかるわたしの和音を、失われた和音、とむかしわたしたちが呼んでいた、心の和音を。（あなたが生まれる前の時代のことをいっているのよ、暑い土曜の昼下がり、通りを歩いていくと正面の家の客間から、かすかに、でも執拗(しつよう)に、その家の娘が指で鍵盤を探りながら、なかなか弾きあてられない共鳴音にたどりつこうとしているのが聞こえてきそうな、魅惑と、深い悲しみと、神秘に満ちた日々！　なにも知らない無邪気な日々！）

「エルーサレム！」そっとわたしは歌った、祖母の膝で最後に聞いた和音を弾きながら——「そしてここにエルーサレムは築かれたか？」[*1]

　それから最後にバッハにもどって「平均律クラヴィーア曲集第一巻」の最初のフーガを、不器用に、何度も何度も弾いた。音は濁り、メロディーはぼやけ、それでもときおり、ほんの数小節は音楽らしい音楽となって聞こえた。本物の音楽、死に絶えることのない音楽。自信に満ちて、澄みわたる音。

　わたしは自分のために弾いていた。でもある時点で、床板の軋みかカーテンの向こうを横切った影で、外であの男が聴いているのがわかった。

＊1　ウィリアム・ブレイクの詩に曲をつけた英国の愛国歌。

だからバッハは彼のために、できるだけうまく弾いた。最後の小節を弾きおえると、楽譜を閉じて両手を膝にのせて座り、カバーに描かれた楕円形の肖像画をじっと見つめた。重たい下あご、人当たりのよい微笑み、はれぼったい目。高潔な精神ではあるけれど、礼拝堂とはなんと不似合いな！　あの精神はいまどこにいるのだろう。わたしのぎこちない演奏の響きのなかを、天空の彼方に退いてしまったのだろうか。音楽がまだ踊っている、このわたしの心のなかかしら。音楽は、ぼろぼろのズボンをはいて、窓のところで盗み聴きをしている男の心にも届いたかしら。わたしたちのふたつの心が、愛をつかさどるこの器官が、しばしこのとき、音の撚り糸で結ばれたかしら。

電話が鳴った――道向かいのフラットに住む女性からの、わたしの地所をうろつく浮浪者についての忠告だ。「浮浪者じゃありません」とわたしはいった。「ここで働いてもらっている人です」

もう電話には出ないことにするわ。あなたと、写真のなかの太った人、天国にいるあの太った人は別だけれど。それ以外の人とは話す気になれない。でも、ふたりとも、電話をかけてくることは、まず、ないわね。

天国。天国は天井の高いホテルのようなもので、拡声装置から「フーガの技法」がやさしく聞こえてくる場所だと想像してみる。そこではゆったりとした革の肘かけ椅子に人が腰をおろし、痛みを感じることもない。ぼんやりと音楽を聴いている老人でいっぱいのホテルのロビー、その目の前をまるで霧のように、魂が、すべての人の魂が、行ったり来たりしている。魂がぎっしりと集まっている場所。服を着てるかって？　そう、服は着ている、と思う。でも、まったくの手ぶら。実体のない衣服と自分のなかの記憶しか、自分を形成している記憶しか、もっていけない場所だから。事件の起きない場所。鉄道が廃止されたあとの駅。終わることのない妙(たえ)なる調べを聴きながら、待つこともなく、記憶のたくわえのなかから、ぱらぱらとページをめくる。

そんな肘かけ椅子に腰をおろして、音楽を聴いていることが可能かしら。真っ暗に閉め切った家や、餌をもらえず、不機嫌に庭先をうろつく猫のことで気をもむこともなく。確かにそれは可能なはずよ、でなければ、なんのために天国はあるの？　でも、後継者をもたずに死んでいくのは――こんなことをいうのを許してね――ひどく不自然だわ。心の平安のために、魂の平安のために、わたしたちは自分のあとにだれが来るのか、かつて自分の場として身を落ち着けた空間を、いったいだれが占めるのか、知る必要があるのよ。

カルー[*1]や西海岸を車で走っていて通りかかった、あの遺棄された農場の家屋のことを考える。持ち主が何年も前に建物の正面に板を打ちつけ、門に鍵をかけ、都会へ引き払ってしまった家屋。いまでは綱に洗濯物がはためき、煙突から煙が立ちのぼり、裏のドアから出て遊ぶ子どもたちが、通り過ぎる車に手をふっている。取りもどされつつある土地、その相続人たちが静かに名のりをあげているのね。力ずくで奪われて、利用され、

＊1　南アフリカの乾燥した高原。

荒らされ、損なわれて、晩年は不毛だとして遺棄された土地。ひょっとすると、その強奪者からも愛されたかもしれないけれど、それは土地がまだ若く、多くの稔りをもたらす時期だけで、それゆえに、歴史の裁断が下されるなら、いまだ十分に愛されたとはいえない土地。

彼らは、ことが起きたあと、あなたがなにも持ち去ろうとしていないことを確認するため、あなたの握った指を開く。小石ひとつ。羽根いっぽん。爪の下に入り込んだ芥子の種子まで探す。

算数の問題みたい、入り組んだ算数の問題、何ページにもおよぶ、引き算につぐ引き算、割り算につぐ割り算、しまいには頭がくらくらしてくる。毎日わたしは、あらためて試算する、心のなかでちらちらと希望の光を灯して、この症例は、わたしのこの症例は、誤診かもしれない、と。そして毎日、おなじ空白の壁──死、忘却──の前で立ちすくむ。診察室でサイフレット医師が「われわれは真実を直視しなければなりません」といったのは、つまり、われわれはこの壁を直視しなければならない、ということだ。しかし、直視するのは彼ではない、わたしだ。

塹壕のへりに立っている囚人たちのことを、これから自分の身体が、そこへころげ落ちる囚人たちのことを考える。囚人は銃殺執行部隊に懇願し、泣きつき、冗談をいって、賄賂を差し出し、所持品はなにもかも差し出す──指から指輪をはずし、着ている服まで脱いで。兵士たちは大声で笑う。どのみち全部奪ったあげくに、歯に詰めた金さえ取るつもりでいるのだ。

　うっかりした拍子に、だれもいないこの家の窓から、無人のベッドに陽光が降りそそぐ光景が襲ってきたとき、青い空の下の、原初の、人影のないフォールス湾の光景に襲われたとき、わたしのなかを駆け抜けるのは、真実ではなく、痛みの衝撃だ――そのとき目の前に、わたしが人生をすごしてきた世界があらわれ、そしてそこに、わたしはいない。その日その日のわたしの暮らしは、目をそむけていられるか、身を縮ませていられるか、にかかるようになってしまった。死は、残された唯一の真実。死は、それについて考えるのが耐えられないもの。ほかのことを考えている一瞬一瞬は、死について考えずにいられる。真実について考えずにいられる。

　眠ろうとする。心をからにする、すると、いつとはなしに静けさが忍び寄ってくる。落ちていく、落ちていくと思う――いらっしゃい、あまやかな眠り。そして忘却のふちに達するまさにその瞬間、ぼんやりとなにかが立ちあらわれて、わたしを引きもどす。強い恐怖としか名づけようのない、なにかだ。必死で振り払う。気がつくと自分の部屋のベッドのなかにいて、すべてだいじょうぶ。蠅が一匹、頬に止まる。蠅は自分の体を清拭する。探査を開始する。わたしの片目を、開いたその目を横切る。瞬きをしたい、そいつを払いのけたいと思うのに、できない。そいつを、わたしのものであり、わたしのものではない眼球を通して、凝視する。そいつは自分を舐める、といえるならだが。ふくらんだその諸器官には、顔とおぼしきものは皆無。でもそれはわたしのうえにあり、ここにあって――わたしのうえを威張って歩いていく、別世界からやってきた生き物。

それとも――午後の二時。わたしはソファかベッドに横になり、腰になんとか重みをかけまいとする。腰がいちばん痛むから。するとエスター・ウィリアムズ[*1]のイメージが浮かんでくる。花柄のスイミングスーツを着た、むっちりした女の子たちが、いとも易々とバックストロークの隊形を組んで、スカイブルーの水にさざ波をたてて泳いでいく。にこやかに微笑みながら歌まで歌って。どこかでギターがかき鳴らされて、女の子たちの口が、鮮やかな深紅色の口紅を塗った弓形の唇が、ことばを形づくる。なにを歌っているのかしら。夕日……さよなら……タヒチ。切なくもなつかしいサヴォイ映画館の思い出がよみがえる。二度と使われることのない通貨で払った、一シリング四ペンスのチケット。わたしの机の抽き出しにある、最後のファージング硬貨を数個だけ残して、あとは鋳つぶされてしまったコインで。片面に吃音の善良なる王、ジョージ六世の肖像が、もう片面に一組のナイチンゲールが彫られていた。ナイチンゲールか。ナイチンゲールの歌声は一度も聞いたことがないし、これからも聞くことはないだろう。あこがれを抱きしめ、悔恨を抱きしめ、あの王を、泳いでいく女の子たちを抱きしめて、わたしの頭を占領するあらゆるものを抱きしめる。

あるいは、起きあがってテレビのスイッチを入れる。あるチャンネルではサッカーをやっている。別のチャンネルでは、ひとりの黒人が聖書のうえに組んだ両手をのせて、何語なのかわたしにははっきり言い当てられない言語で、わたしに向かって説教をしている。これは開くと世界が怒濤のように押し寄せる扉、そしてこれがわたしのところへやってくる世界なのだ。一本のパイプをのぞき込むような感じね。

三年前に泥棒に入られたことがあるのよ（手紙に書いたから、おぼえているかもしれないわね）。泥棒は持ち運べるものだけを奪っていった。ところが出ていく前に、抽き出しという抽き出しの中身をぶちまけ、マットレスを全部ざっくり切って、陶磁器類を粉々に砕き、瓶類を割り、貯蔵室の食料をすべて床にはたき落としていった。

「なぜ、こんなことをするの？」驚きあきれたわたしは、刑事に質問した――「こんなことをしてなんの得になるの？」

「そういうやつらなんです」と刑事は答えた。「畜生ですから」

それ以後は窓にすべて鉄格子を取りつけた。はめ込んでくれたのは小太りのインド系の男。フレームに鉄格子をねじで留めたあと、ねじの頭をそれぞれ接着剤で固めた。「こうすればドライバーではずせない」ということだった。帰りしなに「これで安全です」といって彼はわたしの手を軽くたたいた。

「これで安全です」動物園で夜間、飼育係が翼のない無力な鳥を閉じ込め、鍵をかけるときにいうことば。ドードー鳥――絶滅したドードーの最後の一羽、年をとり、産卵の役目も終えた一羽。「これで安全です」と、飢えた捕食者が外をうろつくあいだは、鍵をかけて閉じ込められる。ドードーは巣のなかでその身を震わせ、片目を開けたまま眠

＊1　元全米水泳チャンピオンのハリウッド映画女優。

り、憔悴して夜明けを迎える。しかし安全なのだ。檻のなかにいれば安全。鉄格子は無傷だし、電線類は無傷――電話線はいざというとき助けを叫べるし、テレビ線はそれを伝って世界の光が入ってきて、アンテナ線は星からの音楽を呼び入れてくれる。テレビ。なぜテレビを観るのかしら。夜ごと政治家たちのオンパレードだというのに。子どものころからおなじみの、見ると憂鬱になり、吐き気がしてくる無表情な顔だけなのに。学校の教室の最後列に陣取っていたガキ大将たちが、ごつい骨の、ずんぐりした少年たちが、いまやすっかり大人になって、出世して、この土地を支配している。あいつらとその父母たち、叔母や叔父たち、兄弟や姉妹たちとともに――イナゴの大群、大発生した黒いイナゴがこの国にたかり、止めどなく食い荒らし、生命を貪っている。なぜ、そんなものを戦慄と嫌悪をおぼえながら、わたしは観るのか。なぜ、あんなやつらを家のなかに入れるのか。イナゴ一家の君臨こそが南アフリカの真実であり、その真実が胸くそのわるくなるようなものだからか。彼らはいまや、わざわざその合法性を主張することさえない。大義などかなぐり捨ててしまった。彼らを飲み込んでいるのは権力と、権力による麻痺だ。食ってはしゃべり、生命を食い散らしてはゲップを出す。のろい、腹のくちくなった者のおしゃべり。円陣を組んで座り、冗長な議論をし、ハンマーで強打するような政令を出す――死、死、死。その悪臭に悩まされることなく。重たいまぶた、豚のような目、何世代もつづいた農民の、へなまずるい抜け目なさ。たがいにめぐらす策謀もまた、達成されるまでに何十年もかかるような、とろい農民の策謀。新しいアフリカ人、太鼓腹で、二重あごの、オフィスの腰かけに尻をのっけた男たち——白い肌をしたセツワヨ、ディンガーンだ。[*1] 下方へ押さえ込む——みずからの権力をその体重に込めて。雄牛さながらの巨大な睾丸（こうがん）で妻たちを、子どもたちを押さえ込み、彼女たちの閃きを押しつぶす。自分の心のなかにはいかなる閃きも火も残っていない。鈍い心は、ブラッドソーセージのようにずっしりと重い。

そして彼らのメッセージは愚かしく（ステューピッドリ）も変わることなく、麻痺したように（ステューピッドリ）常におなじ。彼らが成し遂げたお手柄は、「愚かな」とか「麻痺した」を意味する語 stupid を、何年もかけて語源学的に沈思黙考したのち、「麻痺した感覚 stupidity」を美徳にまで高めたことだ。「麻痺させる stupefy」とは、感覚を奪うこと、凍えしびれさせ、鈍らせること、度肝を抜いて唖然（あぜん）とさせる（stun）こと。「無感覚 stupor」とは、感受性の欠如、無関心、精神の活動が停止すること。「麻痺した stupid」とは、諸器官が鈍感になって機能せず、思考や感覚が失われること。語源はラテン語 stupere で、「唖然とした stunned」とか、「仰天した astounded」といった意味。「麻痺した stupid」から、「唖然とした stunned」へ、さらに、「驚愕した astonished」へ、そして、「石 stone」に変えられるまでの、生理的活性の段階的変化というわけだ。そこに込められたメッセージ——それはメッセージは不変であるということ。人びとを石に変えるメッセージだ。

鳥が蛇をじっと注視するように、わたしたちは自分を飲み込もうとしているものに魅

＊1　いずれも十九世紀に活躍したズールー民族の王。

入られ、注視する。魅惑——それは死の代償として支払う貢ぎ物なのだ。八時から九時のあいだ、わたしたちが集まり、彼らが姿をあらわす。儀式となった示威行為。フランコ将軍の戦争のときに、頭巾をかぶった司教たちが行進したように。タナトファニー——みずからの死を顕現させること。「死よ万歳（ビバ・ラ・ムエルテ）！」という彼らの叫び、彼らの威嚇。若者に死を。生命に死を。子孫を貪り喰う雄豚（ボーア）[*1]たち。雄豚（ボーア）戦争。

　嘘を注視しているのではなく、その嘘の背後の、そこに真実があるはずの空間を注視しているのだ、と自分にいいきかせる。でも、それは本当かしら。

　わたしはまどろみ（まだ昨日のことについて書いているのよ）、本を読み、またまどろんだ。お茶を淹（い）れ、レコードをかけた。あたりに一小節、一小節とゴルトベルク変奏曲が響いていく。わたしは部屋を横切り、窓辺まで歩いていった。夕暮れが近づいている。男がガレージの壁にもたれてしゃがみ、煙草を吸っていた。煙草の先端が赤く燃えていた。もしかすると彼からわたしが見えたかもしれない、見えなかったかもしれない。わたしたちはともに、聴いていた。

　この瞬間わたしは、彼がどんなふうに感じているかわかる、と思った。あたかも彼とわたしが性愛を交わしているかのように、たしかなものとして。

　その考えはふいに浮かんできて、嫌悪感でわたしを満たしているというのに、ひるむことなく、わたしは考えつづけた。彼とわたしが胸と胸を合わせ、目を閉じて、おなじみの道を、ともにたどる。ありえない道行き！　シチリア島のバスに乗ったときのように、間近に顔と顔が接近し、見知らぬ人と押し合いへし合いしながら旅をする。ひょっとすると死後の世界はそんなふうなのかもしれない。肘かけ椅子と音楽のあるロビーではなくて、いずこからいずこへとも知れずに走りつづける満員バス。立ち席のみ――永遠に自分の足で立ちつづけながら、見知らぬ人のあいだでもみくしゃにされて。空気は臭気で淀み、ため息や「すみません、すみません」というささやきであふれている。無差別の接触。永遠に、他者の眼差しのもとで。プライベートな生活に別れを告げて。

男は中庭の向こう側にしゃがみ、煙草を吸いながら聴いている。ふたつの魂が、彼の魂とわたしの魂が、絡まり合って、忘我の境地に入る。交尾する昆虫のように、たがいに顔をそむけながら、たんなる息づかいと取られかねないその胸部の拍動のほかは、じっと身じろぎもしない。静けさと恍惚（こうこつ）。

男が、吸っていた煙草をはじき飛ばした。地面に落ちた瞬間、それは火花を散らし、やがてあたりは闇に包まれた。

この家だ、わたしは思った。この世界。この家、この音楽。これ。

「これがわたしの娘よ。前にも話したでしょ、アメリカに住んでいるの」彼の目から見た写真のなかのあなた、それは緑の野原を背景に、風に吹かれた髪に手をあて、ほがらかに微笑む三十代の女。自信に満ちて。それがいまのあなたね――自分を見つけた女の

＊1　「雄豚」の意の英語 boar と「農民」を意味するオランダ語 boer（オランダ系移民の蔑称）をかけている。

表情。

「これはあの娘の子どもたち」

帽子をかぶり、コートを着て、ブーツと手袋に身を固めた、ちいさなふたりの少年が、雪だるまの隣に気をつけの姿勢で立って、シャッターが切られるのを待っている。

小休止。わたしたちはキッチンテーブルを前に腰かけていた。彼にお茶とマリービスケットを出した。マリービスケット――老人のための、歯のない人の食べ物だ。

「わたしが死んだら、あなたにやってもらいたいことがあるの。娘に送りたい書類があるのよ。でも、ことが済んでから。そこが肝心なところね。わたしが自分で送れない理由はそれ。ほかのことはすべてやっておくから。小包にして、必要な切手も貼っておく。あなたにやってもらいたいのは、その小包を郵便局のカウンターに出す、それだけよ。やってくれる？」

男は、居心地わるそうに姿勢を変えた。

「自分でできるなら、こんなこと頼まなくて済むんだけれど。仕方がないのよ。そのとき、わたしはもういないんだから」

「だれかほかの人間に頼めないのかな？」と男はいった。

「ええ、できるわ。でも、あなたに頼んでいるの。これはプライベートな書類、プライベートな手紙なの。わたしの娘が受け継ぐもの。わたしが娘にあたえられるのはこれだけ、この国から、彼女が受け取るのはこれだけ。ほかの人に開封されて読まれたくないいまあなたは読んでいる、でなければ、決して読むことはないわね。書類はあなたに届くかしら。届いたかしら。おなじ質問をふたつの方法でしてみる。決して答えを知ることのない質問を——決して。わたしにとってこの手紙は、永遠に、波間にゆだねることばになるのよ。南アフリカ共和国の切手を貼り、あなたの名前を書いた瓶に詰めたメッセージ。

「わからない」男は、そのメッセンジャーは、スプーンをもてあそびながらいった。

彼は約束などしないだろう。かりに約束したとしても、最終的には自分の好きなようにするのだろう。生前最後の依頼状に強制力はない。なぜなら死者は人ではないから。それが法律——あらゆる契約は失効する。死者はだまされることも裏切られることもない。あなたが自分の心のなかに死者を取り込み、そこで犯罪を犯さないかぎり。

「気にしないで。猫に餌をやるのも頼もうと思っていたんだけれど。でもなんとか別の手だてを考えてみるわ」

別の手だて？　エジプトでは死んだ主人といっしょに、猫を煉瓦で閉じ込めた。それがわたしのやりたいことかしら——黄色い目が暗い穴蔵のなかで、出口を探して右往左往することが？

「眠らせることにしなければならないと思うの。新しい家に住みつくには年をとりすぎているから」

男の沈黙にぶつかって、わたしのことばは岩を打つ流れのように、鈍い水音をたてた。

「猫はなんとかしなければ。わたしにはどうすることもできない。わたしのような立場になれば、あなただっておなじように考えるはずよ」

男は首をふった。それはちがう。実際、そんなことにはならないのだ。ある冬の夜、遅かれ早かれ、血管内の人工的な火が男の身体を維持するための熱を失えば、男の生命はつきる。玄関口か通路で、両腕で胸を抱えるようにして、男は死ぬ。そのかたわらでこの犬が、あるいはほかの犬が、クーンと鳴きながら男の顔を舐めているところを、発見されることになるのだ。男は手押し車で運び去られ、通りに犬が取り残される。それで終わり。処理することもなく、遺品もなく、広大壮麗な墓もなし。

「あんたのために小包は出してやるよ」と男がいった。

第2部

フローレンスがもどってきた。ふたりの幼い娘のほかにベキも連れて。十五歳になる彼女の息子だ。

「フローレンス、ベキはずっとここにいるの？　彼のためのスペースが要ることになる？」

「あの子はわたしといっしょじゃないと問題を起こすんです」それがフローレンスの答えだった。「姉はもう、あの子の面倒を見きれないんです。ググレトゥ[*1]はそりゃひどくなってますから、ほんとに」

というわけでいまや裏庭に、わたしは五人も抱えることになった。人が五人に、犬が一匹、猫二匹。靴に住んでたおばあさん[*2]、どうしていいやら途方にくれた、というわけか。

月の初めにフローレンスが出かけていったとき、家事ならなんとか自分でやれる、と安心させるためにわたしはいった。ところが当然ながら、徐々にあらゆることを放置したため、じっとりと饐えた臭いが二階まで侵入してきた。コールドクリームと汚れたシーツとタルカムパウダーの混じった臭い。いまやフローレンスが調べてまわる後ろから、しおしおとついていかざるをえなかった。フローレンスは腰に両手をあて、鼻孔をふくらませ、眼鏡を光らせせながら、わたしの無能さを証明する事態を調べあげた。それから仕事に取りかかった。午後も終わるころには台所も浴室もぴかぴか、寝室はこざっぱりと片づいて、あたりには家具のつや出しの臭いが漂っていた。「すばらしいわ、フローレンス！」いつもの決まり文句。「あなたがいないと、どうなってしまうか見当もつかないわ」いや、もちろん見当はついている。老年期の無頓着な汚辱のなかに沈むのだ。

わたしの仕事を終えたフローレンスは、自分の仕事に取りかかった。コンロに夕食の鍋をかけ、ふたりの幼い娘を浴室に連れていった。娘たちの身体を洗って、耳の後ろや両脚のあいだを、泣きごとは聞く耳もたずといった調子で、てきぱきと、断固たる調子で拭き取るフローレンスを観察していて思ったこと――なんと立派な女性、でもわたしの母親でなくて本当によかった！

庭先でぼんやりしている少年にばったり出くわした。かつてわたしがディグビーという名だと思っていた少年が、いまではベキだ。年齢のわりには背が高く、フローレンスそっくりの凛々しい顔だち。「まあ、こんなに大きくなったのね」とわたし。少年から

＊1　ケープタウンの東にある黒人居住区（タウンシップ。73ページの注参照）。ランガ、ニャンガも。
＊2　マザーグースのもじり。

の返事はなかった。もう訪ねてくるたびに真っ先に兎小屋へ駆け寄り、まるまると太った白い雌を引っぱり出して、胸に抱きしめる、天真爛漫（らんまん）な、ちいさな男の子ではなくなっていた。友だちから引き離されて、赤ん坊みたいな妹たちと、他人の裏庭にかくまわれているのが不満でならないのだ、間違いない。

「学校はいつから閉鎖されたの？」フローレンスにきいてみた。

「先週からです。ググレトゥ、ランガ、ニャンガの学校は全部。子どもたちはなにもすることがなくなってしまったんです。やることといえば、通りをぶらぶらして面倒に巻き込まれることくらい。ここにいるほうがいいんです、わたしが目を離さないでいられますから」

「友だちがいないと欲求不満がたまるわね」

フローレンスはにこりともせずに肩をすくめた。そういえば彼女が微笑むのを見たことがない。でもおそらく、子どもたちには笑顔を見せるのだろう、自分たちだけになれば。

「この人はだれですか？」とフローレンスがきいた。

「名前はミスター・ファーカイル」とわたし。「ファーカイル、ファルカイル、ファルスカイル。本人がいうには、そんな名前よ。聞いたことのない名前だわね。しばらくここに居させてあげようと思って。犬を連れてるの。子どもたちにいってちょうだい、犬と遊ぶときはあまり興奮させないようにって。まだ幼い犬だから、咬みつくかもしれない」

フローレンスが首をふった。

「もしも面倒なことを起こすようだったら、出ていってもらうから」とわたし。「でも、まだやってもいないことのために、追い出すわけにはいかないでしょ」

肌寒い、風の吹く日。部屋着のままバルコニーに腰をおろした。すぐ下の芝生でファーカイルが古い芝刈り機を分解していて、ちいさな女の子たちがそれを興味津々で見ていた。男から数ヤード離れたところで、フローレンスによればホープという名の、年長のほうの女の子が（本当の名前をいうほどわたしを信用していないのだ）、男の視野に入らない場所にしゃがんでいた。握った両手を膝のあいだにはさんで。真新しい真っ赤なサンダルをはいている。赤ん坊のビューティーも赤いサンダルをはいて、芝生のうえをよちよち歩きながら、足を踏み出してみたり、どさりと座り込んだりしている。

見ていると、赤ん坊が握り拳をつくり、両手を大きく広げてファーカイルのほうへ近づいていった。あわや芝刈り機のうえから倒れ込みそうになる寸前、男が赤ん坊をつかまえ、ぷっくりしたちいさな腕をつかんで、少し離れた安全な場所へ連れていった。赤ん坊がふたたび、おぼつかない足どりで男にのしかかった。男はふたたび赤ん坊をつかまえて遠ざけた。それはほとんどゲームになりかけていた。でも無愛想なファーカイルが、ゲームをして遊ぶかしら？

再度、ビューティーが男に向かって突進した。再度、男はビューティーを救出した。それから、驚いたことに、彼は解体中の芝刈り機をころがしてすみに置き、片手で赤ん坊の手を取り、もう一方の手をホープに差し出して、輪を描きながら、最初はゆっくり、それから次第に速くまわりだしたのだ。赤いサンダルをはいたホープはそれについていくため走ることになって、宙に浮いて回転する赤ん坊は、喜んできゃっきゃっと叫び声をあげた。門の外に閉め出されていた犬が、飛び跳ねながら吠えている。なんという騒音！　なんという興奮！

その時点で、フローレンスがあらわれたにちがいない。回転の速度が落ちて、止まったのだ。小声で二、三のことばが交わされ、ホープがファーカイルの手を放して、妹をなだめすかして遠ざけ、わたしの視界から消えた。ドアが閉まる音が聞こえた。犬がひどく残念そうに鼻を鳴らした。ファーカイルは芝刈り機にもどった。半時間後に雨が降り出した。

ベキ少年のほうはフローレンスのベッドに腰かけ、古い雑誌のページをめくっている。ホープがそれを部屋のすみから、羨望の眼差しでじっと見ている。少年は雑誌に飽きると、ときどき車寄せに立って、ガレージのドアにテニスボールをぶつけ、はね返らせる。その騒音たるや、気が狂いそうだ。頭のうえからぐいと枕を押さえつけても、ズシンズシンとしつこい音は響いてくる。「学校が再開されるのはいつ？」不機嫌に、わたしは訊ねる。「やめるよういいます」とフローレンス。一分後、音はやむ。

　昨年、学校で騒ぎが始まったとき、わたしはフローレンスに自分の考えを伝えた。「わたしが学校へ行っていたころは、教育は特権と見なされたものよ。親は家計を切り詰め、節約して子どもを学校へやったものだけれど。当時なら、学校を焼き払うなんて、狂気の沙汰だと思ったでしょうね」

「いまはちがいます」とフローレンスは答えた。

「学校を焼き払うのに、賛成だっていうの？」

「あの子たちにどうしろこうしろとはいえません」とフローレンス。「いまではなにもかも変わってしまって。もう父親も母親もないんです」

「そんなのおかしいわよ。いつだって、父親や母親はいるんだから」そんな調子で、わたしたちのやりとりは終わった。

　学校での騒ぎについて、ラジオはなにも伝えないし、テレビもいっさい放映しない、新聞も書かない。伝えられる世界では、この国の子どもたちは机の前に楽しそうに座って、直角三角形の斜辺上の正方形について、あるいは、アマゾン川流域のジャングルに棲（す）むオウムについて学んでいることになっている。ググレトゥで起きている出来事についてわたしが知っているのは、もっぱらフローレンスが教えてくれたことや、バルコニーに立って北東に目を凝らして得た知識による。つまり、今日はググレトゥから煙があがっていない、あるいは、煙はあがっていても火の手はたいしたことはない、といったふうに。

この国はくすぶっている、でも、どれほど精いっぱいやっても、わたしが心をそそげるのはその半分に対してだけ。わたしが本当に心をそそぐのは、もっぱら内面のものや、ことばに対して、この身体のなかにじわじわと侵入してくるものをあらわすことばに対してだ。屈辱的な占領、おまけに滑稽、服に火のついた銀行家はジョークになっても燃えている乞食はならないような、そんな時代なんだから。それでも、わたしは自分を抑えられない。「わたしを見て！」とフローレンスに叫びたくなる――「わたしだって燃えているのよ！」

たいていは注意深く、一語の文字を、罠のあごの刃みたいにばらばらにしておく。読むときは油断なく読み、目の端で、待ち伏せているその語の影をちらりと捕えたら、行を飛ばし、ときには段落全体だって飛ばす。

それでも暗闇で、ベッドのなかで独りでいると、それを見ようという誘惑がひときわ強くなっていく。それに向かって、ほとんど自分を急き立てていくのがわかる。自分は人っ子ひとりいない、がらんとした海岸で、白くて長いドレスに麦わら帽子をかぶった子どもだ、と考える。あたりには砂が吹き荒れている。帽子をしっかりつかんで、両脚をふんばり、風に向かって身がまえる。でもしばらくすると、だれも見ていないこんなさびしい場所で、奮闘努力することがひどく大げさに思えてくる。わたしは力を抜く。風が、腰のくびれに当たる手のように、わたしを一押しする。あらがうのを中断するのは息抜きだ。最初は歩き、それから思い切り走って、運んでくれる風に身をまかせる。夜な夜な『ヴェニスの商人』の世界に連れていかれる。「わたしはあなたがたのように食べ、眠り、息をしていないとでも？」ユダヤ人、シャイロックが叫ぶ。「あなたがたのように血を流すことがないとでも？」そういって、血のしたたる一ポンドの肉を突き刺した短剣を、振りかざす。「わたしはあなたがたのように血を流すことがないとでも？」――舞台のうえで憤怒と苦悶に躍りあがらんばかりの、長いあごひげの、スカルキャップをかぶったユダヤ人の口から、吐き出されることば。

もしもあなたがここにいたら、あなたに向かって叫ぶわ。でもあなたはいない。だから相手はフローレンスになってもらうしかない。恐怖がこの身から紛れもない爆風となって噴き出し、大枝の葉を焦がすその瞬間を耐える役は、フローレンスにやってもらうしかない。「だいじょうぶ」ということばをわたしは聞きたい。だれかの胸に、フローレンスのでもいい、あなたのでもいい、だれの胸でもいいから抱きかかえられて、だいじょうぶ、といってもらいたいのだ。

昨夜はベッドに横になり、腰の下に枕を入れて、動くと襲ってくる痛みを避けるために、両腕を胸に圧しつけ、時計が三時四十五分を指すころ、羨望と憧れの気持ちで思ったのは、フローレンスのことだ。自分の部屋でぐっすり寝入っているフローレンス、すやすやと眠る子どもたちに囲まれて。四人は、それぞれのリズムで息をしている。どの息づかいも、しっかりと強く、病を知らない。

かつてはすべてをもっていたのに、そう思った。いま、すべてをもっているのはあなたで、わたしには、なにもない。

四人の息づかいは乱れることなく、時計は穏やかにときを刻んでいた。

一枚の紙をふたつに折って、フローレンスにメモを書いた。「ひどい夜でした。遅くまで眠るつもり。子どもたちを静かにさせてちょうだい。よろしく。EC」階下に行って、メモをキッチンテーブルのまんなかの小物にたてかけた。それから震えながらベッドにもどり、四時の錠剤を飲んで、目を閉じて腕を組み、いっこうに訪れない眠りを待った。

フローレンスからわたしが欲しいと思うものは、自分のものにならないもの。欲しいと思うものはなにひとつ、自分のものにならない。

昨年、下の子がまだ腕に抱かれた赤ちゃんだったころ、フローレンスをブラッケンフェルまで車で送っていったことがある。彼女の夫が働く場所だ。

フローレンスはたぶん、彼女を車から降ろしたら、わたしは走り去るものと思っていたはず。でもわたしは好奇心から、その男に会ってみたい、みんながいっしょにいるところを見たいと思って、一行に加わった。

土曜日の午後、かなり遅い時刻だった。駐車場から埃っぽい小道を進んで、二軒の、屋根の低い細長い小屋の前を通り、三軒目の小屋まで行くと、青いオーバーオールの男が針金の囲いのなかに立っていた。男の脚のまわりには鶏——実際は若い雌鶏——の群れがひしめいていた。娘のホープが身を振りほどいて、駆け出していって金網にしがみついた。男とフローレンスのあいだに、なにかが行き交った――目配せ、問いかけ、承認。

だが、たがいに挨拶(あいさつ)を交わす時間はなかった。その男、フローレンスの夫ウィリアムは仕事中で、その仕事は中断不可能なものだった。彼の仕事というのは、鶏に襲いかかり、くるりと逆さまにして、もがく鶏の体を両膝ではさみ込み、針金を両脚にまきつけ、それを二人目の若い作業員に手渡すことだ。手渡された作業員は鳴いてあばれる鶏を、頭上でカタカタと鳴るコンベヤーのフックに吊るす、するとコンベヤーはその鶏を小屋の奥まで運んでいって、そこで、血しぶきの散る油布製の作業着を着た三人目の男が、鶏の頭をつかんで首を引っぱり、あまりにちいさく、手の一部かと見まごう小刀でその首を切り離して、頭を容器に投げ入れていた。死んだ鶏の頭でいっぱいの容器に、くり返し、おなじ動作で。

これがウィリアムの仕事で、わたしはそれを、はたして見たかったかどうか自問する時間や平静さを、もてないうちに見てしまった。週に六日間、これが彼のやっていたことなのだ。鶏の脚を縛る作業。あるいはほかの男たちと交代で、フックから鶏を吊るしたり、頭を切り離したりしていたのかもしれない。ひと月に三百ランドと食料給付。十五年間もたずさわってきた仕事だ。ということは、これまでわたしがパンの小片や卵黄、セージを詰めて、油とガーリックをもみ込んだ鶏の胴体のいくつかは、この男、フローレンスの子どもたちの父親の脚のあいだで押さえ込まれたものだったというのも、あながち想像できないことではないのだ。早朝五時に起きて――わたしがまだぐっすり寝ている時刻だ――ケージ下のくぼみにホースで水をまき、餌桶に飼料を入れ、小屋を掃除して、それから朝食をすませて屠る作業に取りかかり、羽根をむしり、洗い、何千という屍体を冷凍して、何千という頭部と脚と、何マイルもの腸と、山のような羽根をパック詰めにしてきたのだ。

そこで起きていることを目にしたとき、すぐに立ち去るべきだった。車で走り去り、そのすべてを忘れるために、できるかぎりのことをすべきだった。ところがそうはせずに、わたしは、三人の男が飛べない鳥たちに死をもたらしているあいだ、針金の囲いのところに、魅入られたように立ちつくしていた。そしてかたわらでは、金網にしがみついた子どもが、これまた息を飲んでその光景を見つめていたのだ。

なんと酷く、なんとあっけない、殺すこと、死ぬこと。

五時になって、その日の仕事が終わり、わたしは別れを告げた。だれもいない家に向かってわたしが車を走らせているあいだに、ウィリアムはフローレンスと子どもたちを宿舎に連れていく。男が身体を洗う。女は灯油コンロでチキンライスの夕食をつくり、それから赤ん坊に乳をやる。土曜だった。農場労働者のなかには、人を訪ねたり気晴らしのために外出した者がいる。だからフローレンスとウィリアムは、空いている寝棚に子どもたちを寝かしつけて、ふたりだけで暖かい夕闇のなかを、散歩にでかけることができた。

ふたりは道路のはしを歩いていった。この一週間のことを、どんなふうだったかを話し合った。ふたりは自分たちの暮らしについて話し合った。

もどってみると、子どもたちはぐっすり眠っていた。プライバシーを保つため、寝棚の前に毛布を垂らした。それから、自分たちの夜をすごしたのだ。フローレンスが寝床を抜け出し、暗闇のなかで赤ん坊に乳をやる半時間ほどをのぞいて、ずっと。

日曜の朝、ウィリアムは——これは本当の名前ではなく、彼が仕事をする世界で知られている名だ——スーツを着て帽子をかぶり、いい靴をはいた。彼とフローレンスはバス停まで歩いていく。彼女が背中に赤ん坊を背負い、彼がホープの手を引いている。彼らはカイル川までバスに乗り、そこから乗り合いタクシーでググレトゥの、息子が寄宿する姉の家まで行った。

十時をすぎて、だんだん暑くなってきた。教会の礼拝は終わっていた。居間には客があふれ、おしゃべりに花が咲いていた。しばらくすると男たちは屋外へ出る。料理をする姉をフローレンスが手伝うときだ。ホープは床のうえでぐっすりと眠っていた。犬が入ってきて赤ん坊の顔を舐めたが、すぐに追い払われた。ホープは眠ったまま抱きあげられて、ソファに寝かされた。ふたりだけになったとき、フローレンスは姉にベキの寄宿代を渡した。食費、靴代、教科書代。姉はそれを受け取り、胴着のなかにしまう。そこへベキがあらわれて、母親とことばを交わす。外にいた男たちがもどってきて、みんなで昼食だ。農場か工場か製造所、どこかそんな場所からきた鶏肉と、ライス、キャベツ、グレイヴィーソース。家の外からベキの友人が呼ぶ声がする。ベキは大急ぎで食事をすませて、テーブルを離れた。

このすべてが実際に行われたのだ。このすべてが行われたはずだ。それはアフリカのごくありふれた午後のこと。もの憂い天気、もの憂い一日。ほとんど、人生はかくあるべき、といってもいいくらいだ。

帰る時間がやってきた。彼らはバス停まで歩いていった。ホープはいま父親に肩車されている。バスが到着して、彼らは別れを告げた。バスはフローレンスと子どもたちを乗せて発車した。モーブレーまでそのバスに乗り、そこでバスを乗り換えてセント・ジョージ通りまで行き、それから三台目のバスでクローフ通りまで行く。クローフ通りからは歩く。スクーンデル通りに着くころには、影が長く伸びはじめていた。

さあ、疲れて機嫌のわるいホープに晩ご飯を食べさせて、赤ん坊を風呂に入れて、昨日やりかけたアイロンかけを片づけてしまわなければ。

とにかく彼が屠っているのは家畜ではない、とにもかくにも、たかが鶏、ばかな鶏と誇大妄想を抱えた鶏なんだ、と自分にいいきかせた。それでも、わたしの心は農場から、工場から、自分のかたわらで暮らす女性の夫が働いている企業から、離れようとしない。彼はそこで、くる日もくる日も、あの柵をまたぎ、右に左に、前に後ろに、次から次へと、血と羽根の臭気のなかで、憤慨(ふんがい)して鳴きわめく、けたたましい騒ぎのなかで、手を伸ばし、つかみあげ、押さえ込み、縛りあげ、吊るす作業をしていたのだ。この広い南アフリカ全土で、わたしが腰をおろして窓の外をながめているあいだに、手押し車に何杯も、何杯も、鶏を殺したり、土を運んだりしている、そんな男たちのことを思った。オレンジを選り分けたり、ボタン穴をかがったりしている、そんな女たちのことを思った。シャベル何杯分かの土を、オレンジを、ボタン穴を、鶏を、いったいだれが数えるのだろう。肉体労働の世界、数を数える世界——終日、時計の前に座って、音をたてて刻まれる秒をやりすごし、みずからの人生を数えて終わるような世界だ。

ファーカイルはわたしのお金を取っていってから、絶えず酒を飲むようになった。ワインばかりかブランデーまで。お昼まで飲まずにいる日もあるけれど、その禁欲の時間を、解禁というさらに享楽的な快楽にふけるために利用している。午前九時ごろ家を出るまでに、酩酊していることもたびたびだ。

今日、彼が外から帰ってきたとき、寒々とした日の光が射していた。わたしは二階のバルコニーにいた。彼はわたしのほうには目もくれず、庭の壁を背にして、犬をかたわらに従えて座り込んだ。庭にはフローレンスの息子が陣取っていた。見たことのない友人もいっしょだ。ホープがそのふたりの一挙手一投足を、食い入るように見つめていた。ラジオで音楽を鳴らしている。ズシンズシンというリズムに金属をこするような音色、これではテニスボールのほうがまだましだ。

「水を」とファーカイルが少年たちに大声でいった——「水をもってきてくれ」

新顔の、友だちのほうの少年が庭を横切り、ファーカイルのそばにしゃがみ込んだ。

ふたりのあいだになにやらことばが交わされたけれど、聞き取れなかった。その少年が手を伸ばした。「よこせよ」

ファーカイルはだるそうに、その手をゆっくりと払った。

「それを俺によこせ」少年は膝をついて酒瓶を、ファーカイルのポケットから引っぱり出そうとした。

ファーカイルは抵抗したけれど、ほとんどその気がない。

少年はキャップをまわして、ブランデーを地面にそそいだ。それから瓶を放り投げた。瓶は粉々に砕けた。なんてばかなことを——わたしは叫びそうになった。

「こんなもの飲むから犬畜生になるんだよ！」と少年はいった。「犬になりたいのか？」

犬が、ファーカイルの犬が、クーンクーンとしきりに鳴いた。

「うせやがれ」と答えるファーカイルは、ろれつがまわらない。

「犬め！」と少年。「酔っぱらい！」

ファーカイルに背を向けた少年が、ふんぞり返ってベキのほうへ歩み寄った。なんてうぬぼれの強い子どもだろう。これが民衆の新しい保護者の振る舞い方だというなら、金輪際、願い下げだ。

ちいさな少女がブランデーの臭いを嗅いで、鼻のあたまに皺を寄せた。

「おまえもうせやがれ」といって、ファーカイルは少女を追い払おうとした。少女は動かない。そしていきなり、向きを変えて母親の部屋へと駆け出した。

音楽が鳴りつづけた。ファーカイルは寝入ってしまい、膝に犬の頭をのせたまま壁づたいに、ずるずると斜めに倒れた。わたしは読んでいた本にもどった。しばらくすると太陽が雲に隠れて、寒さが忍び寄ってきた。霧雨が降り出した。犬がぶるっと身を震わせて、小屋に入った。立ちあがったファーカイルがそのあとを追った。わたしは持ち物を集めた。

小屋のなかが騒がしかった。最初にあたふたと走り出てきたのは犬だ。うろうろしてから、立ち止まって吠えた。次に後ろ向きになったファーカイルの姿が見えて、最後にふたりの少年が出てきた。ふたりめの、友だちだという少年が近づくと、ファーカイルがその少年に殴りかかり、首すじを平手で打った。驚いた少年が思わず息をのむヒューッという音が、バルコニーにいるわたしの耳にも届いた。少年がファーカイルを殴り返すと、ファーカイルはよろめいて、倒れそうになった。犬が躍りあがるように跳ね、吠えつづけた。少年がファーカイルをもう一度殴り、いまやベキまで加勢している。「やめなさい！」わたしは下に向かって叫んだ。わたしの声など、彼らは気にも留めない。地面に倒れたファーカイルを、少年たちが蹴りつけた。ベキがズボンからベルトをはずして、鞭にして打ちはじめた。「フローレンス！」わたしは叫んだ――「やめさせて！」ファーカイルは両手で顔をおおって身を護っていた。犬がベキに躍りかかった。ベキは犬を打ち払い、ベルトでファーカイルを鞭打ちつづけた。「ふたりとも、やめなさい！」手摺を握りしめてわたしは叫んだ。「すぐにやめないと、警察を呼ぶわよ！」するとフローレンスがあらわれた。彼女がぴしゃりとなにかいうと、少年たちはひるんだ。ファーカイルがよろよろと立ちあがろうとしていた。大急ぎでわたしは階下に降りた。

「この少年はだれ？」わたしはフローレンスに訊ねた。

少年はベキに話しかけるのをやめて、じっとわたしを見た。その眼差しが、好きになれなかった——傲慢（ごうまん）で、けんか腰。

「学校の友だちです」とフローレンス。

「家に帰しなさい。こんなことはたくさん。わたしの家の裏庭でけんか騒ぎはごめんよ。見ず知らずの人間が出入りするのもごめんだわ」

ファーカイルの唇から血が出ていた。革のように硬いその皮膚から、血が出るなんて不思議だ。灰に垂らした蜜のよう。

「見ず知らずじゃありません。訪ねてきたんです」とフローレンス。

「僕たちがここに来るのに、パス[*1]がないといけないんですか？」とベキがいった。ベキとその友だちが目配せした。「パスがないとだめなんですか？」ふたりはわたしの返事を待っている。挑戦だ。ラジオががんがん鳴っている。非人間的な雑音、もう、うんざり——わたしは両手をあてて耳をふさぎたかった。

「パスのことなんかいってないでしょ。でも、どんな権利があって、あの子はここにやってきて、この人を襲うわけ？　この人はここに住んでるの。ここは彼の家なのよ」

　フローレンスの鼻孔が大きくふくらんだ。

「そうよ」彼女のほうを向いてわたしはいった。「彼もここに住んでいるの、ここは彼の家なの」

「ここに住んでますけど」とフローレンス。「この人は人間のくずです。ごくつぶしです」

「ばかやろー（ヤウ・ムール）！」ファーカイルはそういって帽子を脱ぎ、その山を叩き、帽子を持った手をあげた。フローレンスを殴るぞ、とばかりに。「くそあま！」

　ベキが彼から帽子をむしり取って、ガレージの屋根に放り投げた。犬が激しく吠えた。帽子は屋根の斜面をゆっくりと転げ落ちた。

「この人は人間のくずじゃないわ」わたしは声を抑えて、フローレンスだけを相手にしていった。「人間にくずなんていないの。わたしたちはみんなおなじ人間なんだから」

　でもフローレンスは説教されたいとは、さらさら思っていなかった。「ごくつぶしで、酒ばかり飲んでる。酒、酒、酒、一日じゅうそれだけなんだから。そんな人にここにいてもらいたくないです」

＊1　移動の自由を規制するため、十六歳以上の黒人に常時携帯を義務づけた通行許可証。違反者は逮捕された。一九八六年四月に廃止。

ごくつぶし、それが彼の姿だろうか？　そう、たぶん、ごくつぶし。古き良き時代の、いまではほとんど耳にしないことばだ。

「彼はわたしのメッセンジャーなのよ」

フローレンスは疑わしそうに、じっとわたしを見た。

「わたしのために、メッセージを届けてくれることになっているの」

彼女が肩をすくめた。ファーカイルはよろめきながら、帽子を手に持ち、犬を連れて立ち去った。門の掛け金がカチリと鳴る音が聞こえた。「あの人を放っておくよう男の子たちにいってちょうだい。危害を加えたりしない人だから」

力をつけてきた雄猫たちに追い払われる老猫のように、ファーカイルは傷を舐めるために姿をくらました。公園から公園を「ミスター・ファーカイル！　ミスター・ファーカイル！」とささやくように呼びながら、探し歩く自分の姿が目に浮かぶ。飼っている猫を探す老女だ。

フローレンスはごくつぶしを追い払ったベキのことを誇らしく思って、それを隠そうともしない。でも、雨が降り出したらすぐに帰ってくると予言する。わたしのほうは、少年たちがここにいるかぎり、姿を見せないのではないかと思っている。フローレンスにも、そういった。「あなたはベキやその友だちに、年長者に向かって手をあげても咎められることはないと教えているのよ。それは間違いだわ。そう、あなたがどう思おうと、ファーカイルは子どもたちにとっては年長者なんだから！

　子どもというのは、譲れば譲るほど、常軌を逸した振る舞いをするようになるのよ、フローレンス。あなたはいつかわたしに、あなたの息子の世代はなにも怖がらないので感心するといっていたわね。でも気をつけて、あの子たち、最初は自分の生命を気遣わないことから始めるとしても、終いには他人の生命への気遣いを、すっかりなくしかねないわよ。あの子たちのことであなたが感心するのは、かならずしも最善のことではないわね。

　先日あなたがいったことを、ずっと考えているの——もう父親も母親もいないといったでしょ。そんなことをあなたが本気でいうなんて、わたしには信じられない。子どもというのは、父親や母親なしで大人にはなれないのよ。燃やしたり殺したりするのを聞くにつけ、その思いやりのなさときたら衝撃的だわ、ミスター・ファーカイルを殴った今回のことにしても——いったいだれに落ち度があるの？　責められるべきは親よ、『さあ、好きなようにやれ、いまではおまえの主人はおまえ自身だ、おまえたちにあれこれ指図する権限は放棄する』という親なのよ。子どもは心のなかで、どういってもらいたがっているのかしら？　きっとどうしていいかわからずに、『自分にはもう母親はいない、父親もいない——母親は死んだことにしよう、父親も死んだことにしよう』と考えるようになるのよ。あなたが子どもたちのことから手を引くと、彼らは死の子どもたちになってしまうわ」

フローレンスは首をふって「ちがいます」といった。確固たる口調だ。

「でも、去年、タウンシップ[*1]で口にするのもおぞましいことが起きていたころ、いったことはおぼえているでしょ？　あなたはわたしにこういったわ。『火をつけられて燃えている女の人をこの目で見たんです。助けてくれって、その人が声をかぎりに叫んでも、子どもたちは笑って、もっとガソリンをかけた』って。あなたは『そんなものをこの目で見ることになるなんて、夢にも思わなかった』といったのよ」

「ええ、そういいましたよ、それは本当ですから。でも、だれがあの子たちをこんなに残酷にしたんですか？　あんなに残酷にしたのは白人たちですよ！　そうです！」彼女は深く、激しく、息をついた。わたしたちは台所にいた。フローレンスはアイロンがけをしていた。アイロンを持つ手にぐいっと力が入った。わたしを睨みつけた。その手に、わたしは軽く触れた。彼女がアイロンを持ちあげた。シーツには茶色い焦げ痕がつきはじめていた。

慈悲のかけらもない、とわたしは思った。慈悲のかけらもない、際限のない戦争。良き戦争など、いまはないのだ。

「そしてある日、あの子たちが大人になったとき」穏やかにわたしはいった。「残酷さは彼らから消えると思う？　親などというものの時代は終わったと教わった彼らは、どんな親になるのかしら。わたしたちの内部で親という概念が破壊されてしまったら、親を再創造することができるかしら。あの子たちは、酒を飲むからといって男を殴り、蹴る。人に火を点けて焼け死ぬのを笑って見ている。彼らは自分の子どもをどんなふうに扱うようになるのか。どんな愛をそそげるようになるのか。彼らの心がわたしたちの目の前で石に変わろうとしている、それをどう思うの？　あなたは『これはわたしの子どもではない、白人の子どもだ、白人によってつくられた怪物だ』という。いえるのはそれだけ？　あの子たちのことを白人のせいにして、自分は背を向けるわけ？」

「ちがいます」とフローレンス。「それはちがいます。わたしは自分の子どもたちに背を向けたりなんかしません」そういって彼女は、シーツを縦に横に、縦に横に、角をぴったり合わせて、断固とした調子でたたんだ。「この子たちは良い子です、鉄のようです。わたしたちは彼らを誇りに思います」といってアイロン台のうえに一枚目の枕カバーを広げた。わたしは彼女がさらにことばを継ぐのを待った。しかし、もうことばは出てこなかった。わたしと議論することに関心がなかったのだ。

　鉄の子どもたちか。フローレンス自身も、鉄と似ていなくもない。鉄の時代。[*2]そのあとから、青銅の時代がやってくる。どれほどの時間が、周期的に柔和な時代がもどってくるまでに、いったいどれほどの時間がかかるのだろう——粘土の時代が、土の時代がもどってくるまでに。国家のため、民族のため、戦士となる息子を産む、鉄の心をもったスパルタの既婚婦人（マトロン）。「わたしたちは彼らを誇りに思います」わたしたち。おまえの

＊1　大都市周辺の非白人居住区。集団地域法で人種別に住む地域が決められ、違反者は投獄された。

＊2　ヘシオドスの『仕事と日々』に初出する時代区分。

盾を持って、さもなくば、おまえの盾に載って帰還せよ[*1]

そしてわたしは？　わたしのほうの愛しい人は、いったいどこにいるの？　唯一の子どもは何千マイルも遠く離れていて、安全。わたしはもうじき灰と煙になる。とすれば、子ども時代が見くだされる時代になったからといって、子どもたちが決して微笑まないよう、決して泣かないよう、拳を金槌（かなづち）のように振りあげるよう、たがいに訓練する時代がやってきたからといって、なんだというの？　本当は、地面から盛りあがってきた、できそこないの、怪物みたいな、時節はずれの時代ではないのか。鉄の時代を産み出したものは、花崗岩（かこうがん）の時代でなければ、いったいなんなのか。フォールトレッカー[*2]を、歴代のフォールトレッカーを抱えているのはわたしたちではなかったか。険しい顔に唇を引き結んだアフリカーナーの子どもたちが、愛国的な讃歌を歌いながら、みずからの旗に敬礼し、その父祖の地のためなら死をもいとわないと誓って行進してきたのではなかったか。「我らは生きん（オンス・サル・レーヴェ）、我らは死なん（オンス・サル・ステルヴェ）」[*3]いまだに狂信的白人たちが、まだ自分の靴のひもさえ結べない幼い子どもにまで、旧態然とした戒律と、労働と、服従と、自己犠牲の社会秩序のことを、死の支配体制のことを説教しているのではないのか。徹頭徹尾、なんという悪夢！　アフリカにおける〈ジュネーヴの勝利〉[*4]の精神というわけか！　黒衣に身を包み、冷血で、いかなるときも冷酷で、あの世で手をすり合わせながら、薄ら笑いを浮かべるカルヴァン。両陣営の独断論者と魔女狩りたちのなかで生まれ変わって、勝ち誇るカルヴァン。これ全部を置き去りにしたあなたは、なんて運のいいこと！

もうひとりの少年、ベキの友だちのほうは赤い自転車でやってきた。空色の太いタイヤがついている。昨夜ベッドに入ったとき、自転車は裏庭の月明かりのなかで濡れたように光っていた。今朝の七時、窓からながめたときもそこにあった。わたしは朝の分の薬を飲み、もう一時間眠った。群衆に巻き込まれる夢を見た。人影がわたしに向かって押し寄せ、ぶつかり、理解できないことばでおぞましい悪態をつき、威嚇（いかく）した。打ち返しはしたが、わたしの腕は子どもの腕で、ヒューヒューと空を切るばかり。

声高なやりとりで目が覚めた。フローレンスとだれかだ。ベルを鳴らした。一回、二回、三回、四回。ようやくフローレンスがあらわれた。

「入り口にだれかいるの？」

フローレンスは床からキルトを拾いあげてベッドに広げ、足もとへ折り返した。「別にだれも」とフローレンス。

「昨夜、あなたの息子の友だちはここに泊まったの？」

「ええ。暗くなってから自転車で帰るわけにはいきませんから。危険すぎます」

＊1　プルタルコス著『モラリア3』より。

＊2　十九世紀半ばに、英国が支配するケープ植民地から内陸にむけて大移動したアフリカーナー（オランダ系植民者）のこと。

＊3　アパルトヘイト時代の国歌で、曲はいまも「ンコシ・シケレリ・アフリカ」の後ろに残されている。

＊4　カルヴァン派がジュネーヴ市をプロテスタントに正式に改宗させたこと。

「その子はどこで寝たの？」

フローレンスは居ずまいをただした。「ガレージです。ベキといっしょにガレージで寝ました」

「でも、どうやってガレージに入ったの？」

「窓を開けたんです」

「そういうことは、やる前にわたしに断わってくれない？」

沈黙。フローレンスがトレーを持ちあげた。

「その子もいっしょにここに住むわけ？　ガレージに？　わたしの車のなかで寝るつもり？」

フローレンスは首をふった。「知りません。じかにきいてください」

正午、自転車はまだそこにあった。少年たちの気配はない。でもわたしが郵便受けまで行くと、通りの向かい側に警察の黄色いヴァンが停まっていた。なかに制服の男がふたり、こちら側に座っている人物がガラスに頬を圧しつけて眠っていた。

運転席に座っている男に、わたしは手招きした。エンジンがかかって、眠っていた人物が姿勢をただし、ヴァンは舗道に乗りあげてから急カーブでUターンをして、わたしのそばに来て止まった。

車から男たちが降りてくるものと思った。しかし予想に反して、彼らは座ったままひと言もしゃべらず、こちらが話すのを待っている。冷たい北西の風が吹いていた。わたしは部屋着の襟(えり)をかき合わせた。ヴァンの無線がガリガリと音をたてた。「四(フイール)、三(ドリ)、八(アハト)」女性の声だ。彼らはそれを無視した。青い服を着たふたりの若者。

「なにかお手伝いできますか？　どなたか待ってらっしゃるの？」

「手伝いができるかって？　わかりませんね、奥さん。手伝えるか、ときかれても」

わたくしの時代には、警官は女性には丁重な話し方をしたものだ、と思った。わたくしの時代には、子どもたちが学校に火をつけたりはしなかった。わたくしの時代には、いまでは「編集部あての手紙」でしかお目にかからなくなった語法。老人たちが、正当なる怒りに打ち震え、最後の手段としてペンを取る。わたくしの時代には、はすでに終わり。わたくしの人生では、は遠いむかし。

「あの少年たちを探しているのなら、いっておきますけれど、ここに滞在する許可はわたくしから得ておりますから」

「どの少年のことですか？」

「ここを訪ねてきた少年のことですよ。ググレトゥから来た少年たち。学校の生徒のことです」

無線から炸裂するような雑音が聞こえた。

「いいえ、奥さん、ググレトゥから来た少年のことなど知りません。われわれに彼らを見張ってほしいと？」

ふたりのあいだで目配せが交わされた。面白がっている目配せだ。わたしは門の鉄棒を握りしめた。部屋着の前が大きくあいて、冷たい風が喉や胸にじかにあたるのを感じた。古びて、すこぶる評判のわるい、滑稽なことばを、わたしは一語一語はっきりと発音した。「わたくしの時代には、警官が女性に対して、そんな口のきき方をすることは、ありませんでしたよ」そういって、彼らに背を向けた。

背後で無線がオウムのようにキーキーと鳴っていた。ひょっとするとわざと音を出していたのかもしれない、彼らならやりかねない。一時間後、黄色いヴァンは、まだ門の外に停まっていた。

「あのもうひとりの少年は、本当に家に帰したほうがいいと思うけれど」フローレンスにわたしはいった。「あなたの息子を厄介なことに巻き込むことになるわ」

「家に帰すことはできません」とフローレンス。「もしあの子が出ていったら、ベキもいっしょに出ていきますから。そんな調子なんです」フローレンスは片手をあげて、二本の指を絡ませた。「ここにいるほうが安全です。ググレトゥでは四六時中、厄介なことが起きていて、そこへ警察がやってきて銃撃するんです」

ググレトゥで銃撃。それについてフローレンスが知っているどんなことも、一万マイル離れたあなたが知っているどんなことも、わたしは知らない。わたしの耳に入るニュースでは、厄介事や銃撃のことは、まったく触れられない。わたしの目に提示されるこの国は、にこやかに微笑む隣人たちの国。

「争いごとから逃れるためにここにいるなら、なぜ警察があとを追ってくるの?」

フローレンスは深々と、ため息をついた。赤ん坊が生まれてからの彼女には、ほとんど抑えきれない憤怒がつきまとっている。「わたしにきかないでください、マダム」きっぱりと彼女はいった。「なぜ警察が子どもたちのあとを追ってきて、子どもたちを追跡して、銃で撃って、刑務所に入れるのか。そんなこと、わたしにきかないでください」

「わかったわ。今後二度とそういう間違いはしません。でもわたしの家を、タウンシップから逃げてきた子どもたちすべての避難所にすることはできませんからね」

「でも、どうしてですか?」前に身をのりだすようにして、フローレンスはきいた。

「どうしてだめなんですか?」

　風呂に熱いお湯をはり、服を脱ぎ、痛みをこらえながら身体を沈めた。どうしてですか?　頭を垂れると、髪の毛が顔にかかり、毛先が湯に触れた。目の前に、青い静脈がまだらに浮いた脚が、棒のように突き出ている。年をとって病んだ醜い女が、かぎ爪を伸ばして、これまで残してきたものにしがみつこうとする。生ある者は長びく臨終をもどかしく思い、死にゆく者は生ある者を妬む。まことに芳(かんば)しからざる光景、願わくばすみやかに終わらんことを。

　浴室にベルはなかった。咳払いをして「フローレンス!」と呼んだ。剝き出しのパイプと白い壁に反射する、うつろな響き。フローレンスに聞こえると思うなんてどうかしている。かりに聞こえたとしても、やってこなければならない理由がどこにある?

おかあさん、わたしのほうを見て、その手をこっちに伸ばして！

頭のてっぺんからつま先まで、全身に震えがきた。閉じたまぶたの裏に母が見えた。いつもわたしのところにあらわれるときの姿で。老人用のくすんだ色の服を着て、顔を隠して。

「ここに来て！」ささやくようにわたしはいった。

だが母は来ない。鷹（たか）が滑空するときのように、両腕を大きく広げ、母は空を昇りはじめた。より高く、さらに高く、母はわたしの頭上を昇っていった。雲の層に達し、それを突き抜け、さらに高く昇っていった。一マイル上昇するごとに若返っていく。髪の毛はふたたび黒々となり、肌ははりを取りもどしていく。古い服が枯れ葉のようにはらりと落ちて、あらわれたのは青いドレス。ボタン穴のところに羽根飾りがついている。わたしのいちばん古い記憶のなかで母が着ていた服だ。世界がまだ若く、あらゆることが可能だったころの。

母は高く昇って、永遠につづく完璧な若さで、変わることなく、微笑みを浮かべ、うっとりと、すべてを忘れ、天空の彼方へ向かっていった。「おかあさん、わたしのほうを見て！」だれもいない浴室のなかで、ささやくようにわたしはいった。

今年はいつもより雨季が早く来た。雨が降りはじめて四カ月目。壁に触れると湿った筋が残る。ところどころで漆喰（しっくい）が湿気を含んでふくれあがり、崩れている。わたしの衣服も、黴の生えたような、いやな臭いがする。もう一度でいいから、ぱりっとした太陽の匂いのする下着をつけたい！　もう一度でいいから、夏の午後、陽に焼けてナッツブラウンの肌をした学校帰りの子どもたちの身体に混じって、あの街を歩きたい。大声で笑い、くすくすと笑い、若くて清潔な汗の匂いをさせて帰っていく子どもたち。女の子は年ごとに、より美しく（プリュ・ベル）なっていく。そしてもしもそれが無理なら、それでもなお最後のときまで、この驚きに満ちた世界のなかにいっとき生をあたえられたことに、深い感謝の念を抱かせていてほしい。かぎりない、心からの感謝の念を。

　このことばを、わたしはベッドに腰かけて書いている。八月の寒さのために、膝をぴったりと寄せて。〈感謝（グラティチュード）〉という語を書き留めて、再読する。どんな意味？　目の前でその語は密度を増して、暗く、不可思議なものになっていく。そしてなにかが起きる。ゆっくりと、柘榴（ざくろ）のように、わたしの心に感謝の念があふれる。まるで果実が割れて、なかから愛という種子がこぼれ出るように。〈感謝（グラティチュード）〉と〈柘榴（ポムグラネット）〉——姉妹のようなことばたち。

　今朝五時に、激しい雨音で目が覚めた。篠突く雨は、詰まった樋のへりからあふれ、屋根瓦のすきまから流れ込んだ。わたしは階下へ行き、お茶を淹れ、毛布にくるまり、その月の請求書類を手に腰をおろした。

門がかちりと音をたて、足音が車寄せに響いた。黒いビニール袋をかぶって身をまるめた人影が、急ぎ足で窓の向こうを通り過ぎた。

わたしはベランダに出た。「ミスター・ファーカイル！」叩きつける雨に向かって叫んだ。答えはなかった。背をまるめ、しっかりと部屋着を引き寄せて、外へ出た。ばかげたラムウールの折り返しのついた部屋履きは、あっという間にぐしょぬれになった。水が細い流れをつくっている庭を、しぶきをあげながら横切っていった。車庫へつづく暗い入り口でだれかと衝突した――ファーカイルだ。こちらに背を向けた恰好で、彼は口汚いことばを吐いた。

「なかに入って！」雨音に負けじと、わたしは叫んだ。「家のなかに入って！　そんなところじゃ寝ていられないわ！」

頭からフードのように袋をかぶったまま、彼はわたしの後ろから台所に入り、明るいところへ出た。「その濡れたものは外へ出して」といってから、ぎょっとなった。彼の後ろから、だれかが入ってきたのだ。女だ。背の低い、わたしの肩ほどもない、年老いた、いや、少なくとももう若くはない、いやらしい目つきの、むくんだ顔と鉛色の肌をした女だ。

「これはだれ？」

ファーカイルは黄色い目で、ふてぶてしく睨み返してきた。犬男め！と内心思った。

「雨がやむまでなかで待てばいい、そうしたら出ていってもらうわよ」冷ややかにそういうと、わたしは彼らに背を向けた。

服を着替え、鍵をかけて寝室にこもり、本を読もうとした。だが、ことばは木の葉のように、さらさらとわたしのなかを通り過ぎた。軽い驚きをおぼえながら、まぶたが垂れていくのを感じ、手から本が滑り落ちる音が聞こえた。

目が覚めてまず頭に浮かんだのは、彼らを家から追い出すことだ。

女の気配はなかった。だがファーカイルは居間でぐっすり眠っていた。ソファのうえで身をまるめ、両手を膝のあいだにはさみ込み、どうにか帽子を頭にのせて。わたしは揺り起こした。彼は目を覚まし、両唇を舐めて、しぶしぶ、口のなかでなにかつぶやきながら、眠そうな音をたてた。おなじ音だ――すぐに思い出した――学校へ送り出すため起こそうとしたとき、あなたがたてた音。「起きる時間よ！」そういってカーテンを引き開けると、まぶしさを避けるようにして、あなたはちょうどそんなふうにつぶやいた。「さあ、起きてちょうだい、時間よ！」あなたの耳元に、わたしはささやいた、あまり急かせないようにしながら、そばに腰をおろし、あなたの髪をこの指で梳るようにして、何度も何度も、指先に愛を込めて撫でつける。あなたがまだ眠気から離れられずにいるあいだ、ずっとこんなふうにしていられたら！と思ったものよ。あなたの頭のうえに置いたこの手を通って、愛が流れ、めぐっていく。

こうしていま、眠た気で心地よさそうなあなたのつぶやきが、この男の喉でよみがえるとは！　そばに腰をおろしてやるべきかしら、帽子を取って、その白髪まじりの髪を梳ってやるべきかしら？　嫌悪感にぞっとなった。子どもを愛するのはとても簡単、でも、子どもの成れの果てを愛するのはほんとうに難しいわ！　そのむかし、耳に拳をあて、喜悦に目をしっかりと閉じて、この人もまた女の子宮のなかに浮かびながら、腹から腹へ流れるその血を飲んでいたのよ。彼もまた骨の門をくぐって、輝きにあふれる外の世界へ出てアモル・マトリス——母の愛を知ることになって、やがて乳離れさせられ、自分の足で立つよう強いられ、涙を流すこともなくなって、発育を阻害されて、ひねくれていったのよ。隔離された、貧しい生、あらゆる生とおなじように。しかしこの場合は、きっと、多くの人よりさらに滋養が足りなかった。中年にさしかかった男がいまだに瓶（ボトル）に吸いつき、失われた至福をもとめて、恍惚のなかでそれに到達しようとしているのだから。

わたしが立って男をながめているあいだに、連れの女が部屋に入ってきた。女はわたしを無視して、床のクッションの寝床にころがり込んだ。女からオーデコロンの匂いがする——わたしのだ。そのあとからフローレンスが入ってきた。いきり立っている。「フローレンス、説明しろなんていわないでね」とわたし。「この人たちのことは放っておいて、もう少し眠って酔いをさましたいのよ」

フローレンスの眼鏡がきらりと光った。なにかいい出しそうになったのをわたしが遮った。「お願い！　ここに住みつくわけじゃないから」

トイレを何度も流したけれど、臭気は消えなかった。吐き気をもよおす、あまったるい悪臭。フロアマットを雨のなかに放り出した。

しばらくして、台所で子どもたちがフローレンスと朝食を食べているとき、ふたたび階下へ降りた。前置きなしに、ベキに向かってわたしはいった。

「わたしの車のなかであなたと友だちが寝ているそうね。なぜ前もって許可を得なかったの？」

沈黙。ベキは顔をあげようとしない。フローレンスはパンを切りつづけた。

「なぜ前もってわたしの許可を得なかったの？　答えなさい！」

幼い少女が嚙むのをやめて、まじまじとわたしを見た。

なぜわたしはこんな馬鹿げた態度をとっているのかしら？　理由は苛々（いらいら）していたから。慣れることにうんざりしていたから。彼らがなかで寝ているのがわたしの車だから。わたしの車、わたしの家――わたしのもの――わたしはまだ死んだわけじゃないのよ。

そのとき幸いなことに、ファーカイルが姿をあらわし、緊張感が一気にほぐれた。彼は台所を通り抜け、脇目もふらずにベランダへ出ていった。そのあとにわたしもつづいた。犬が彼に跳びつき、躍りあがり、有頂天になってじゃれた。犬はわたしにまで跳びついてきて、濡れた足でスカートに筋をつけた。犬を押しもどしている姿は、なんと愚かしく見えるものか！

「お願い、あなたの友だちにこの家から出ていってもらって」

男は曇天の空を見あげて、返事をしなかった。

「いますぐ出ていってもらって、さもないとわたしが追い出すわよ！」憤怒にかられてわたしは叫んだ。

彼は無視した。

わたしはフローレンスに命じた。「手伝ってちょうだい」

女はクッションの寝床にうつぶせになって寝ていた。口の端にまるく湿った痕がついていた。フローレンスがその腕をぐいっと引っぱった。よろけながら女は立ちあがった。なかば導くように、なかば押すようにして、フローレンスは女を追い立て、家の外に出した。通路まで追いかけてきたファーカイルに、わたしはぴしゃりといった。「やりすぎよ！」

ふたりの少年はすでに自転車で通りに出ていた。わたしたちの小ぜり合いは見て見ぬ振りをして、スクーンデル通りを走っていく。クロスバーのうえでベキが身をまるめ、友だちのほうがペダルをこいでいた。

女がしゃがれ声で、とりとめのない卑猥(ひわい)なことばで、フローレンスを罵り(ののし)はじめた。フローレンスがわたしに意地のわるい視線を投げてよこした。「人間のくずだ」といって、彼女は足を踏み鳴らして去った。

「二度とこの女の顔は見たくないわ」そうファーカイルにわたしは告げた。

ふたりの少年を乗せた自転車がまた視界に入ってきた。スクーンデル通りのいちばん高いところから、こっちに向かって猛スピードで走ってくる。ベキの友だちが懸命にペダルをこいでいる。そのすぐ後ろにぴたりとつけているのは、昨日からいる警察の、黄色いヴァンだ。

舗道の縁石のところに軽トラックが駐車していた。荷台にパイプや棒を積んでいる。配管工事の材料だ。自転車が通り抜けるスペースは十分にあった。ところが黄色いヴァンが少年たちの横にならんだとき、左側のドアが大きく開いて、少年たちをバシッと打った。自転車はよろめき、バランスを崩した。わたしが垣間見たのは、ベキが万歳の恰好で滑り落ち、もうひとりの少年がペダルを踏んで立ちあがり、顔をそむけながら、身を護ろうと片手を伸ばしたところだ。ミル通りを行き交う車の騒音を突き抜けるようにして、はっきりと、宙に浮いた身体が衝突する鈍い音と、深い、驚愕の「ああっ！」という吐息と、自転車が配管工事のトラックに激突する音が聞こえてきた。「きゃあああっ！」あたりに突き抜ける鋭い叫び声が、自分のものとは思えなかった。時間が停止したように感じられて、やがてまた動き出したものの、そのあいだに大きな空白が残った。少年が一瞬、身を護るために片手を突き出し、次の瞬間、脇の排水溝の塵芥の一部と化していたのだ。それから、響き渡るわたしの叫び声が次第に衰えていって、やがてふたたび見慣れた光景が立ちあらわれた――スクーンデル通りは平日のいつもの静けさのなかにあり、カナリアのような黄色いヴァンが角を曲がっていくところだった。

犬が一匹、ようすを調べるために駆けてきた。レトリーヴァーだ。ファーカイルの犬がしきりに、レトリーヴァーの臭いを嗅いでいる。だが、レトリーヴァーのほうはそれを無視して、舗道を嗅ぎまわり、舐めはじめた。わたしは動きたかったけれど、できなかった。身体のなかに冷たいものが居座り、手足の感覚がはるか遠くに感じられて、気を失うということばが脳裏に浮かんだ。でも、これまでに気を失ったことはない。この国は！と思った。それから、彼女が国外に出ていて本当によかった！と思った。

門が開いて青い作業服の男があらわれた。男がレトリーヴァーを蹴りつけ、犬は痛みと衝撃で跳びのいた。「なんてことだ！」男はそういって、身を屈め、自転車のフレームに手足を差し込もうとした。

わたしは近づいた。ぶるぶると震えていた。「フローレンス！」と叫んだけれど、フローレンスがやってくる気配はない。

男は倒れている身体をまたいで自転車を持ちあげ、脇にどけた。ベキがもうひとりの少年の下敷きになっていた。顔を思い切りしかめている。舌で唇を何度も舐めた。目は閉じたままだ。ファーカイルの犬が彼を舐めようとした。「どきなさい！」とわたしはささやき、犬を足でそっと押した。犬はしきりに尻尾をふった。

隣にひとりの女があらわれた。タオルで手を拭いている。「これが新聞に載っていた少年たち？」と彼女。「新聞の少年たちかしら、ご存じ？」わたしは首をふった。

判然としない雰囲気のなかで、ふたたび青い服の男がふたりの身体をまたいだ。男がやるべきだったのは、ベキのうえに斜めにのしかかっている、もうひとりの少年の重い身体を持ちあげること、うつぶせに倒れている少年を持ちあげることだった。しかし男はやりたがらなかったし、わたしにしても、そうしてほしくなかった。なにか変だ。少年の倒れ方には、なにか不自然なものがあった。

「電話をかけて救急車を呼ぶわ」女がいった。

わたしは身を屈めて、少年のぐったりした腕を持ちあげた。「待って！」と男がいった。「気をつけたほうがいい」

立ちあがると眩暈がして、目を閉じなければならなかった。

男は少年の両脇をつかんでベキから引き離し、舗道に横たえた。ベキが目を開けた。「ベキ」と呼んでみた。ベキが静かな、ぼんやりした目でわたしを見た。「だいじょうぶよ、なにもかも」ベキはひどく穏やかな目つきで、じっとわたしを見つめつづけた。嘘を受け入れ、そのまま見逃していた。「じきに救急車が来るから」

隣にフローレンスがいた。息子のそばにひざまずき、その頭を撫でながら、しきりになにか話しかけている。ベキが返事をしはじめた。ゆっくりと、口のなかでつぶやくように。聴いているあいだ、彼女の手は動きを止めた。「ふたりはこのトラックの後ろに衝突したの」わたしは説明した。「俺のトラックだよ」青い服の男だ。「警察が子どもたちを押したのよ」とわたし。「ひどい、本当にひどい。昨日ここにいた、あのふたりの警官よ、間違いないわ」

フローレンスが片手をベキの頭の下に滑り込ませた。ゆっくりとベキは身を起こした。一方の靴が脱げていた。ズボンの片方が裂けて血がにじんでいる。ベキは破れた部分を慎重に端に寄せて、傷口をのぞき込んだ。手のひらは赤く腫れて、皮膚が剝けて垂れていた。「もうすぐ救急車が来るから」とわたし。「救急車は要りません」とフローレンスがいった。

フローレンスのいうことは間違っていた。もうひとりの少年は仰向けになって横たわっている。配管工がその上着で、少年の顔から流れ出る血を止めようとしていた。だが、血は止まりそうにない。当て布代わりの上着を持ちあげたその瞬間、血を吸って上着がまた黒ずむ直前、額がぱっくりと開いて、肉が垂れるのが見えた――まるで肉切り包丁でスライスしたみたいに垂れたのだ。傷口から滝のように流れ出る血は、少年の両眼に入り、髪の毛をぎらぎらと光らせ、舗道にしたたり、あたり一面を血の海に変えていた。血がこれほど黒く、これほどねっとりと、これほど重たいとは思わなかった。この少年はいったいどんな心臓をしているのか、こんなにどくどくと血を流し、さらに流しつづけるなんて！

「救急車は来るのかな？」配管工がいった。「どうやったらこれを止められるのか、もうわからない」汗みずくになった男が身体の向きを変えると、血でずぶぬれになった片方の靴が、ガボッといった。

あなたがブレッドマシーンで親指を切ったのは、たしか十一歳のときだった。大急ぎでフローテ・スキュール病院の救急外来へ連れていった。椅子に腰かけて順番を待つあいだ、あなたは包帯を巻いた親指を、止血のために強く押さえていた。「わたし、どうなるの？」とあなたはささやいた。「注射をして縫うことになるわ。ほんの数針よ、少し痛いだけ」とわたしはささやき返した。

　土曜の夕方、まだ早い時刻だったけれど、すでに救急患者がちらほらやってきていた。白い靴をはき、しわの寄った黒いスーツを着た男が、ひっきりなしに、深皿に血を吐いていた。上半身裸の若者がストレッチャーに乗せられ、ベルトをゆるめた腹部に湿った布を当てられていた。床のうえに血、ベンチのうえにも血。あふれ出るこの黒い血にくらべたら、わたしたちのちっぽけな親指の血などどれほどのものか。血の洞穴に飲み込まれた幼い白雪姫、そしてその母親もまた飲み込まれて。惜しみなく血を浪費する国。黄色い油布製の作業服に長靴をはき、血だまりのなかを歩きまわるフローレンスの夫。気絶して、喉を掻(か)き切(き)られ、断末魔の噴気を鯨(くじら)のように吐き出す雄牛。生き物たちの血を吸いあげる渇いた土。川のように流れる血を飲み込んで、飽くことを知らない土地。「わたしにやらせて」と配管工にいった。配管工が場所をあけた。わたしは膝をついて、とっぷりと血を吸った青い上着をわきへ寄せた。少年の顔からは血が、間断なく、平らな布のように流れ落ちていた。開いた傷口を両手の親指と人差し指で挟み込んで、力いっぱいつまんだ。ファーカイルの犬がまた身を寄せてきた。「その犬をどけて」きつい口調になった。配管工が犬をひと蹴りした。犬はキャンと吠えて、しおしおと去った。ファーカイルはどこにいるの。あれは本当だったのか、本当に彼はごくつぶしなのか。配管工にわたしは命じた。「もう一度電話をかけてきて」

　しっかりつまんでいれば血はあまり流れずにすんだ。しかし力を抜くと、血はふたたび、やむことなくあふれた。それは血だ、血そのもの、あなたやわたしの血とおなじもの。そうはいっても、これほど鮮やかに赤く、それでいて黒い血は見たことがなかった。ひょっとすると皮膚のせいかもしれない。若く、しなやかで、ビロードのような暗色の皮膚のうえを、その血は流れていた。だが、血はわたしの手のうえでさえ、本来の色よりもさらに暗く、さらにどぎつい光を放っているように見えた。凝視するわたしはそれに魅せられ、怖れ、凝視することの紛れもない恍惚感に引き込まれそうになった。しかしそれはできなかった。その恍惚感に身をゆだね、力を抜いて止血の努力を放棄することを、わたしのもっとも深いところで許さないものがあった。なぜか、といまになって思う。いまならわかる——なぜなら血は尊いものだから、金やダイヤモンドよりも尊いものだから。なぜなら血はひとつだから——個別の存在としてわたしたちのなかに散在してはいても、本来、生命という単一の泉に属するものだから——借りているのであって、あたえられたものではない——共同で維持すべく、託されたものなのだ——血はわたしたちのなかで生きているように見えるけれど、あくまでそれは見かけであって、わたしたちがそのなかで生きている、それが真実だから。

　ともに還って、血の海となる——この世が終わればそうなるのだろうか。万人の血——青いシベリアの冬空の下で、暗い緋色（ひいろ）に染まるバイカル湖、険しい氷壁がそれを囲み、白い雪におおわれた岸にひたひたと打ち寄せるのは、粘つき、淀んだ血。本来の姿にもどった、人類の血。血の総体。あらゆる人間の？　いやちがう——別の場所では、有刺鉄線が張りめぐらされたカルーの、太陽がぎらぎらと照りつける、土壁に囲まれた貯水池のなかでは、アフリカーナー[*1]とそれに媚びへつらう者たちの血が、淀み、濁っているのだ。

神聖にして、忌み嫌われた、血。そして、わたしの肉の肉、わたしの血の血であるあなたは、月ごとに異国の土のなかに、その血を流し込んでいる。

もう二十年も前にわたしは血を流すのをやめた。いまこの身に喰らいつく病は、渇いて、血気なく、緩慢で、冷たく、サトゥルヌス[*2]によって遣わされたもの。そこにはなにか、思考を絶するものがある。こんな腫瘍を、この冷たく、忌まわしい腫れ物をはらんでしまったことには、いかなる自然の周期をも超えるこの一腹の仔をはらんでしまったことには。産み落とすこともできず、その飢えを満たしてやることもできない――わたしのなかの子どもたちは日ごと貪欲になって喰らいつき、成長することなくひたすらふくらみ、歯型を刻まれ、爪をたてられ、永遠に冷たく、飽くことを知らない。渇いて、渇いて――夜間わたしの渇いた身体のなかで、彼らが変位するのを感じること。人間の子どものように伸びをしたり蹴ったりすることはなく、ただ方向を転じて新たに喰らいつく部分を見つけるのだ。宿主の身体の内部に産みつけられた昆虫の卵さながら、いまや幼虫になり、執念深く宿主の身体を喰いつくそうとしている。わたしの内部で大きく

*1　オランダ系植民者がみずからを「アフリカ人」と呼んだ呼称。
*2　ローマ神話の農耕神で、生まれてきた自分の子どもをつぎつぎと喰らった。

なった、わたしの卵。わたし、わたしのもの——書くと身震いすることばたち、でも真実だ。わたしの死の娘たち、わたしの生ある娘、あなたにとっては姉妹にあたるのよ。母親であることがついにパロディの極致にいたるなんて、ひどすぎる！　老婆が少年のうえにうずくまり、その両手を少年の血で粘つかせている——この期におよんで、そんな下劣なイメージが浮かんでくるなんて。わたしは長く生きすぎたんだわ。焼け死ぬこと、品位ある死はそれしかない。火のなかに歩み入ること、麻くずのようにめらめらと燃えること、この秘かな共存者たちもまた、恐怖にすくみあがり、最後の一瞬、ざらついたその未使用のかぼそい声で叫ぶのを感じとること。燃えて、消え去ること、一掃されること、きれいな世界を残すこと。怪物じみた腫瘍たち、生まれぞこないたち——自分の持ち時間を超えてしまったしるしだ。この国だってそう——焼かれるとき、終焉のとき、灰から生まれいずるものが育つときを迎えているのよ。

　救急車が来るころにはすっかり身体が強ばってしまい、わたしは持ちあげられてようやく立った。粘つく指を離したので、傷口がまたぱっくりと広がった。「ずいぶん失血しているの」というと、「たいしたことありませんよ」と救急隊員の男はそっけない。男は少年のまぶたをこじ開けた。「脳震盪（のうしんとう）だ。どうしてこうなったんですか？」

　ベキはベッドに腰かけて、ズボンを脱ぎ、洗面器に両手を浸していた。ひざまずいたフローレンスがベキの脚に包帯を巻いていた。

「なぜ、わたしを置いてきぼりにして彼の世話をやらせたの？　なぜ、いっしょに残って手伝ってくれなかったの？」

そのことばは、もちろん愚痴っぽく響いたけれど、今度ばかりはわたしに道理があるのではないのか。

「警察とかかわりになりたくありませんから」とフローレンス。

「そういうことじゃないでしょ。あなたの息子の友だちの世話を、わたしだけにやらせるなんて。彼の世話を、どうしてわたしがやらなければならないの。わたしにはかかわりのない子でしょ」

「いまどこにいるんですか？」とベキ。

「ウッドストック病院に連れていかれたわ。脳震盪を起こして」

「どういうことですか、脳震盪って？」

「意識がないの。頭を打ったから。あなたがたが衝突した理由、わかってる？」

「あいつらが押したんだ」

「そう、彼らが押したのよ。わたしは見たの。生きていて運がよかったわ、ふたりとも。わたしは告発するつもりよ」

ベキと母親のあいだに目配せが交わされた。「わたしたちは警察とかかわりになりたくありません」さっきとおなじことをフローレンスがいった。「警察に対してできることなんてありませんよ」そういって彼女はまた目配せをした。まるで息子の同意を確認するみたいに。

「きちんと訴えないと彼らは好き放題やるようになるわ。たとえそれで良い結果が出ないとしても、あなたがたは勇気を出して彼らに立ち向かわなければ。警察のことだけをいっているわけじゃないの。権力を握っている人たちのことをいってるの。あなたがたが怖れてはいないことを、彼らは知るべきよ。これは重大なことでしょ。あなたを殺すところだったのよ、ベキ。それはそうと、彼らはなんであなたがたに目をつけたわけ？あなたとあの友だちとやらは、いったいなにをたくらんでるの？」

息子の脚のまわりに包帯を結んで、フローレンスがなにかささやいた。

ベキは洗面器から両手を出した。消毒薬の臭いがした。

「ひどいの？」とわたし。

ベキは手のひらをうえにして両手を突き出した。皮の剝けた肉から、まだ血がにじみ出ていた。名誉の負傷というわけか。名誉の負傷として、戦時の負傷として記録されることになるのか。血を流す傷口をみんなでじっと見ていた。彼は涙をこらえている、そんな印象を受けた。子どもだ、自転車に乗って遊んでいた子どもにすぎない。

「あなたの友だちだけれど、あの子の両親はこのことを知ったほうがいいと思わない？」

「電話します」とフローレンス。

フローレンスが電話をかけた。長くて、大声のやりとり。「ウッドストック病院」という語が聞き取れた。

数時間後に公衆電話から電話がかかってきて、女の声がフローレンスを出してくれという。

「あの子は病院にはいないそうです」とフローレンス。

「かけてきたのは、あの子のお母さん？」

「おばあさんです」

わたしはウッドストック病院に電話をかけた。「名前はわかっていないと思います、連れていかれたとき、意識がありませんでしたから」

「そんな患者はいません」男の声だった。

「額に大きな深い傷があります」

「記録にないですね」とその男。わたしは諦めた。

「警察とつるんでるんだ」とベキ。「みんなぐるなんだ、救急車も、医者も、警察も」

「そんなばかな」とわたし。

「救急車なんて、もうだれも信用してないですよ。無線でいつも警察と通じているんだから」

「ばかばかしい」

ニヤリとしたベキの笑顔が魅力的でなかったといったら嘘になる。わたしにレクチャーするチャンスを、現実の生活についてわたしに教示するチャンスを彼は楽しんでいた。

わたしはといえば、靴に住んでたおばあさん、子どもがいなくて、どうしていいやら途方にくれた、というわけだ。「本当です」とベキ――「ちゃんと話を聞けば、わかります」

「警察はなぜ、あなたを追いかけていたの?」

「僕を追いかけてたわけじゃありません。彼らはだれ彼かまわず追いかけるんです。僕はなにもやっていない。でも、あいつらは見かけたやつが学校にいるべきだって思えば、かまわず捕まえようとする。僕たちはなにもやってない、ただもう学校へは行かないっていってるだけなんです。いまあいつらが僕たちに対してやってるのはテロ行為だ。あいつらはテロリストだ」

「なぜ学校へ行かないの?」

「学校はなんのためにあるんですか? アパルトヘイト体制に順応させるためですよ」

わたしは首をふりながらフローレンスを見やった。きゅっと引き結んだ口もとに浮かぶかすかな微笑みを、フローレンスは隠そうともしなかった。彼女の息子が文句なく勝利をおさめつつあった。それなら、そうさせておこう。「こういうことには、もう、わたしは年をとりすぎたわ」わたしはフローレンスに向かって、そういった。「アパルトヘイトが終わるまで、息子が表の通りで時間をつぶすのを、あなたが望んでいるとは思えないけれど。アパルトヘイトは明日や明後日に死滅するわけじゃないわ。彼は自分の未来を台無しにしているのよ」

「アパルトヘイトをぶっ壊さなければならないのと、僕が学校へ行かなければならないのと、どっちがより重要なんですか?」とベキは訊ねた。わたしに挑戦し、勝利を匂わせながら。

「それは選択の問題じゃないでしょ」わたしは弱々しく答えた。でも、本当にそうか?選択の問題じゃないというなら、どんな選択があるのか?「ウッドストック病院へ連れていってあげる。でも、だとしたら、すぐに出発しなくちゃ」

ファーカイルが待っているのを見たフローレンスは、つんと背筋を伸ばした。でもわたしは言い張った。「いっしょに来てもらわなきゃ、車が故障したときのために」

というわけで、ウッドストック病院まで彼らを連れていった。隣に座ったファーカイルは以前にもましてひどい悪臭を放ち、どこか惨めさまで漂わせ、フローレンスとベキは黙って後ろに座っていた。車は病院へつづく、ゆるやかな斜面を喘ぎながら登った。今回はさすがに、下方向に向けて車を停める沈着さを失わなかった。

「嘘ではありません、そんな人はここにはいません」と受付の男はいった。「信用しないなら、病棟に行って探してみたらどうですか」

疲れてはいたけれど、男性病棟のなかをフローレンスとベキの後ろからついていった。午睡の時間だった。屋外の木立から、くぐもった鳩の鳴き声が聞こえてきた。包帯を巻いた黒人の少年たちの姿はなく、パジャマ姿の白人の老人たちが、ラジオから心を鎮めるための音楽が流れるなかで、放心したように天井を睨んでいるだけだ。秘かなるわが兄弟よ、と思った——わたしの属する場所はここなのだ。

「もしもここに運び込まれなかったとしたら、どこへ連れていかれたのでしょう?」受付できいてみた。

「フローテ・スキュールを探してみてください」

フローテ・スキュール病院の駐車場は満車だった。エンジンをかけたまま半時間、わたしたちは門の近くで車のなかに座っていた。ひそひそ声で話をするフローレンスと息子、うつろな目をしたファーカイル、あくびをするわたし。これぞまさしく南アフリカの眠気をさそう週末、家族をドライブに連れ出したみたいではないか。時間をやりすごすために、ことば遊びだってできたかもしれない。がしかし、この三人をその気にさせることなどできたろうか。ことば遊び、そんなものをノスタルジックに思い出すのはわたしだけだ。ミドルクラスの、心地よい生活を送る階級が、土曜日になるとぶらりと田舎へでかけていって、景勝地をつぎつぎと訪ねてあるき、その日の午後を、眺めのいい――できれば海に面した西向きの――ティールームでお茶とスコーンと、ストロベリージャムとクリームで締めくくる。

車が一台出てきたので、駐車場に入った。「俺はここで待つよ」とファーカイル。受付で「脳震盪を起こした患者が入院するのはどこですか?」ときいた。

「C－5」を探しながら、混雑した長い廊下を歩いていった。ヴェールをかぶり、食べ物の入った皿を持った四人のムスリム女性といっしょに、ぎゅう詰めのエレベーターに乗り込んだ。ベキは巻いている包帯を気にしてか、両手を後ろにまわしている。

「C‐5」を探し、「C‐6」も探したが、少年がいる気配はない。フローレンスが看護婦を呼び止めた。看護婦は「新棟を探して見たらどうかしら」という。疲れはてたわたしは、首をふった。「もう歩けない。あなたとベキで探して。車で待っているから」

嘘ではなかった。わたしは疲れはてて、腰が痛み、心臓は動悸が激しく、口中で嫌な味がしていた。だが、それだけではなかった。老いさらばえた病人をあまりに大勢見すぎてしまった。それも、あまりに突然。彼らの姿が重くのしかかっていた。重くのしかかって、わたしを怖じ気づかせた。黒人も白人も、男も女も、足を引きずりながら廊下を歩き、もの欲し気な目つきでじろじろ観察しあい、近づいていくわたしに目をとめるや、過たずに、わたしから死の臭いを嗅ぎ取った。「ペテン師！」とささやく彼らに、いまにもこの腕をつかまれ、引きもどされそうだった。「ここから好き勝手に出たり入ったりできると思っているのか？　ルールを知らないのか？　ここは亡霊と受難の家で、ここにここを通り抜けて行きつく先は死しかないぞ。それが万人に下された判決――死刑執行前に服する刑期なんだ」といわれそうな気がしたのだ。老いた猟犬たちが廊下をパトロールしながら、死刑囚が逃げ出して、大気と光の恵みある地上界へ帰らないよう見張っているのだ。冥界だ、ここは。そしてわたしは、逃亡する亡霊。玄関を通りながら、慄然とした。

ファーカイルとわたしは黙って待った。結婚してあまりに長い夫婦のように、しゃべり疲れて、不機嫌になって。自分は臭気に慣れてきている、そう思った。南アフリカに対しても、こんなふうにわたしは感じているのだろうか。愛してはいないけれど、その悪臭に慣れてしまったのだろうか。結婚は宿命だ。わたしたちは結婚した相手になる。南アフリカと結婚したわたしたちは、南アフリカ人になる——醜く、不機嫌で、無感覚。その内部に残っている唯一の生命のしるし、それはわたしたちが抹消されるときにぎらっと光る牙だけ、そんな南アフリカ人に。南アフリカ——玄関で居眠りしながら死を待っている、不機嫌な、老いた猟犬だ。一国の名として、なんという冴えない名前！　彼らが新たなる出発をするときは、せめてその名が変えられることを祈りたい。

看護婦の一群が、ほがらかな笑い声を響かせながら通り過ぎた。勤務が終わったのだ。わたしが避けてきたのは、彼女たちに世話をしてもらうことなんだ、と思った。いま自分を彼女たちの手にゆだねてしまえば、どれほど楽になるか！　清潔なシーツ、この身体に触れるきびきびとした手、痛みからの解放、無力であると自己放棄すること——わたしに降伏させずに踏みとどまらせているものとは、いったいなに？　急に喉が締めつけられて、涙がこみあげてきたので、顔をそむけた。通り雨だ、と自分にいいきかせた——英国風のお天気。でも本当は、どんどん涙もろくなっているし、恥ずかしさはどんどん薄れていく。むかしわたしはある女性を知っていたの。それはいとも簡単に悦楽が、オルガスムスが訪れる女性だった（自分の母親がこんなことをいうのは気に入らないかしら？）。オルガスムスがやってくるときって、ちいさな身震いが起きる感じ、押し寄せるさざ波がひとつ、またひとつと全身を駆け抜ける感じなの、と彼女はいっていた。

そんな身体のなかで生きるのって、どんな感じなんだろう、とよく考えたものよ。水になってしまうこと——至福というのはそういうことなのかしら。いま、驟雨（しゅうう）のように襲ってきた涙のなかに、その答えのようなものが見つかった。わたしから解けて流れていくもののなかに。悲痛の涙ではなくて、悲哀の涙。軽い、移り気な、悲哀——憂いではあるけれど、濃い憂いではなくて、どちらかというと、よく晴れた冬の日の、遠い空のような、淡い憂い。プライベートなことを、魂の深みからくる不安を、見せまいと腐心することもなくなっていく。

　わたしは目を拭い、鼻をかんだ。「戸惑わなくていいのよ」とファーカイルにいった。「わけもなく涙が出るの。いっしょに来てくれてありがとう」

「なんで俺が必要なのかわからないよ」と彼はいった。

「いつも独りでいるのは耐えがたいでしょ。それだけ。わたしがあなたを選んだわけではないわ、ここにいるのがあなただから、だからそうせざるをえない。あなたはやってきた。子どもができるみたいに。子どもを選ぶことはできないのよ。ただやってくるだけなの」

　ファーカイルは視線をそらせて、ゆっくりと、ずるそうな笑みを浮かべた。

「それに、あなたは車を押してくれる。車が使えなくなったら、わたしは家に閉じ込められてしまう」

「必要なのは新しいバッテリーだよ」

「新しいバッテリーなんて要らない。あなたにはわからないの？　説明しなきゃいけない？　この車は旧式よ、もうほとんど存在しない世界に属している、でもまだ動く。その世界のもので残っているもの、まだ動くものは、手放さずにいようと思うの。わたしがそれを愛しているか憎んでいるかは、どうでもいい。ようするに、わたしはそこに属している、それが成り果てたものに属しているわけじゃないの、ありがたいことに。その世界では、車が発車してほしいときに、かならずしも発車できるとは限らないけれど。わたしの世界では、セルフスターターを試す。それがだめなら、クランクの取っ手を試す。それでもだめなら、だれか押してくれる人を確保する。それでも車が発車しないときは、自転車に乗るか、歩くか、家にいる。わたしが属する世界では、ものごとはそういうふう。それがわたしには快適、それが自分の理解する世界だから。変えなければいけない理由がわからない」

ファーカイルはなにもいわない。

「それに、わたしが過去の遺物だというなら」わたしは言い足した。「そのときは自分をよくながめてみることね。お酒を飲んだり、ぶらぶらしたり、のらくらしていることを、いまの子どもたちがどう考えているか、もうわかったでしょ。はっきりいっておくわ。未来の南アフリカでは、だれもが、あなたも含めて、働かなければならなくなるのよ。そんな予想は気に入らないかもしれないけれど、そのための心の準備はしておいたほうがいい」

駐車場に闇が降りてきた。フローレンスはどこ？　背中の痛みでわたしはへたりきっていた。薬を飲む時間は過ぎている。

だれもいない家のことを、目の前に広がる長い夜のことを思った。また涙がこみあげてきた。涙もろくなって。

わたしは話した。「アメリカにいる娘のことはいったでしょ。わたしにとって娘はすべて。あの子には本当のことはまだいっていない、わたしの健康状態について事実をすべて話したわけじゃない。病気だということは知っているし、手術を受けたことも知っているけれど、手術は成功して快方に向かってると思っている。夜、ベッドに横になってじっとブラックホールに目を凝らしていると、わたしはそこへ落ちていく。娘のことを考えることで、かろうじて正気を保っているのよ。自分にこういうの、わたしはこの世に子どもをもたらした、あの子が一人前の女性になるのを見てきた、安全なところで新しい生活を始めるのも見届けたって。ようするに、することはしたんだ、それをわたしから奪うことはできないって。嵐が襲ってくるとき、その考えにしがみつく、支柱みたいにして。

ときどき、ちょっとした儀式をする、そうすると気持ちが落ち着くから。自分にこういうの、いまここは、世界のこちら側は午前二時、ということは、娘のいるあちら側は午後六時。想像するの、午後六時だって。ほかのことも想像する。なにもかも想像してみる。娘は仕事から帰ってきたばかり。脱いだコートを掛ける。冷蔵庫の扉をあけて、冷凍豆の包みを取り出す。豆をボウルにあける。タマネギをふたつ、その皮を剝きはじめる。豆のことを想像して、タマネギのことも想像する。こういったことをする娘がいる世界を、固有の匂いと音をもった世界を想像するの。北アメリカの夏の夕べを想像する、スクリーンドアにぶつかるちいさな羽虫、通りからは子どもたちの大きな声が聞こえて。家のなかにいる娘を想像する、その暮らしのなかで、タマネギを手に持って、あの土地で穏やかに生きて死んでいくところを。あっちの土地でもこっちの土地でも、そして世界中どこでも、おなじ速さで時間は過ぎる。時間が過ぎていくのを想像するの。時間が過ぎる――すると、こちらでは明るくなり、あちらでは暗くなる。娘はベッドに、夫婦のベッドに行って、夫のそばに、ものうげにその身体を横たえる、彼らの平和な国で。わたしは娘の身体のことを思う、静かで、堅固で、生命にあふれ、難を逃れて穏やか。むしょうに娘を抱きしめたくなる。『とても感謝しているわ』と心からいいたい。いいたいことはほかにもある、でも絶対にいわないこと――『たすけて!』

わかる? あなた、わかる? わかる?」

車のドアが開いていた。ファーカイルがわたしとは反対側へ身を寄せた。ドアの枠に頭を圧しつけ、片足を床に残して。そして大きなため息をついた。わたしにもそれは聞こえた。フローレンスがもどってきて救出されたい、そう思っているのだ、間違いない。だらだらと、なんて退屈な、この告白、この嘆願、この要求!

「なぜなら、それは人が子どもに要求すべきことじゃないから」わたしはつづけた。

「抱擁し、慰め、救ってほしいと頼むなんて。慰めも、愛も、先へ先へと流れるべきものであって、後ろ向きであってはいけないの。それがルール、いまひとつの鉄則よ。老人が愛を返してほしいといいだすのは、さもしい限り。親が子どものベッドにもぐり込もうとするようなもの――不自然よ。

　でもね、生きている者の感触から自分を切り離すのは、わたしたちを生ある者に結びつけているあらゆる感触から切り離すのは、なんて難しいことかしら！　波止場から出航しようとする蒸気船みたいに、リボンがピンと引っ張られて、プツンと切れて、落ちて消える。最後の航海に出るのよ。愛しき出航者たち。とっても悲しいわ、本当に悲しい！　さっきあの看護婦たちがそばを通り過ぎたとき、わたしは車から出て身をまかせてしまいそうになった。もう降参、といってまた病院にもどろうかしら、あの人たちの手で服を脱がせてもらい、ベッドに入れてもらい、世話をしてもらおうかしらって。欲しくてたまらないのは、彼女たちの手なんだってわかったの。触れてもらう手の感触ね。もしも、老いて愛嬌の失せた肉を、あのてきぱきとした調子で触れて、撫でてもらうためでなければ、彼女たちを、この娘たちを、この子どもたちを雇う理由などほかにあって？　ランプを持たせて天使なんて呼ぶ理由がほかにあって？　深夜やってきてわたしたちに、さあ旅立ちの時間ですよ、といってもらうためじゃないの？　たぶんそう。でもそれと同時に、差しのべられた手で、衰えた感触がよみがえるからでもあるのよ」

「自分の娘にそういえばいいじゃないか」ファーカイルの声は穏やかだった。「来てくれるよ」

「だめ」

「いますぐ娘さんにそういえばいいじゃないか。アメリカに電話すればいい。ここに来てほしいっていえばいいんだよ」

「だめ」

「だったら、あとになっていわないことだな、もう間に合わないときになって。娘さんはあんたを許さないよ」

　その叱責はぴしゃりと頬を打つ平手のようだった。

「あなたにはわからないこともあるのよ。娘を呼びもどすつもりはないわ。娘を恋しく(ロング・フォー)思っているのかもしれない、でも、ここにいてほしいとは思わない。ここにいないから、恋しい(ロンギング)というのよ。はるかな道(ロング・ウェイ)をたどらなければならないの。地の果てまでも」

　彼が偉かったのは、こんな戯言(ざれごと)に惑わされなかったことだ。「あんたは選択しなくちゃ、娘にいうか、いわないか」といったのだ。

「いうつもりはない、断言するわ」とわたし（なんという嘘つき！）。その声のなかに、どこか、昂るものがあったけれど、自分でも抑えがきかなかった。「念を押しておくけれど、ここは普通の国じゃないのよ。人が自由に出入りできるわけじゃないでしょ」

　彼は助け舟を出してくれなかった。

「わたしの娘は、ここの事態が変わるまでもどってこない。あの娘は誓いを立てた。あなたや彼女やわたしが知っている南アフリカに、もどってくる意思はない。もちろん、彼女は入国許可の申請を――なんと呼んだらいいのかしら――あの人たちに出すつもりはない。彼らが街灯の柱から逆さに吊るされるようになったら帰ってくる、というの。そうなったら帰ってきて、彼らの身体に石を投げつけ、通りで踊りまくるでしょうよ」

ファーカイルは、歯を見せてにやりと笑った。黄色い、馬のような歯。老いた馬の。

「信じないのね。でもきっといつかあの娘に会うでしょうから、そのときわかるわ。鉄みたいなの、あの娘は。立てた誓いを破るようなことを、頼むつもりはないの」

「あんたも鉄みたいだ」とファーカイルはいった。このわたしに。

沈黙が流れた。わたしの内部でなにかが壊れた。

「あなたがそういったとき、わたしのなかでなにかが壊れたわ」思わず口からことばがもれた。そのあとの話の接ぎ穂が見つからなかった。「もしわたしが鉄でできているなら、まさか、こんなにあっけなく壊れたりしない」

エレベーターで会った四人の女が、青いスーツに白いスカルキャップをかぶった小柄な男にエスコートされて、駐車場を横切っていった。男は女たちを車に乗せて走り去った。

「娘さん、なにかやったの？　出ていかなければならないようなことを？」ファーカイルがいった。

「いいえ、なにも。もう、うんざりと思っただけ。出ていって、もどってこない。自分で新たな人生を切り開いた。結婚して自分の家族をもった。なすべき最良のことだわ、分別のあることよね」

「でも、忘れてはいないわ。でも、そういうわたしはだれ？　きっと人はゆっくりと忘れていくのかもしれない」

「そう、忘れてはいないわ。でも、そういうわたしはだれ？　きっと人はゆっくりと忘れていくのかもしれない。わたしには想像できないけれど、でも、たぶんそうなるのね。娘が『わたしはアフリカで生まれたのよ、南アフリカで』という。娘が会話でそういうのを聞いたことがあるの。わたしにはそれが、ひとつの文の前半分のように聞こえる。後ろ半分があるはずなのに、それは聞こえてこない。だから、片方を失った双子みたいな、宙ぶらりんな余韻が残っている。『わたしは南アフリカで生まれた、でも、もう二度とそこを目にすることはない』とか『わたしは南アフリカで生まれた、だから、いつかそこに帰るつもり』とか。失われた片方はどっちかしら？」

「ということは、亡命したわけ？」

「ちがう、娘は亡命者じゃない。亡命者はわたしよ」

彼はわたしと話す術を身につけてきていた。わたしをリードする術を身につけてきていた。思わずロをはさんで「とても嬉しいわ！」といいたかった。長い沈黙のあとで、ようやく訪れた喜びだ——目に涙が浮かんできた。

「あなたに子どもがいるかどうか知らないけれど。男の人がそうなのかどうかも知らないけれど。でも、自分の身体から子どもを産み出すときは、その子どもに自分の生命をあたえることになるの。とりわけ最初の子には、最初に産む子には。あなたの生命はもうあなたとともにあるのではなく、あなたのものでもなく、その子とともにある。だからわたしたち、本当は死なない——ただわたしたちの生命が手渡されるだけで、わたしたちのなかにしばしあった生命が、そのあとに残されていく。わたしはただの抜け殻、見ての通り、子どもが残していった抜け殻よ。わたしになにが起きようと、たいしたことじゃない。老人になにが起きようと、たいしたことじゃないの。それでも——こんなことといっても、理解してもらえないかもしれないけれど、気にしないで——この世を去るまぎわというのは、怖くて不安なものよ。たとえ、指先と指先が触れるか触れないか、そんな微かなものであっても——未練はある」

フローレンスと息子が駐車場を横切り、足早にこっちへ向かって歩いてきた。

「行って娘さんと暮らすべきだったんだ」とファーカイル。

わたしは微笑んだ。「わたしはアメリカで死ぬわけにはいかないの。それができるのはアメリカ人だけ」

猛烈な勢いで、フローレンスがバックシートに乗り込んできた。彼女が腰をおろすとき、車が大きく揺れた。

「見つかった?」わたしは訊ねた。

「はい」と答えるフローレンスは、顔が雷のよう。その隣にベキが乗り込んだ。

「それで?」

「はい、見つかりました、この病院にいます」とフローレンス。

「それで、あの子はだいじょうぶ？」

「ええ、あの子はだいじょうぶです」

「そう」素っ気なくわたしはいった。「教えてくれてありがとう」

それ以上なにもしゃべらずに車を出した。フローレンスが自分の意見を述べたのは、家に着いてからだ。「あの子は老人病棟に入れられたんです。ひどすぎます。気のふれた男がいて、四六時中、叫んだり、神の名を汚すことをいったりしていて、看護婦も怖くて近寄れないんです。あんな病室に子どもを入れるべきではありません。あの子のいるのは病院じゃないです、葬式を待っている者の待合室ですよ」

葬式を待っている者の待合室——そのことばが頭から離れなかった。食べようとしたけれど、食欲がすっかり失せていた。

薪小屋の蠟燭の明かりのなかで、ファーカイルが靴を相手になにやらやっていた。

「もう一度、病院へ行ってみるわ。いっしょに来てくれない？」

フローレンスがいっていた病棟は、古い建物のいちばん端にあった。いったん地下に降りて、厨房をいくつか抜けて、また地上に上がってようやくたどりついた。

嘘ではなかった。丸坊主の、ガリガリに痩せた男がベッドのうえに座り、両手のひらで腿（もも）を打ちながら、大声でわめくように歌っていた。その腰まわりからベッド下へ、幅広の黒いストラップが伸びていた。なにを歌っているのか？　ことばはわたしの知っているどの言語にも属さなかった。ドアのところに立ったまま、わたしは踏み込めずにいた。その男がいまにも、凝視する矛先をわたしに定め、歌を中断して、骨ばった黒い腕をあげて、指差すのではないかと恐ろしかったのだ。

「DTだ」[*1]とファーカイルがいった。「DTになったんだ」

「ちがうわ、もっとわるい」とわたしはささやいた。

ファーカイルがわたしの肘をつかんだ。彼が導くままについていった。病室のまんなかに長いテーブルがあって、トレーが乱雑にのっていた。まるで肺にミルクが詰まったような、湿気を帯びた咳をする者がいた。「あそこのすみだ」とファーカイル。

少年にはわたしたちがだれだかわからなかったし、わたしにしても、すぐに見分けることができなかった。その子の血のために指と指がくっついてしまうほどだったというのに。少年は頭に包帯を巻き、ひどくむくんだ顔をして、左腕を胸のところで吊っていた。淡青色の病院のパジャマを着ている。

「話さなくていいわ。あなたがだいじょうぶかどうか、見にきただけだから」

少年は腫れあがった唇を一度、開きかけて、また閉じた。

「わたしのこと、おぼえてる？　わたしの家でベキのお母さんが働いているの。今朝のこと、わたしは見ていたのよ――あのとき起きたことは全部、この目で見たわ。早く良くなってね。果物を持ってきたから」キャビネットのうえにわたしは果物を置いた。林（りん）

＊1　アルコール中毒による震え、幻覚をともなう譫妄症。

檎が一個、梨が一個。

少年の表情は変わらなかった。

わたしはこの少年が好きではなかった。この少年が好きではない。自分の心のなかをいくらのぞき込んでも、この少年に対する感情はかけらも見つからない。自然に温かい気持ちになれる相手がいるように、最初から冷めた気持ちにしかなれない相手がいるものなのだ。そういうこと。この少年はベキとはちがう。感じのいいところがまるでない。なにか愚かで鈍いものがつきまとっている。故意に愚かで鈍くなり、妨げになり、扱いにくくしている、そんななにかだ。あまりにも早く声変わりを迎え、十二歳になるかならないかで子ども時代を置き去りにして、粗暴で、小利口になってしまった少年たちのひとり。画一化された人格、あらゆる面で画一化されている——現実の人たちよりずっとすばやく、はしっこく、疲れを知らず、疑問を抱いたりためらったりせず、ユーモアもなく、冷酷で、無知。通りに倒れていたとき、わたしは彼が死にかけていると思って、できるだけのことをした。でも、はっきりいって、この身を捧げるなら、だれかほかの人のためにそうしたかった。

看病した一匹の猫のことを思い出す。生姜色の老いた雄猫で、膿瘍ができて口を開けることができなかった。抵抗できないほど衰弱した猫を、家に連れ帰り、チューブでミルクをやり、抗生物質をあたえた。力がついてきたので放してやったけれど、それからも餌は出しておいた。一年ほどは、ときおり家のそばで猫を見かけた。一年ほどは、餌が消えつづけた。それから猫は姿をくらまし、それっきり。そのあいだ猫はわたしのことを、いっさいの妥協なしに敵と見なした。もっとも衰弱の激しいときでさえ、猫はわたしの手の下で、緊張に身を硬くして抵抗した。そのときの、あらがう、壁のような緊張感を、わたしはいまこの少年のまわりに感じていた。目は開いているが、彼は見ていなかった。わたしのいうことも聞いてはいなかった。

わたしはファーカイルのほうを向いて「行きましょうか?」といった。そして弾みで――いや、それ以上のなにかで、その衝動をかきたてるものを封じ込めないよう意識的に努力することで――わたしは少年の自由のきくほうの手に触れた。

握りしめたわけではない。長いあいだ触れていたわけでもない。かすかに触れただけ、かすかに、軽く、指先で少年の手の甲に触れただけだった。それでも、少年が身を硬くするのがわかった。咄嗟にひるむ怒りの反応が感じられたのだ。

ここにいない、あなたの母親の代わりなのに、と内心わたしはつぶやいた。声に出していったのは「せっかちに決めつけないで」だ。

せっかちに決めつけないで――いったいどんなつもりだったのか。自分でもわからないとしたら、ほかのだれにわかってもらえるというのか。もちろんこの少年ではない。でも、彼の無理解はそれよりはるかに根が深い、それは確かだ。わたしのことばは、口にされたその瞬間、少年から枯れ葉のようにはらりと落ちた。女のことばだ、だから無視していい。それも年老いた女のことばだ、だからなおさら無視していい。いや、なににも増して白人のことばじゃないか。

　わたし、ひとりの白人。白人のことを考えるとき、この目に浮かんでくるのはなに？羊の大群だ。数頭の群れではなくて大群。それが焼けつく太陽の下で、埃っぽい平原でひしめきあっているところだ。蹄が地を蹴るドラムのような音が聞こえてくる。ひとつに解け合った混成音。耳が慣れてくると、おなじような羊の鳴き声であっても、個々には「わたし（アイ）は！」「俺（アイ）は！」「僕（アイ）は！」という千の異なる抑揚をもった、音の混交であることがわかってくる。その群れのなかを渡って、剛毛の生えた脇腹でドスドスと周囲に当たり散らし、押しのけながらやってくるのは、でかい図体にギザギザの歯と赤い目、粗暴で、時代錯誤の価値観にしがみつき「死！」「死！」と唸り声をあげる、あの雄豚（ボーア）たちだ。自分の立場が良くなるわけでもないのに、わたしは、少年が白人に触られてひるむ気持ちになろうとする。老いた白人女に触られて、ひるむ気持ちに——触るのがわたしであることを無視して。

　いま一度、わたしは試みた。

「退職する前、わたしは教師だったの。大学で教えていたのよ」

ベッドの向こうから、ファーカイルがじろりと睨んだ。でも、わたしは彼に話しかけていたわけではない。わたしはつづけた。

「もしも、あなたがトゥキュディデス[*1]の講義に出ていたら、戦争の時代にわたしたち人間にどのようなことが起きるものなのか、学んでいたかもしれないわね。わたしたちがもって生まれる人間性について、そのなかにわたしたちが生み落とされる人間集団について」

少年の目には霞のようなものがかかっていた。白目は輝きをなくし、瞳は奥行きがなく、プリンタのインクみたいな、暗色。鎮静剤を投与されていたとはいえ、彼には、そこにわたしがいることはわかっていたし、わたしがだれであるかも、わたしが彼に向かって話しかけていることもわかっていた。わかっていて、耳を貸さなかったのだ。どんな教師のいうことにも、耳を傾けたことがなかったように。教室で石のようになって座り、どんなことばも受けつけず、終了のベルが鳴るまで、ひたすら、ときが過ぎるのを待っていたように。

「トゥキュディデスは書いたのね、規則をつくり、それに従った人間について。彼らは規則どおり、敵の全階級をひとり残らず殺した。死んだ者の多くが感じたのは、恐ろしい過ちが行われようとしている、その規則がなんであれ、彼らのためのものではない、ということだった、そうわたしは思うの。喉を掻き切られたとき、断末魔に彼らが発したのは『わたしは！……』だった。抗議のことばよ――わたしは、例外だって。

彼らは例外だったのかしら？　話す時間があたえられるなら、わたしたちのすべてに例外だと主張する権利がある、それが真実よ。だれもが個別に裁かれるべきなの。わたしたちはだれもが、疑問を投じる利益を享受できるはずなの。

＊1　紀元前五世紀のギリシアの歴史家。ペロポネソス戦争について書いた『戦史』がある。

でも、すべての細やかな聞き取りをする時間がない、そんな例外を設けたり、慈悲をかけたりする時間を割いてはいられない、そんな時代もあるのね。時間がない、といって、わたしたちは規則に頼る。それはとても残念なこと、なによりも残念なことよ。トゥキュディデスから学べたかもしれないのは、そういうことなの。わたしたちがそんな時代に入ろうとしているのは、とても残念なことだわ。そんな時代には、おおいに意気消沈して入っていくべきよ。そんな時代は、絶対に歓迎できないのだから」

ひどくゆっくりと、少年は無事なほうの手をシーツの下に差し込んだ。わたしにまた触られないように。

「おやすみ。よく眠って、朝には気分が良くなっているといいわね」

老人は歌うのをやめていた。その手が腿のあたりでだらしなく、はたはたと、死にゆく魚のように泳いでいる。ぎょろりと目を剝き、あごには唾液が筋になって垂れていた。

車は発車をしぶり、ファーカイルが後ろから押さなければならなかった。

「あの少年はベキとはちがう、ぜんぜんちがうわ」わたしはおしゃべりがすぎた、しかし、もう抑制がきかなかった。「態度に出ないよう努力はするけれど、あの子には苛々する。ベキがあの子の影響を受けるようになったのは残念だわ。でも、ああいう子は何百人、何千人といるわね、きっと。ベキのような子より多いくらい。勃興する新世代」

家に到着した。招きもしないのに、ファーカイルがわたしの後ろから家に入ってきた。

「寝なければならないの、わたし、疲れ切っているから」そういっても、立ち去ろうとしないので、「なにか食べるものが欲しいの？」ときいてみた。

彼の目の前に食べ物をならべ、自分の錠剤を飲み、わたしは待った。

うまく動かないほうの手で彼はパンの塊を押さえ、それを薄く切って分厚くバターを塗り、チーズを切った。指の爪が真っ黒。ほかにどんなものに触ってきたのか、わかったものではない。そしてこれが、わたしが心を開いて話をする相手、信用して最後のものをあずける相手なのだ。なぜ、あなたへいたる道が、こんな、まわりくどいものになってしまったのかしら。

わたしの心は淀みのよう、そこに彼の指が入ってきて、かきまわす。その指がなければ、静止して、沈滞するばかり。

遠まわりする道。方向を無視することで、わたしは方向を見つける。蟹（かに）歩きね。

彼の汚れた爪がわたしに入ってくる。

「陰気な顔だな」

「疲れたの」

彼は嚙みながら、長い歯を見せた。

観察はするが、決めつけない。常時ほのかにアルコールの霞のようなものを漂わせている。アルコール、それがやわらげ、保護しているのだ。モリフィカンス——やわらかくする。そのおかげで、わたしたちは許すことができる。彼は酒を飲み、あれこれ斟酌（しんしゃく）する。彼の人生すべてが斟酌。彼、ミスター・V（ファーカイル）、この人にわたしは話しかける。話して、それから書く。書くために話しかける。勃興する新世代のほうは、酒を飲まないから、わたしは話しかけることができない。できるのはお説教だけ。彼らの手は清潔で、指の爪もきれい。新しいピューリタンが、断固として規則を守り、大仰に規則を誇示する。アルコールは忌み嫌う。規則をゆるめて、鉄を熔かすから。遊んでいるもの、柔軟なもの、迂遠なものをすべて疑う。こんなふうに、論説が常道からはずれると、不審を抱く。

「それに具合もわるいの。疲れていて具合もわるい、具合がわるくて疲れている。わたしのなかには産み落とせない子どもがいるのよ。産み落とせない理由は、それが生まれる見込みがないから。わたしの外では生きられないから。だから、それはわたしの囚人、いや、わたしのほうが囚人かな。門扉を叩きはしても、そこから出られない。そういうことが常に起きている。わたしのなかの子どもが、扉を叩いているのよ。娘はわたしの最初の子ども。わたしの生命。これはふたり目、胞衣、望まれなかった子どもよ。テレビ、観たい？」

「眠りたいんだと思った」

「もういいわ、いまは独りになりたくない。わたしのなかの子も、とにかく、それほどひどく扉を叩かないし。薬を飲んだから、彼はおとなしくなってきた。薬はいつも二錠飲むの、気づいたでしょ、一錠はわたしのため、もう一錠はその子のためよ」

ソファにならんで腰かけた。赤ら顔の男がインタビューを受けていた。どうやら狩猟動物の飼育場を所有している男らしい。映画会社のためにライオンと象を貸し出したそうだ。

「海外で出会った人のことを話してください」とインタビューアーはいった。

「お茶を淹れてくるわ」そういって、わたしは立ちあがった。

「この家には、ほかになにがあるの？」とファーカイル。

「シェリーなら」

シェリーの瓶を持ってもどると、彼は書架のところに立っていた。わたしはテレビを消した。「なにを見ているの？」

彼は一冊の分厚い四折判の本を持ちあげてみせた。

「その本は面白いわよ。それを書いた女性は、男装してパレスティナやシリアを旅行した。前世紀のことよ。あのころの勇敢なイギリス女性のひとり。でもそこにある絵は彼女が描いたわけじゃない。描いたのはプロのイラストレーター」

わたしたちはいっしょに、その本のページをめくった。イラストレーターが用いた、いささかトリックめいた遠近図法によって、月光に照らし出された野営地、険しい岩山、寺院の廃墟に、どこかおぼろげな神秘性が付加されていた。そんなことを、南アフリカのためにやった人は皆無だ。ここを神秘の土地にするなんてことは――もう遅すぎる。すでに、強烈な光の、陰影も深みもない、のっぺりした場所として心に定着してしまった。

「どれでも好きな本を読んでいいわよ。二階にはもっとたくさんあるから。本を読むのは好き？」

ファーカイルはその本を置いた。「もう寝るよ」

またしても、気まずさがちらりと襲ってきた。なぜか？　その理由は、歯に衣着せずにいうと、彼の臭いが好きではないから。下着姿のファーカイルのことは考えたくないからだ。なかでも足が最悪、角のように硬化して固まった、あの爪。

「ちょっと質問してもいい？　以前はどこに住んでいたの？　なぜ放浪生活を始めたの？」

「海にいたんだ。前にもいったよ」とファーカイル。

「でも、人は海には住めないわ。人は海で生まれるわけではないし。これまでずっと海にいたわけではないでしょ」

「トロール船に乗っていたんだ」

「それで？」

彼はかぶりを振った。

「きいているだけよ。身近にいる人のことは、ちょっと知りたくなるものでしょ。とても自然なことよ」

ファーカイルはいつものもの、口もとをゆがめる笑いを見せた。いきなり一本の犬歯があらわれる、あの笑い。長くて黄色い犬歯。なにか隠している、とわたしは思った、でもなにを？　悲劇の恋？　監獄での服役？　思わず、わたしはにやりとなった。

というわけでわたしたちは、ふたりして、微笑みながら立っていた。それぞれが、自分だけの、秘かな理由を抱いて。

「そうしたければ、またソファで寝てもかまわないわよ」とわたし。

彼は半信半疑。「いつも犬がいっしょに寝るんだ」

「昨日は犬がいっしょじゃなかったわね」

「俺がいなければ、犬は犬でよろしくやるさ」

昨夜、犬がよろしくやっていた気配は聞こえなかった。彼が餌をやるかぎり、犬は、彼の寝場所を気にかけるというのは本当だろうか？　心配する犬というフィクションを利用しているのではないのか？　心配する妻というフィクションを男たちが利用するように。一方で、ひょっとするとわたしが彼を信用するのは犬のせいなのかもしれない、とも思う。犬というのは、善きものと悪しきものを嗅ぎ分ける——国境警備隊であり、歩哨なのだ。

犬はわたしには共感を寄せてはくれなかった。猫の臭いが強すぎるのだ。猫女——キルケ[*1]だ。そして彼は、トロール船に乗って海をさまよったあと、ここに上陸した。

「好きにして」といってわたしは彼を放免した。シェリーの瓶を持っていることには気づかぬ振りをして。

*1　『オデュッセイア』に出てくる魔力を使う女。

哀れみ、そう思った（薬がわたしを運び去る前の最後の思いだ）――この家に同居することも可能かもしれない。まがりなりにも、わたしたちふたりして、わたしが二階、彼が一階、この最後の短いひととき。夜間だれかに手近にいてもらうために。結局、それは人が最後に望むものなのだから。闇のなかで呼びかける相手、そんなだれかにいてもらうことが。母親、あるいはだれでもいい、母親の代理をつとめる人に。

フローレンスにそうすると宣言したので、わたしはケールドンスクエアに出向いて、ふたりの警官を告発しようと試みた。ところが、告発するというのは「直接被害をこうむった当事者」にのみ許されることのようだ。

「詳細を述べてください、われわれが調査しますから」と事務官はいった。「ふたりの少年の名前は？」

「本人の許可を得ずに、彼らの名前をいうことはできません」

事務官はペンを置いた。若い男、きちんとして礼儀正しい、新しいタイプの警官だ。リベラルなヒューマニストを気取る者を前にして、自制力を鍛えるために、訓練の仕上げにケープタウン勤務にまわされてきたのだ。

「あなたがその制服にどのような誇りをもっているかは存じませんが、でも、通りであなたの同僚がその誇りを汚すことをしたのですよ。わたくしもまた面目をなくしたのです。わたくしは恥じています――彼らをではなく、わたくし自身を。あなたはわたくしに告発をさせてくださらない、その理由としてあなたは、わたくしが被害をこうむっていないからだとおっしゃる。でも、わたくしは被害をこうむりました。とても直接的な被害です。わたくしの申しあげていることがおわかりですか？」

それには答えずに、彼は背筋をぴんと伸ばし、身を固くして、油断なく、次になにが来ても対応できるよう身がまえた。後ろにいる男が処理中の書類のうえに屈み込むようにして、聴いていない振りをしていた。でも、心配はご無用。わたしにはもう、なにもいうことがなかった、というより、ともかく、それ以上考えられる精神状態になかったのだ。

ファーカイルはバイテンカント通りに停めた車のなかで座っていた。「ばかな真似をしてしまったわ！」そういうと急にまた、涙がこみあげてきた。「『あなたがたはわたくしに、恥ずかしい思いをさせているのですよ』そういったの、わたし。きっといまごろ、『よたついた高齢の御婦人が黒んぼのガキの仲間うち（ディ・アウ・クリユッペル・ダーメ・メット・ディ・カフェルキース）で物笑いの種になっているわね。ひょっとすると、人は今後ことで』といって。でも、ほかにどう感じろっていうのよ。ひょっとすると、人は今後そんなふうに生きなければならないと、ただ受け入れるべきなのかもしれない――恥にまみれて生きることを。ひょっとすると恥というのは、わたしがいつも感じている、その感じ方の名前にすぎないのかもしれない。死んだほうがましだと思いながら人が生きている、そんな生き方につけられた名前なのかもしれないわ」

恥。屈辱。生のなかの死。

長い無言のときが流れた。

「十ランド貸してくれないかな？」とファーカイルがいった。「俺の障害者手当は木曜にならないと出ないんだ。木曜に返すから」

第3部

昨夜、真夜中をとうにすぎてから電話がかかってきた。息を切らせた、女の声、太った人に特有の息切れだ。「フローレンスをお願いします」

「寝ていますよ。みんな寝ています」

「わかってます、呼んでください」

雨が降っていたが、それほど激しくはない。わたしはフローレンスの部屋のドアを叩いた。ドアは即座に開いた。まるで、そこに立って呼び出されるのを待っていたように。背後で子どもの眠そうな唸り声。「電話よ」

五分後、フローレンスがわたしの部屋へやってきた。眼鏡もかけず、頭になにもかぶらず、白くて長いナイトドレスを着た彼女はずいぶん若く見えた。

「厄介なことが起きて」とフローレンス。

「ベキのこと?」

「ええ、行かなければ」

「ベキはどこにいるの？」

「まずググレトゥへ行かなければ、そしてそのあとは、サイトCだと思います」

「サイトCがどこにあるのか、わたしにはまるで見当がつかないわ」

　フローレンスが怪訝（けげん）な顔をした。

「あなたが道を教えられるなら、車で連れていってあげるってことよ」

「はい」とはいったものの、フローレンスはまだためらっていた。「でも、あの子たちを置いていくわけにはいきません」

「じゃあ、いっしょに連れていかなければ」

「はい」といったが、こんな煮え切らないフローレンスを見たのは初めてだ。

「それにミスター・ファーカイルもいっしょに行ってもらわなければ、あの車は手伝いがいるから」とわたし。

　彼女はかぶりを振った。

「だめ、彼も行かなくちゃ」とわたしは言い張った。

　ファーカイルのそばに犬が寝そべっていた。わたしが入っていくと尻尾を床に打ちつけたが、起きあがることはなかった。

「ミスター・ファーカイル！」大きな声でわたしはいった。彼が目を開けた。わたしは照らしていたライトの照準をそらした。放屁の音。「フローレンスをググレトゥに連れていかなければならないの。急を要するので、すぐに出発しなければ。いっしょに来てくれない？」

彼は返事をせずに、横を向いて身をまるめた。犬が体勢を組み直した。

「ミスター・ファーカイル！」わたしはライトを、まっすぐに当てた。

「知ったことかよ」とぶつぶついう声。

「起きないわ」フローレンスに報告した。「車を押してくれる人を確保しなければ」

「わたしが押します」とフローレンス。

暖かくくるんだふたりの子どもを後部座席に乗せて、フローレンスが車を押した。出発。吐く息で曇った窓ガラス越しに外を見やりながら、デ・ヴァール通りまで這うように車を進め、クレアモント近くの通りでしばらく迷い、それからランズダウン通りに出た。その日の始発バスが皓々と明かりをつけて、無人のまま行き交っていた。まだ五時前だ。

最後の家並みと、最後の街灯を通り過ぎた。北西から小やみなく吹きつける雨のなかを、ヘッドライトの黄色い微光をたよりに車を走らせた。

「だれかが手をふってこの車を止めようとしても、道のまんなかになにか見つけたとしても、ぜったい車を止めてはだめですよ、車を走らせなければだめですよ」とフローレンス。

「止めないわ、もちろん」とわたし。「そういう忠告はもっと早くいっておいてね。はっきりさせておくけれど、フローレンス、厄介なことが起きそうになったら、すぐに引き返すわよ」

「起きるとはいってません、ただ念のためにと思って」

不安にかられながら闇のなかを走りつづけた。しかし、行く手を遮る者はなく、手をふる人影もなく、道を横切るものもなかった。どうやら厄介事はまだ眠っているようだ。厄介事は次の交戦にそなえて力をたくわえているのだ。この時間帯は、いつもなら何千という人たちが重い足どりで仕事場に向かっているはず、なのに沿道は無人だ。渦巻く霧が流れてきて、わたしたちの乗った車をすっぽりと包み、流れ去った。亡霊、霊魂。アオルノスだ、ここは——鳥なき地。[*1] 身震いすると、フローレンスと目が合った。「どれくらい遠いの？」とわたしはきいた。

「もうすぐです」

「電話でなんていっていたの？」

「昨日、また彼らが銃撃してきたって。彼らがヴィットドゥーケ[*2]に銃を渡したので、ヴィットドゥーケが銃撃したんです」

「銃撃はググレトゥで起きているの？」

「いいえ、銃撃が起きているのは外側のブッシュのほうです」

「厄介事の気配を察したらすぐに引き返しますからね、フローレンス。ベキを連れ出す、

＊1　ウェルギリウス著『アエネーイス』第六巻より。
＊2　「白い布」の意のアフリカーンス語で、白人政府の非公式の支援で組織された黒人の「自警団」。

わたしたちがやるのはそれだけよ。連れ出したらすぐに家に帰りますからね。あなたはベキを帰すべきじゃなかったのよ」

「ええ、でもここで曲がるんです、左へ曲がって」

わたしは左折した。さらに百メートル行くとフラッシュライトを点けた道路封鎖の障害物があって、道路脇に駐車した車がならび、銃を持った警察がいた。わたしは車を止めた。警官がひとり近づいてきた。

「ここになんの用があるんですか？」

「家政婦を家に送っていくところです」といいながら、平然と嘘をつく自分に驚いていた。

警官はバックシートで眠っている子どもたちを凝視した。「家政婦が住んでいるのはどこですか？」

「五十七です」とフローレンス。

「じゃあ、ここで降ろせばいい、歩いていけます、それほど遠くはない」

「雨が降っているし、ちいさな子どもがいるんですよ、彼女ひとりで行かせるわけにはいきません」きっぱりした口調でわたしはいった。

警官は躊躇（ちゅうちょ）して、それからフラッシュライトを振って、行けという合図をした。一台の車の屋根のうえに戦闘服の若い男が立ち、銃を構え、闇のなかにじっと目を凝らしていた。

なにかが燃える臭いが鼻をついた。濡れた灰に、焼けるゴム。ゆっくりと車を走らせて、マッチ箱のような家が立ちならぶ、幅の広い未舗装の道路を進んだ。巡回中の、金網で装甲した警察のヴァンが追い抜いていった。「ここを右へ曲がってください」とフローレンス。「もう一度、右です。ここで止めて」

　赤ん坊を腕に抱えたフローレンスは、寝ぼけて蹴つまずきながらあとを追う幼児を引き連れ、雨水をはね返しながら小道を進み、二一九番の家のドアをノックし、なかに入った。希望（ホープ）と美（ビューティー）。まるで寓話のなかで生きているよう。エンジンをかけっぱなしにして、待った。

　先ほど追い抜いていった警察のヴァンが、ゆっくりと横に近づいてきた。ライトがわたしの顔を照らした。片手をかざしてまぶしさを防いだ。ヴァンは離れていった。

　ふたたびフローレンスが赤ん坊ともども、ビニールのレインコートをはおってあらわれ、バックシートに乗り込んだ。その後ろから雨のなかに走り出てきたのはベキではなく、三十代か四十代くらいの、痩身で、きびきびした身のこなしの男だ。口ひげをはやしている。男はわたしの隣に乗り込んだ。「いとこのミスター・タバーネです」とフローレンス。「道を教えてくれます」

「ホープはどこ?」とわたしはきいた。

「姉のところに置いてきました」

「で、ベキは?」

沈黙が流れた。

「はっきりしないんです」と男がいった。思いのほか、やわらかな声だ。「昨日の朝やってきて、荷物を置いて出かけていったきり。それからはだれも姿を見ていない。夜になっても帰ってきませんでした。でも、ベキの友だちが住んでいる場所はわかっています。まずそこから探しましょう」

「フローレンス、あなた、そうしたいのね？」

「ベキを探し出さなければ、ほかにできることはありませんから」とフローレンスはいった。

「わたしが運転したほうがいいなら、そうしますよ」と男はいった。「いずれにしても、そのほうがいいでしょう」

わたしは車から降りて、後ろの、フローレンスの横に座った。雨足がさらに激しくなっていた。車は凹凸の激しい道路を、水たまりでしぶきをあげながら走った。街灯の不気味なオレンジ色の光の下を、右へ左へ車は曲がり、やがて止まった。「気をつけて、エンジンを切らないで」と、いとこだというミスター・タバーネに、わたしはいった。

車から降りたミスター・タバーネが家の窓をノックした。わたしからは見えない人物との長い会話がつづいた。もどってくるころにはずぶ濡れ、体も冷えきっていた。かじかんだ指で煙草を取り出し、火を点けようとした。「お願い、車のなかでは吸わないで」とわたし。フローレンスと彼のあいだで、激しい苛立ちを示す視線が行き交った。

わたしたちは黙って座っていた。「なにを待っているの？」

「道案内をしてくれる人をよこすことになっています」

ちいさな少年が、大きすぎるバラクラバ帽[*1]をかぶり、家から走り出てきた。自信に満ち満ちたようすで、わたしたち全員ににっと笑って挨拶し、車に乗り込み、方角を指図しはじめた。十歳になるかならないか。時代の子だ、この暴力に満ちた風景にすっかり溶け込んでいる。自分の子ども時代を振り返っておぼえていることといえば、太陽の照りつける長い午後、ユーカリの並木道にたちのぼる埃の匂い、沿道の溝をさらさらと流れる水音、心地よく耳を揺する鳩の鳴き声くらい。まどろみの子ども時代、無難な人生と事なきをえてニルヴァーナへいたる道とされるものへのプレリュード。せめてわたしたちに、おのれのニルヴァーナが許されぬものだろうか。あの過ぎ去りし時代の子どもたちに。無理かもしれない。まったき正義が支配するなら、地下世界へいたる最初の入り口で、わたしたちは待ったを喰らうことだろう。細長い白布でぐるり巻かれた幼虫さながら白いわたしたちは、とめどなく愚痴るきんきん声をアエネーイスが泣き声と聞き誤った、かの幼子の魂の群れに加わるよう、手早く処理されることだろう。わたしたちの色である白、リンボの色――白い砂、白い岩、八方から降りそそぐ白い光。海辺に横たわる永遠のときのように、わたしたちだけが幾度となくすごした、終わらない日曜のように、怠惰に、うつらうつらして、耳に届くものといえば心地よいさざ波の音。イ

＊1　目の部分だけ残して顔全体をおおう帽子。

ン・リミネ・プリモ――まさにいま始まらんとす、死の入り口で、生の入り口で。海から打ちあげられた生き物が、砂のうえで立ち往生して、身の置き所なく、踏ん切りがつかず、熱くもなく冷たくもなく、魚でもなく鳥でもなく。

最後の家並みを過ぎて、灰色の早朝の光のなかを走り、焼け焦げた大地と黒ずんだ樹木の風景のなかへ入っていった。ピックアップトラックが、防水布をかけた後部に三人の男を乗せて追い抜いていったが、次の道路封鎖地点で、わたしたちの車がまた追いついた。検問を待つあいだ、男たちは無表情な顔で、目をそらすことなく、わたしたちを睨んでいた。警官が手をふって彼らを通し、わたしたちを通した。

山を背にして北へ向かい、それからハイウェイをはずれて泥道に入ると、すぐに砂地になった。ミスター・タバーネが車を止めた。「これ以上は車では行けない、危険すぎる」ダッシュボードにぼんやり灯る赤い光を見ながら「この車の交流発電機は調子がわるいですね」と彼は言い添えた。

「なんでも、動かなくなるまで放っておくの」それ以上、説明する気にはなれなかった。

彼はエンジンを切った。しばらく、なにもいわずに座ったまま、わたしたちは屋根にあたる激しい雨音を聞いていた。やがてフローレンスが車から出て、そのあとに少年がつづいた。背負われた赤ん坊はすやすやと眠っていた。

「ドアはロックしておくのが最善です」わたしに向かってミスター・タバーネがいった。

「どれくらい、ここにいることになるのかしら？」

「はっきりいえません、でも急ぎましょう」

わたしはかぶりを振った。「ここに長くいるつもりはないの」

帽子もないし、傘もなかった。雨は顔にじかにあたり、髪の毛を通って頭皮まで滲(にじ)み、首筋を流れ落ちた。こんなふうに外に出ていたら、だれだって死ぬほどひどい風邪をひくと思った。少年はすでに先頭を切って駆け出していた。わたしたちのガイド。

「頭にこれをかぶって」といって、ミスター・タバーネがビニールのレインコートを差し出した。

「要らないわ」とわたし。「少しくらいの雨なら平気よ」

「そういわずに、これをかぶって」と彼は譲らなかった。わたしにもその意味がわかった。「行きますよ」と彼。わたしは後ろからついていった。

　あたりは砂丘からつづく灰色の砂とアカシアの茂みの荒れ地、生ゴミと灰の悪臭が漂っている。道の両側に、ビニールの切れ端、古鉄、ガラス、動物の骨などが散らばっていた。すでに寒さで身体が震えていたが、速く歩こうとすると心臓がどきどき鳴って、気分がわるくなった。わたしは落ちこぼれた。フローレンスは止まってくれるだろうか。だめだ――母の愛(アモル・マトリス)の力を妨げるものはない。

　分かれ道のところでミスター・タバーネが待っていた。「ありがとう」喘ぎながらわたしはいった。「ご親切に。遅れをとらせて、ごめんなさい。腰が痛いものだから」

「この腕につかまって」と彼。

色の黒い、厳めしい、ひげ面の男たちが追い抜いていった。棒を握り、一列になって足早に歩いていく。ミスター・タバーネが道からはずれた。わたしは彼にしがみついていた。

道が広くなり、やがて行き止まりの、広くて浅い池に出た。池の向こう側からあばら屋がならびはじめ、最底辺の集落は水に浸かっていた。なかには木材と鉄でしっかり建てたものもあったが、多くは木の枝でつくった枠のうえからビニールシートをかぶせただけ。そんなあばら屋が砂丘の斜面に散らばるようにして、北方へ、はるか彼方へつづいていた。

池の縁のところでわたしは躊躇した。「さあ」とミスター・タバーネがいう。彼の手につかまって踏み込み、くるぶしまで浸かる水のなかを漕ぐように歩いた。片方の靴がはまって脱げた。「割れたガラスに気をつけて」と彼。わたしはなんとか靴を取りもどした。

戸口に、口もとが内側にくぼんだ老女がたたずんでいるほかは、人影がなかった。だが、さらに歩を進めると聞こえてきた喧噪は、最初は風か雨かと聞きまごうような音だったが、やがてそのなかから徐々に、断続的な叫び声、泣き声、呼び声が立ちのぼってきた。背後には、嘆息と呼ぶしかないような執拗低音（バッソ・オスティナート）が響いていた——幾度も、執拗にくり返される深い嘆息、あたかも広いこの世界全体が、深いため息をついているような。

すると、あのちいさな少年が、わたしたちのガイドが、またいっしょになっていた。ミスター・タバーネの袖を引っ張りながら、興奮した口調で話している。いきなり、ふたりが駆け出した。わたしは必死で、そのあとから砂丘の斜面を登った。

総勢何百という群衆の最後部にたどりついたわたしたちは、容赦ない破壊の場面を見おろすことになった。燃え尽きてくすぶるあばら屋、いまも燃えながら黒煙を噴きあげるあばら屋。降りしきる雨に濡れそぼる、乱雑な家具、寝具、家財道具の山。何組かの男たちが、燃えさかる小屋の中身を救出しようとしている、一軒一軒、火を消そうとしている、とわたしは思った。が、ふいに、衝撃とともに、これは救急隊ではなく放火者たちで、男たちが立ち向かっている相手は炎ではなく、雨のほうだと気づいた。

嘆息音は、砂丘のなかのこの円形劇場の端に集まった人たちが発していたのだ。葬儀のときの会葬者のように、どしゃ降りの雨のなかに立って、男も、女も、子どもも、ずぶ濡れになって、わざわざ身を護ることもほとんどせず、破壊の現場をじっと見ていた。

黒いオーバーコートを着た男が斧をふるっていた。烈しい破砕音とともに窓が吹き飛ぶ。男がドアに向かって打ち降ろすと、三発目でドアに洞穴のような穴が開いた。まるで檻から解放されたように、家から赤ん坊を抱きかかえた女が走り出てきて、その後ろに三人の裸足の子どもがつづいた。男は彼らを通した。それからドアの枠をめった切りにしだした。小屋全体が大きく軋んだ。

男の仲間がひとり、灯油の入ったポリ容器を手に、家のなかに入っていった。その後ろから女が駆け込み、毛布やシーツを、両手いっぱい抱きかかえて出てきた。だが、女が再度走り込もうとすると、身体ごと投げ飛ばされた。

群衆から新たな嘆息がもれた。あばら屋の内部から煙が噴き出た。女が立ちあがって、家のなかに駆け込もうとしたが、ふたたび、投げ飛ばされた。

群衆のなかから投じられた石がひとつ、空を飛んで、燃えるあばら屋の屋根に落ち、カタンという音をたてた。もうひとつ、今度は壁にあたり、さらにひとつは、斧を持った男の足もとに落ちた。男は大声で叫び、威嚇した。男と五、六人の仲間がそれまでの作業を中断し、棒切れやバールを振りかざして、群衆に向かってきた。金切り声をあげながら、向きを変えて逃げ出す人たちに、わたしも混じっていた。しかし、まとわりつく砂に足を取られて、足を持ちあげることができない。心臓が早鐘のように烈しく打ち、胸に激痛が走った。立ち止まり、前かがみになって、喘いだ。こんなことが、現実に、わたしに、起きるなんて、ありうるのか、と思った。いったいわたしは、ここで、なにを、しているのか。道路脇で小型の緑色の車が、静かに待っているような幻想に襲われた。自分の車に乗り込み、ぴしゃりとドアを閉めて、この激怒と暴力が迫りくる世界を締め出してしまえたら、どんなにいいか。

ひとりの少女が、巨体のティーンエイジャーが、肩でわたしを突き飛ばした。倒れざまにわたしは、思わず「ちくしょう！」と喘いだ。少女も喘ぎながら「ちくしょう！」と返して、剝き出しの強烈な敵意でねめつけてきた——出てけ！　出てけ！　そして少女は砂丘の斜面を必死で這いあがった。その巨大な尻がぶるぶると震えていた。

再度こんな突きを喰らったら、砂に顔を埋めて、そのまま死んでしまう、と思った。この人たちは何度でも襲撃に耐えられるかもしれないけれど、わたしは、このわたしは、蝶のように脆い。

ザクザクという足音がすぐそばを通り過ぎた。ちらりと見えた茶色のブーツは、舌革がばたつき、靴底がひもで縛ってある。蹴られるか、と縮みあがったが、それはなかった。

わたしは起きあがった。左手のほうで、けんからしきものが起きていた。一分前にはひとり残らずブッシュに逃げ込んでいた人たちが、唐突と思えるほど、わらわらとあふれ出てきた。女が大きな甲高い声で叫んでいた。この惨憺たる場所からどうやって逃げ出せばいいのか。歩いて渡った池はどこだ？　車にたどりつく道はどこだ？　いたるところに池はある。水たまりも、湖も、浅い水も。道も、いたるところにある。でも、いったいどこへつづいているのか？

銃撃音がはっきりと聞こえた。一度、二度、三度、銃撃は近くはないが、それほど遠くもない。

「こっちへ」と声がした。ミスター・タバーネが大股で通り過ぎた。「はい！」喘ぎながらわたしは答え、ありがたいと思いながら、なんとか彼のあとにつづこうとした。でも追いつけなかった。「もう少しゆっくり、お願い」とわたしは叫んだ。彼は待ってくれた。ふたりしていっしょに池を渡り、小道にたどりついた。

若い男が近づいてきた。目が血走っている。「どこへ行くんですか?」と質問してきた。きつい質問、厳しい口調だ。

「帰るところよ、出ていくところ、ここの人間じゃないの」とわたしは答えた。

「これから車を取りにいくんだ」とミスター・タバーネがいった。

「その車、俺たちが使いたいな」と若い男がいう。

「わたしの車はだれにもあげない」

「ベキの友人ですよ」とミスター・タバーネ。

「どっちだっておなじ、この人にわたしの車をあげるつもりはないわ」

若い男は——男というより、大人のような身なりをした少年が、一人前の男みたいに振る舞っているだけだ——不可解なジェスチャーをした。片手を顔の高さに持ちあげて、もう一方の手でばしっと叩いたのだ。手のひらと手のひらを。遠まわしな一撃。どんな意味だったのだろう。なにか意味があったのだろうか。

歩いたために背中を激痛が襲っていた。歩調をゆるめて立ち止まった。「すぐに家に帰らなければ」それは懇願だった。自分の声に動揺の響きが聞き取れた。

「じゅうぶん見たわけですね?」ミスター・タバーネの声がよそよそしくなっていた。

「ええ、じゅうぶん見ました。見物のためにここにきたわけではありません。わたしはベキを連れにきたんです」

「そして家に帰りたいわけですか？」

「ええ、家に帰りたいわ。痛みがあるんです、とても疲れてしまった」

彼は背を向けて歩き出した。わたしはよろよろと後ろからついていった。すると彼はまた立ち止まった。「あなたは家に帰りたいわけだ。でも、ここに住んでいる者はどうなるんです？　家に帰りたいと思っても、行くところはここしかないんですよ。あなたはそれをどう思いますか？」

雨のなかで、道のまんなかで、顔と顔を突き合わせて、わたしたちは立っていた。通りかかった人たちもまた立ち止まり、もの珍しそうにわたしをながめた。わたしの責任、彼らの責任。共同責任なのだ。

「わたしには答えられない。ひどいことだわ」

「ひどいなんてものじゃない。これは犯罪です。目の前で犯罪が犯されるのを見て、あなたはなんというか？　『じゅうぶん見ました、見物のためにここにきたわけではありません、家に帰りたい』ですか？」

わたしは首をふった。困り果てていた。

「ちがいますか。いいでしょう。では、なんというか？　あなたが見ているのはどういう種類の犯罪か？　その罪名はなんなのか？」

この人は教師だ、と思った。こんなに弁が立つのだから。この人がいま、わたしにしているのは、実際に授業でやっていたことだ。トリックだ、自分の答えを子どもから出てきたかのように思わせるためのトリック。問答教授法、ソクラテスの遺産だ。アテネでそうだったのとおなじくらい、アフリカでもまた、圧迫感に満ちている。

わたしは周囲の見物人をひとわたり見まわした。彼らは敵意に満ちているか？　どう見ても敵意は感じられない。彼らはただ、わたしが答えるのを待っているだけだ。

「わたしにも確信をもっていえることはたくさんあります、ミスター・タバーネ。しかし、であるなら、それは本当にわたしから出てきたものでなければなりません。強要されて話すと――おわかりいただきたいのですが――真実を語ることはまず、できません」

彼は応答しようとしたが、わたしはそれを押しとどめた。

「待って。少し時間をください。あなたの質問をはぐらかそうとするわけではないの。ここではひどいことが起きている。でも、それをわたしがどう考えるか、それをわたし自身の言い方で述べなければ」

「では、あなたがいわなければと思うことを聞かせてください！　みんな聴いています！　待っています！」彼は両手をあげた。静かに、という合図だ。群衆から承諾の低いつぶやきが聞こえた。

「これは見るからにひどいことです」わたしは口ごもりながらくり返した。「彼らは糾弾されるべきです。でも、他人のことばで彼らを公然と非難することは、わたしにはできません。わたしは自分の、自分自身のことばを見つけなければ。でなければ、それは真実ではなくなる。いま、わたしにいえるのは、それだけです」

「この女はごたくをならべてる」群衆のなかから、男の声がした。男はあたりを見まわして「くだらないごたくだ」といった。反論する者はだれもいなかった。その場から、いつのまにか立ち去る者も、すでに出ていた。

「そうよ」とその男に向かって、わたしはいった——「あなたは正しいわ、あなたのいうことは真実よ」

　彼はちらりとわたしを見た、狂人を見る目で。

「でも、いったいあなたがたはなにを期待しているの？」わたしはつづけた。「これを、ことばにするには」——ブッシュ、煙、道に散らばる汚物に向かって手をふりながら、わたしはいった——「神さまの舌が要るわ」

「くだらない」男は挑むように、もう一度いった。

　ミスター・タバーネが向きを変えて歩きはじめた。わたしは足を引きずりながらそのあとを追った。群衆が道をあけた。すぐさま少年が急ぎ足でわたしを追い抜いていった。そのとき車が視界に入った。

「ヒルマンだ、あなたの車ですね」とミスター・タバーネ。「道路にそのまま置いてある車はそう多くはないはずだ」

　わたしは驚いた。それまでの成り行きから当然、ふたりのあいだにはくっきり線が引かれたと思ったのだ。ところが彼には、恨みを抱いているようすがまるでなかった。

「英国のものがベストだったころのものよ。意味をなさないことをいってるとしたら、ごめんなさいね」とわたしは答えた。

彼は謝罪を無視した――謝罪になっていたならの話だが。「英国のものがベストだったんですか?」

「いいえ、もちろん、ちがうわ。戦後しばらく、それがスローガンだっただけ。おぼえていないでしょう、あなたがすごく幼いころのことだから」

「わたしは一九四三年の生まれです。いま四十三歳です。信じられないでしょ?」彼は振り向き、その整った顔だちを見せた。うぬぼれ。でも心を打つ、うぬぼれだ。

わたしはスターターを引いた。バッテリーが切れていた。ミスター・タバーネと少年が車から出て、砂に足を取られながら、押した。やっとエンジンがかかった。「まっすぐ行って」と少年。わたしはそのとおりにした。

「教師だったの?」ミスター・タバーネに向かってきいた。

「かつては教師でした。でもいまは教職から離れています。もっといい時代になるまで。いまは靴を売っています」

「で、あなたは?」と少年にたずねた。

口ごもりながら少年はなにかいったけれど、わたしには聞き取れなかった。

「彼は失業中の若者ですよ」とミスター・タバーネ。「ちがったかい?」

少年はしゃちこばった笑みを見せた。「ここを曲がって、店のすぐ先を」と少年。

荒れ果てた土地にぽつねんと、ちいさな店が三つならんでいた。中身を抜かれ、焼け焦げていた。ひとつだけ残ったサインから判読できたのは「バーウーディン[*1]現金売りの店」。

「ずっと前からです」とミスター・タバーネ。「去年から」

幅の広い未舗装の道路に出ていた。左手に家が数軒、かたまって建っていた。レンガ塀があって、アスベストの屋根に煙突が立っている、ちゃんとした家だ。そのあいだに、そのまわりに、見渡すかぎりはるか彼方まで広がるのは、不法居住者たちの住むあばら屋。

「あの建物」と少年はいって前方を指差した。

それは屋根の低い、細長い建物で、おそらくホールか学校なのだろう、周囲が金網で囲われていた。しかしフェンスは、かなりの範囲にわたり踏みつぶされ、建物自体も、煤(すす)けた壁が残っているだけだった。その正面に大勢の人たちが集まっていた。近づくヒルマンを見るために、顔がいっせいにこちらを向いた。

「エンジンは切りましょうか?」とわたし。

「切ってもだいじょうぶです。心配はいりません」とミスター・タバーネ。

「心配してるわけじゃないの」本当だろうか。ある意味で、そう。いや、少なくともブッシュで体験したことのあとなので、わたしは自分の身に起きることに、それほど頓着

＊1　インド系の名前。

しなくなっていた。

「とにかく、心配する必要はありません」言い淀むことなく彼はつづけた。「ここでは、あなたがたの若者が、あなたを護ってますから」そういって指差す。

するとそこに、道を少し行ったところに、彼らの姿が見えた——ほとんど樹木に溶け込んだ、三台のカーキブラウンの軍の輸送車、そして、ヘルメットの頭部が空に向かって、くっきりと浮かんでいた。

「これは黒人どうしの喧嘩にすぎない、派閥抗争地点だ、とあなたが考えればぴったり辻褄も合う」と彼は話を締めくくった。「ほら、わたしの妹がいる」

わたしの妹と彼は呼んだ。フ、ロ、ー、レ、ン、スではなかった。おそらく世界中でこのわたしだけが、フローレンス、と別の名前で呼んでいたのだ。いま、わたしは、人びとが本当の名前で姿を見せ合う場所にいた。

フローレンスは壁を背にして雨をよけながら立っていた——暗紅色のコートに白い毛糸の帽子をかぶった、生まじめな、尊敬すべき女性。わたしたちは縫うようにして、彼女のところまで進んだ。フローレンスはなんの反応も返さなかったが、間違いなく、わたしに気づいていた。「フローレンス!」と呼びかけた。ゆっくりと彼女は視線をあげた。「見つかったの?」

フローレンスは、焼きはらわれた建物の内部に向かってうなずいてみせ、横を向いた。わたしへの挨拶はなかった。ミスター・タバーネが人混みをかきわけ、入り口に向かっていった。どうしたらいいかわからず、わたしは待った。行き交う人びとが、縁起のわるいものでも避けるように、わたしを避けた。

アップルグリーンの制服を着た少女が、平手打ちを見舞うぞとばかりに、片手をあげて近づいてきた。わたしはひるんだが、少女はそんな振りをしたにすぎなかった。いや、たぶん、実際に殴るのをがまんした、といったほうがいいのかもしれない。

「あなたも見たほうがいい」ふたたびあらわれたミスター・タバーネの息づかいは荒かった。彼はフローレンスに近づき、両腕のなかに彼女を抱きかかえた。フローレンスは眼鏡をはずし、彼の肩に顔を埋めて、わっと泣き出した。

ホール内は、散乱する瓦礫と焼け焦げた横木で、足の踏み場もなかった。奥の壁のほうに、じかに雨があたるのを防ぐようにして、整然とならべられていたのは、五つの死体だ。中央の死体がフローレンスの息子、ベキだった。グレーのフランネルのズボンに、制服の白いシャツと栗色のセーターを着てはいたが、足は裸足だ。目は開いたまま一点を睨み、口も開いたまま。何時間も雨に打たれたのだ。彼とその同志たちが雨に打たれたのは、ここだけではない。どこかで、彼らが死と直面したどこかで雨に打たれたために、衣服も、髪も、へたり切っていた。ベキの目尻には砂粒が入っていた。砂は口のなかにも侵入していた。

わたしの袖をだれかが引っ張っていた。茫然自失の態で見おろすと、ちいさな女の子だった。大きく見開かれた目は真剣そのもの。「シスター」とその子はいった。「シスタ

―……」それ以上ことばがつづかない。

「きいているんですよ、あなたがシスターかどうかって」ひとりの女性が笑いかけながら、親切に説明してくれた。

いまはまだ、その場から離れたくなかった。わたしは首をふった。

「この子がきいたのは、あなたがカトリック教会のシスターなのかってことなんです」そういって女性は、女の子に向かって「ノー」と英語で語りかけ、「この人はシスターじゃないのよ」と、女の子の指をわたしの袖からそっとはずした。

フローレンスのまわりに人垣ができていた。

「雨のなかに、あんなふうに寝かせておかなければならないの？」ミスター・タバーネにわたしはきいた。

「ええ、あそこに横たえておかなければ。みんなが見られるように」

「でも、いったいだれがやったの？」

わなわなと身体が震えていた――震えがわたしの全身を上下に駆け抜け、両手がひとりでに、ぶるぶると震えた。少年の見開かれた目のことを思った。この地上で彼が最後に見たのは、なんだったのだろう――と思った。これは自分の人生で目撃したもののなかで最悪のものだ――そうも思った。そして、いまわたしの目は開いている、二度と閉じることはできない――と。

「だれがやったか？」ミスター・タバーネの声だ。「彼らの死体から銃弾を抜き出したいというなら、どうぞやってください。しかし、あなたが発見するものを、あらかじめいっておきましょうか。〈南アフリカ製。南アフリカ標準規格局認証済〉、それがあなたの発見するものですよ」

「お願い、聞いて。わたしは無関心ではないのよ、これに……この戦争に。そんなことは不可能よ。それを締め出しておけるほど、分厚い柵はないんだから」泣きたかった。でも、ここで、フローレンスのそばで、そんな権利がわたしにあるのか。「それはわたしの内部で生きていて、わたしはその内部で生きているのよ」ささやくような声になった。

ミスター・タバーネは肩をすくめた。苛々していた。表情が醜悪になっていた。間違いなくわたしもまた、日に日に醜悪になっていく。メタモルフォシス――変身、それがわたしたちの話を不明瞭にし、感情を鈍磨させて、わたしたちを獣に変えるのだ。それを防ぐ薬草は、この岸辺の、いったいどこに生えているのだろう。

この朝の出来事について、忘れずにあなたに語るのは、語り手がその任務から、正当な場を主張してのこと。あなたが見るのはこのわたしの目を通してであり、あなたが頭のなかで語る声は、わたしの声なの。わたしを通してのみ、あなたはこの荒れ果てたフラッツ[*1]にいて、漂う煙の臭いを嗅ぎ、死体を目にし、泣き声を耳にし、雨のなかで身を震わせる。あなたが考えるのはわたしの思考であり、あなたが感じるのはわたしの絶望

＊1　「ケープフラッツ」と呼ばれる平坦な砂地で、ケープ半島と内陸の境にある。

であり、それに、なんであれ思考に終止符を打つもの――眠り、死――を歓迎する最初のかすかな動きもまたそう。あなたの共感がわたしに向かって流れてきて、あなたの心臓がわたしの心臓とともに拍動を刻む。

さあ、わが子よ、わが肉の肉、最良のわたし自身、あなたには引っ込んでもらうわ。わたしがあなたにこの物語を語るのは、わたしに共感してもらうためではなくて、事態がどうなっているかを学んでもらうためだから。もしも物語がほかの人からのものであり、見知らぬ人の声があなたの耳に響くなら、もっと気楽なものになるでしょうね。でも現実には、ほかの人なんていない。このわたしがただひとり。書いているのはこのわたし――わたし、わたしなの。だからあなたにお願いする――書いたものに注意を向けて、わたしにではなく。もしもことばのなかに嘘、嘆願、弁解が織り込まれていたら、どうかそれに耳を澄まして。読み飛ばしたりしないで、安易に許したりしないで。この懇願にしても、厳しい目で、すべてを読んで。

だれかがフロントガラスに石を投げつけたらしく、子どもの頭ほどもある大きな石が、散乱したガラスのなかに、無言で、車の持ち主然としてころがっていた。まず思ったのは――ヒルマンのフロントガラスをどこで入手すればいいのか、ということ。次に考えたのは――なにもかもみんないっしょに終焉を迎えるなんて、こんな幸運なことはないわ！

シートから石をころがし、割れたガラスの大きな破片をつまんで、正面の窓枠から外へ放った。さしあたり、わたしにはやるべきことがある、そう思うと心が落ち着いた。でも、心が落ち着いた理由はほかにもあって、もう自分が生きていることが、どうでもよくなっていたのだ。これから自分の身に降りかかることなど、どうでもよかった。わたしの生命だって屑なのかもしれない――そう思った。わたしたちは、あの人たちをまるで屑のように銃撃した、でも、結局のところ生きる価値がないのは、わたしたちの生命のほうではないのか。

わたしは五つの死体のことを考えた。焼け落ちたホールのなかの、大きくて重たい、堅固な存在を。彼らの霊はまだ去ってはいない、これからも去ることはないだろう、そう思った。彼らの霊はしっかりと居座り、取り憑いて離れない。かりにだれかが、そのときその場で、砂のなかにわたしの墓穴を掘って、指差したなら、わたしはなにもいわずにそこへ這い込み、横になり、胸のうえで両手を組み合わせたわ。そして、降りかかる砂がわたしの口や目尻に入っても、それを払いのけるために、指一本動かすことさえなかったはずよ。

わたしに共感して読んではだめ。あなたの心臓をわたしの心臓といっしょに拍動させないで。

わたしは窓からコインを突き出した。それを取ろうと、いっせいに押し寄せる手。子どもたちが後ろを押して、エンジンがかかった。突き出された手という手のなかに、わたしは財布の中身をすべて空けた。

道が次第に細くなって轍に変わるブッシュのところに、先刻見かけた軍の車両がならんでいた。三台だと思ったのが、じつは五台だった。オリーブ色の雨がっぱを着た少年が監視するなか、わたしは車から外へ出たけれど、濡れた衣服のせいで恐ろしく寒く、ずっと裸でいたような感じがした。

自分が必要とすることばが、ずっと出てくることを願っていたのに、それが出てこない。手のひらをうえにして両手を伸ばした。わたしは奪われている、ことばを奪われている、手にそう語らせたのだ。話すときになっても、いうべきことがなにもなかった。「車のなかで待て（ヴァツハ・イン・デイ・モトル）、警察に連絡する（エク・サル・デイ・ポリスイ・スカケル）」と彼はわたしに向かって叫んだ。このもったいぶった殺人ゲームを演じているのは、えくぼの浮かんだ少年だ。わたしは首をふり、その首をふりつづけた。彼はそばのだれかと話していた、わたしからは見えないだれかと。少年は微笑んでいる。間違いなく、彼らは最初からずっと見ていたのだ。わたしに対する彼らの見解はいわずもがなだ。気のふれた年寄りの、善人ぶった世間知らずが、雨に降られて鶏みたいにずぶ濡れになっている。そういうことだったのか？　わたしは善人ぶっているのか？　ちがう、どう考えても、善行などやってはいない。気がふれているのか？　そう、わたしは気がふれている。でも彼らだって気がふれているのだ。わたしたちはみんな気がふれていくのよ、悪魔に取り憑かれて。狂気が王座に登りつめるとき、その王国にいて感染から逃れられる者がいるものか。

「警察は呼ばないで、自分の面倒は自分で見られるから」わたしは叫んだ。しかし、低い話し声と、流し目はつづいた。たぶん、もう無線で連絡をつけたのだろう。

「あなたはなにをしているつもりなの？」少年に向かってわたしは呼びかけた。彼の口もとで微笑みが凍りついた。「あなたはなにをしているつもりなの？」とわたしは叫んだ。声がかすれはじめた。少年は衝撃を受けて、睨みつけてきた。白人女性から甲高い声をあびせられたことに、衝撃を受けていた。自分の祖母といってもいい年齢の老女から。

　戦闘服の男が、列の隣の装甲車から出てきた。男は冷静沈着に、わたしを見た。「どうしたんだ？」（ヴァアット・イス・デイ・ムイラクハイト）男は軍隊輸送車のなかの少年にそう訊ねた。「いえ（ネー）、なんでも（ニクス・ムイ）ありません（ラクハイト・ニ）。このご婦人がなにが起きているのか知りたがっているだけです（ネット・ヒルデイ・ダーメ・ヴァアット・ヴィル・ヴェート・ヴァアット・アーンハーン）」

　男はこちらに向きを変えながら「ここは危険な場所です」といった。将校だ、明らかに。「ここではなにが起きるかわからない。本道に出るまで護衛をつけましょう」

　わたしは首をふった。冷静さを取りもどしていた。涙ぐんでもいない。それでも、いつなんどき、くずおれかねなかった。

　わたしはなにを望んでいたのか？　老婦人はなにを望んでいたのか？　彼女が望んだのは、彼らに対し、なにかを剝き出しにすることだった。なんでもいい、このとき、この場所で、剝き出しにできるなにかを。彼女が望んだのは、彼らから厄介払いされる前に、傷痕を、痛みをあらわにして、彼ら自身がおのれの目で、それを見るよう強要することだった——ある傷痕を、どんな傷痕でもいい、この苦難のすべてから生じた傷痕を、だが結局それはわたしの傷痕なのだ、なぜなら、人がその身に負えるのはおのれの傷痕しかないのだから。わたしは片手を伸ばして、自分のドレスのボタンに手をかけさえした。だがその指は、紫色になって、かじかんでいた。

「あのホールの内部を見ましたか？」かすれ声でわたしは訊ねた。もう涙をこらえきれなくなっていた。

将校は吸っていた煙草を落として踏みつけ、濡れた砂のなかにねじ込んだ。

「このユニットは二十四時間以内に一発も撃っていません」穏やかに彼はいった。「いわせてもらいますが——ご自分がなにを話しているのか理解する前に狼狽（うろた）えないでいただきたい。あそこにいるあの人間たちだけが死者というわけではないのです。殺人は常時、起きています。あそこにあるのは昨日、集められた死体にすぎません。抗争はしばらく息をひそめていますが、雨がやめばまたすぐに火ぶたを切る。あなたがどうやってここへ来たのか知りませんが——道路は封鎖しておくべきでした——ここはひどい所です、こんな所にいてはいけない。無線で警察を呼びます、警察があなたを警護してここから出してくれますよ」

「連絡はもうしました（エク・ヘット・レーツ・ヘスカケル）」と軍隊輸送車の少年がいった。

「あなたがたが全員、銃を下ろして家に帰ったらどうなの」とわたし。「ここであなたがたがやっていることより悪いことはありえないもの、絶対に。あなたがたの魂にとって悪いという意味でいってるのよ」

「ちがいます」と彼はいった。わたしは無理解を期待していたが、はずれ、彼はわたしがいわんとすることを正確に理解した。「われわれは最後までやり抜きます」

わたしは頭から爪先まで寒さで震えていた。かじかんだ指が曲がったまま、まっすぐにならない。風が、水浸しの服を着せかけるように肌にあたる。

「わたしは、死んだ少年たちのひとりを知っているの。五歳のときから知っているの。あの子の母親がわたしのところで働いているから。あなたがたはみんな、こんなことには、若すぎる。吐き気がするわ。それだけよ」

わたしはふたたび車を走らせてホールにもどり、車のなかに座って待った。遺体を運び出しているところだった。集まった人たちからわたしのほうへ、波のようなものが寄せてくるのが感じられた——憤怒、敵意。もっと悪い——憎悪だ。兵士たちと話すところを見られていなかったなら、多少ちがっただろうか。そんなことはない。

ミスター・タバーネがやってきて、なんの用かときいた。「ごめんなさい、帰る道がわからないの」

「アスファルト道路に出て、右に曲がり、それから標識に従えばいい」そっけない口調だ。

「ええ、でもどの標識？」

「文明へいたる標識ですよ」そういって彼はきびすを返した。

ゆっくりと車を走らせたのは、顔にあたる風のせいもあったけれど、身も心も凍えきっていたからだ。聞いたこともない名の郊外へ迷い込み、出口をもとめて二十分も、似たような通りから通りへと車を走らせた。そしてようやく、フォールトレッカー通りに出た。ここにいたって初めて、粉々に砕けたフロントガラスの車を、道行く人が凝視しはじめた。凝視は家に帰るまでずっとつづいた。

家は寒く、居心地がわるかった。「熱いお風呂に入って、休むこと」と自分にいいきかせた。でも、氷のような無気力がつきまとって離れない。やっとの思いで、身体を引きずって二階へあがり、濡れた服を剝がすように脱ぎ、部屋着にくるまり、ベッドに入った。砂が、ケープフラッツの灰色の砂が、足の指と指のあいだにこびりついていた。もう二度と温かくなれない、そう思った。ファーカイルにはもたれて寝る犬がいる。ファーカイルならこんな気候で生きる術を知っている。でもこのわたしには、それに、もうすぐ地中に埋められる、冷たくなったあの少年には、もう、犬がいても助けにはならない。すでに彼の口に入った砂が、さらに奥へ入り込み、その身体をわがものにする。十六年になる、男の人とベッドをともにしなくなってから。十六年も、ひとり。そう聞いて、あなたは驚く？

わたしは書いた。わたしは書く。ペンに従い、ペンが連れていくところへわたしは赴く。いまのわたしに、ほかになにがあるというの。

憔悴して目が覚めた。また夜だ。昼はどこへ行ってしまった？

トイレの明かりが点いていた。便器に腰かけ、ズボンを膝まで下げて、帽子をかぶったまま眠り惚けていたのはファーカイルだ。わたしは仰天して、まじまじと見た。

彼は目を覚まさなかった。それどころか、頭はがっくりと垂れ、あごがだらしなく開いてはいたけれど、ファーカイルは赤児のようにすやすやと眠っていた。痩せた長い腿には、毛が一本も生えていなかった。

台所のドアは開けっ放しで、ひっくり返ったバケツから生ごみが床に散らばっている。古い包装紙をくわえて振りまわしているのは、あの犬だ。犬はわたしを見て気が咎めたのか、耳を垂れて、尻尾でパタパタと床を打った。「もうたくさん！」低い声でわたしはつぶやいた——「もうたくさん！」犬はこそこそと外へ出ていった。

テーブルに向かって腰をおろし、襲ってくる涙に身をまかせた。泣いたのは頭のなかが混乱したせいではない。家のなかが滅茶苦茶になっていたからでもない。少年のため、ベキのためだ。振り向くとかならず、そこにベキがいた。大きく見開かれた目にまだ幼い困惑の表情を浮かべて。その困惑のなかで、あの子は死に直面したのだ。両腕にうつ伏してわたしは泣いた。あの子の死を深く悲しみ、あの子から奪われたものを思って、このわたしから奪われたものを思って、泣いた。こんなに良いものなのに、生命は！　もとはといえば神のもの、と考えるのはなんとすばらしいことか！　ときが始まって以来の、最良の考えだわ。賜物、あらゆる賜物のなかでもっとも惜しみなくあたえられるもの、世代から世代へ無限に再生されていくもの。そしていま、ベキはそれを力ずくで奪われ、引き離されて、逝ってしまった！

「家に帰りたいわ！」そんな泣き言を、恥ずかしいことに、ミスター・タバーネに、靴のセールスマンに、わたしはいってしまった。老いた人間の喉から出た、子どもの声だ。家に、とは安全な自分の屋敷のこと、子ども時代のまどろみの寝台のことだ。わたしはこれまで本当に目覚めていたのだろうか。あるいはこんな問いをたてることもできるかもしれない——死者はおのれが死んでいることを知っているか？　いや、死者はいかなることをも知りえない。しかし、死んだような眠りのなかにいるとしても、そんなわたしたちにも、啓示の訪れがまったくないとはいい切れない。わたしには、どんな記憶よりも古い啓示がある。揺るぎなきもの。かつて自分が生きていたということ。かつては生きていたけれど、その生から秘かに盗み出されてしまった。揺り籠からの窃盗行為——ひとりの子どもがさらわれて、代わりにそこに人形が据えられ、世話を受け、養育された。その人形こそ、わたしが「わたし」と呼ぶものなのよ。

人形？　人形の生命？　それが、わたしが生きてきたものなのか。人形にそんな考えが思いつくものなのか。それとも、そのような考えは、また別の啓示として、稲妻の閃きのように去来するものなのか。天使の知性という槍のひと突きで、垂れ込めた霧を射るものなのか。人形が人形を認識できるのか。人形が死を知ることができるのか。できはしない——人形は成長して、話術と歩行術を習得し、この世を逍遥し、年をとり、衰え、消え去る。そして手押し車で火中に放り込まれるか、地中に埋められる。だが、人形は死なない。あらゆる追想に先立ち、驚愕して立ちつくすその瞬間に、人形は永遠に存在する。ひとつの生命が奪われるとき、生命は彼らのものではなく、名ばかりのものとして彼らが残される場となる。彼らの知識は実体なき知識であり、現世の重みをもたず、人形の頭のように、からっぽで、空虚。彼らは赤ん坊ではなく、赤ん坊のイデア[*1]であり、現実の赤ん坊にはありえないほど、まるみを帯びて、濃いピンクで、無表情で、目も真っ青。そして生命ではなく、生命のイデアを生きている。死ぬことのない永遠の生命を、すべてのイデアがそうであるように。

冥界（ハデス）、地獄――観念（イデア）の領域なのだ。なぜ、地獄が南極大陸の氷のなかや、火山の噴火口といった場所でなければならなかったのか。なぜ、地獄がアフリカの下端にあってはいけないのか。それになぜ、地獄の生きものが生者のあいだを歩きまわってはいけないのか。

「お父さん、僕が燃えているのが見えないの？」と子どもは父親のベッドのそばに立って哀願した。だが父親は眠りつづけ、夢を見つづけ、目を向けようとはしなかった。

それが理由なの――ここで、あなたが理解できるよう、話を先に進めるわね――なぜわたしが母親の思い出に執着するか。理由は、もしも彼女がわたしに生命をくれなかったら、だれも生命をくれなかったから。わたしが執着するのはたんに母親の思い出にではなく、母親自身に、母親の身体に、その身体からこの世にわたしが生まれたことに対

＊1　プラトンのイデア論のことば。「観念」の語源。

してなの。血と乳として母親の身体を飲み、わたしはこの世に生まれた。そして盗まれ、それからずっと、失われていたのよ。

わたしの写った写真が一枚ある、あなたはそれを見たかもしれないけれど、たぶん、おぼえていないわね。撮影されたのは一九一八年、わたしはまだ二歳にもなっていなかった。自分の足で立ち、カメラに向かって進もうとしているらしく、その後ろで母親が立ち膝をして、わたしの肩にかけ渡した幼児用保護ベルトのようなもので、わたしの動きを規制している。片側に立って、わたしのことを無視しているのは、粋な角度に帽子をかぶった兄のポールよ。

わたしは眉を寄せ、じっとカメラを睨んでいる。ただ太陽の光がまぶしいからなのか、それともおぼろげながら、ボルネオの未開人みたいに、カメラがわたしから魂を奪うことを感づいているのか？　さらにわるいことに――カメラを地面に叩き落とそうとするわたしを、母親が引き止めているのは、人の目には見えないものをカメラが見抜いてしまうことを――わたしがそこにいないことを――このわたしが、人形特有の方法で、知っているからなのか？　このことを母親が知っているのは、彼女もまたそこにいないからか？

ポールへ、いまは亡き者へと、ペンがわたしを連れてきた。彼が死ぬときわたしはその手を握っていたのよ。わたしは彼にささやいた。「ママに会えるわ、ふたりとも幸せになるわね」血の気の失せたポールは、その目まで、脱色した、天空の彼方の色合いをしていた。彼が投げかえす、疲れて、空虚な視線は、まるで「おまえにはなにもわかっていない！」と語っているようだった。ポールは本当に生きていたのだろうか。かつてわたしへの手紙のなかで「わが妹よ」と取ってつけたことばで書いてきたことがある。間違いだった、とこの期におよんで気づいたのだろうか。あの半透明の眼球が、わたしの正体を見抜いていたのだろうか。

　わたしたちはあの日、庭で写真に撮られた。後ろにタチアオイと思しき花壇がある。左側にはメロン畑。場所ならわかる。ユニオンデールだ。ダチョウの羽根が高騰したとき、祖父が買い取った教会通りの家。毎年、毎年、あの庭では果実、花、野菜が芽吹き、あふれんばかりの種子をこぼし、枯れて、みずからの力で再生し、その豊かな稔りでわたしたちを祝福した。しかし、だれの愛によって手入れされていたのだろう。だれがタチアオイを切りそろえたのだろう。だれがメロンの種子を、あの温かく湿った土に埋めたのか？　凍りつくような寒い朝、四時に起き出して水門を開き、庭に水を引き入れたのは、祖父だったのか？　祖父でないとすれば、あの庭の正当な持ち主はだれか？　影の存在は、見えない存在は、いったいだれなのか？　写真には入らずに、手にした熊手にもたれて、シャベルにもたれて、仕事にもどるのを待っているのは、そしてまた、切り取られたこの矩形のへりを押さんばかりに、その端をたわめ、いままさにその内部に侵入しようとしているのは、いったいだれなのか？

　かの日こそは（ディエス・イラエ）怒りの日（ディエス・イラ）、不在者たちが姿をあらわし、存在した者が不在となるとき。

写真はもう、庭にその日だれがいたかを明かすことはないけれど、だれが不在かは明かしている。この長い歳月、安全な場所にしまわれ、この国を移動しながら、アルバムのなかで、机の抽き出しのなかで、この写真とそれに似た無数の写真が、人知れず成熟して、変質（メタモルフォーズ）したのだ。定着が持続しなかったか、あるいは想像を凌駕して現像が進んだのか——それがどのように起きたのか、だれにもわかりはしない——がしかし、写真はふたたびネガになった。新種のネガになって、そこに、かつてはフレームの外にあったものが、隠されていたものが、見えてくるようになったのだ。

それが理由なのか、わたしが眉を寄せているのは、わたしがカメラに向かって必死で進もうとしているのは——わたしは、カメラは敵であると、カメラはわたしたちについて嘘をつかずに、その本当の姿を——人形の民であることを暴露すると、おぼろげに知っているからだろうか。カメラを持っているのがだれであれ、手遅れにならないうちに、そのカメラを叩き落とすために、わたしは幼児用保護ベルトにあらがい、もがいているのだろうか。では、カメラを持っているのはだれか？　手入れの行き届いた花壇ごしに、わたしの母親とそのふたりの子どもに、形なき影を投じているのは、いったいだれか？泣くことでは消えない、深い悲しみ。わたしはからっぽ、わたしは殻だ。運命は、わたしたちそれぞれにふさわしい病を送りつける。わたしの病は内部からわたしを喰いつくすもの。もしもこの身体を大きく切開したら、人形のように内部がうつろなことがわかるはず。一匹の蟹[*1]が鎮座して舌なめずりしながら、おびただしい光の洪水に目を眩ませているのがわかるはず。

　蟹だったのだろうか、二歳のとき、先見の明あって、わたしが見たものは。黒い箱からちらりと姿をのぞかせた蟹。その蟹からわたしたち全員を救おうとしていたのか、わたしは。しかし彼らはわたしを引きもどして、シャッターを押した。そのとき、蟹が飛び出して、わたしのなかに入ったのだ。

　いまやわたしの骨までかじり、肉はまったく残されていない。腰の関節をかじり、背骨をかじり、とうとう膝までかじりはじめた。じつをいうと、わたしは猫に心から愛されたことはない。ただし、こいつだけは、最後まで誠実。わたしのペット、わたしの痛み。

　二階へ行ってトイレのドアを開けた。ファーカイルはまだそこにいて、首をうなだれたまま、ぐっすりと寝入っていた。わたしは揺り起こした。「ミスター・ファーカイル！」すると片目が開いた。「こっちへ来て横になって」

　だがファーカイルはそうしなかった。まず聞こえてきたのは、階段を一段一段、老人のように降りる音。そして裏手のドアが閉まる音。

　美しい日、光が空のあらゆる方角から均等に降りかかるような、あの静かな冬の一日。ファーカイルの運転する車に乗ってブレダ通りを走り、オレンジ通りへ入っていった。

＊1　ガンを意味する英語 cancer の語源は「蟹」を意味するラテン語。

ガヴァメント街入り口の真向かいに来たとき、わたしは車を停めるようにいった。

「車でガヴァメント街を走り抜けるつもりだったの」とわたし。「いったんチェーンを通り抜ければ、だれもわたしを止められやしない。でも、通り抜ける余地があると思う?」

(あなたもおぼえていると思うけれど、この道路の入り口には二本の鋳鉄製の杭があって、杭と杭のあいだにはチェーンが張られている)

「あるよ、横からなら入ることができる」とファーカイル。

「入ったあとはひたすら、車をまっすぐ走らせればいいのね」

「本気でやるつもりなのかい?」ファーカイルの鶏のような目がきらりと光った。冷酷な目。

「わたしに勇気さえあれば」

「でも、なんで? なんのために?」

こんな視線に、真っ向から堂々と応えるのは至難の業だ。わたしは目を閉じて心を集中させ、車のイメージを追うことにした。車は、後方へ扇形の炎を噴き出すほどの猛スピードで、舗装された街路を走り抜け、旅行客を、放浪者を、恋人たちを追い抜き、博物館を、アートギャラリーを、植物園を通り過ぎ、やがてスピードを落として恥の館の前で止まり、燃えながら、熔けていく。

「もう、もどりましょう。やれることを確認したかっただけだから」

ファーカイルが家のなかに入ってきたので、お茶を出した。犬がその足もとに座って、わたしたちが話すたびに、耳を話者のほうへぴくりと向ける。すばらしい犬――聡明な生き物、輝く星のもとに生まれたのね、ある人たちがそうであるように。

「あなたの、なんのために？という質問に対する答え――それには、わたしの生命が絡んでくるわ。もうたいした価値のない生命が。そうすることで、なにが得られるのか、なんとか答えを出そうとしているのよ」

彼の手が犬の毛のうえを、前後に、撫でるように動いていた。犬は瞬きをして、目を閉じた。愛だ、とわたしは思った――どんなにそれらしく見えなくても、いまここでわたしが目にしているのは、愛だ。

再度、わたしは試みた。「有名な小説があるのよ。ひとりの女性が姦通（アダルタリ）の罪で有罪の判決を受けた――姦通はそのむかし、犯罪だったから――そしてドレスに〈A〉という文字を縫いつけ、人前に出るよう命じられた。彼女はその〈A〉という文字を、みんながその文字の意味を忘れるほど長いあいだ、身につけるの。みんなはそれがなにかを意味することを忘れてしまう。それはただ彼女が身につけているもの、指輪とかブローチのようなものになる。衣服に文字を記して身につけるというファッションを始めたのは、この女性だったかもしれない。本のなかにそんなことは書いてないけれど。

この見せ物、この示威行為――ここがこの物語の肝心なところなんだけれど――それが意味するものを、どうしたら人は、はっきりと理解するか。たとえば、ひとりの老女がみずから焼け死ぬ。なぜか。気が狂ってしまったのか。絶望したからか。ガンになったからか。説明するために、文字をひとつ車体に書きつけることを考えたわ。でも、どの文字を？　A？　B？　C？　わたしの場合、あてはまる文字はどれ？　そもそも、どうして説明などするの？　わたし以外の、だれに関係があるというの？」

わたしはもっとしゃべりつづけたかもしれない。ところが、そのとき門の掛け金がかちっと鳴って、犬が唸り出した。女がふたり、そのうちのひとりは見おぼえがある、フローレンスの姉だ。スーツケースを持って小道をやってくる。

「こんにちは」と彼女はいって、鍵をかざして見せた。「妹の、フローレンスの荷物を取りにきました」

「そう」とわたし。

ふたりはフローレンスの部屋にずんずん入っていった。しばらくしてからわたしも行ってみた。「フローレンスはだいじょうぶ？」

それまで抽き出しの中身を取り出していた姉が、すっと立ちあがって、大きく、深く、息をついた。明らかに、この馬鹿げた質問を楽しんでいる。

「いいえ、妹がだいじょうぶだとは、わたしにはいえません。だいじょうぶではありません。だいじょうぶなわけなど、ないですから」

もうひとりの女は聞こえない振りをして、赤ん坊の衣服をたたみつづけた。室内の荷物はふたつのスーツケースにはおさまり切らなかった。

「そんなつもりでいったわけじゃないのよ。でも気にしないで。わたしからフローレンスに渡したいものがあるの、お願いできるかしら?」

「はい、大きなものでなければ持っていけます」

わたしは小切手を切った。

「フローレンスに、お気の毒、といってちょうだい。ことばではいえないほど気の毒に思っていると、伝えてちょうだい。ベキのことをいつも思っていると」

「あなたは気の毒に思っている」

「ええ」


ふたたび空が澄みわたる日のこと。ファーカイルが妙に興奮している。「今日こそ、その日かな?」ときいてきた。彼の無作法な熱心さに、わたしは身を強ばらせながら「ええ」と答え、もう少しで「でもあなたになんの関係があるの?」といいそうになった。

ええ、とわたしはいった――今日がその日。でも今日は過ぎてしまい、約束したことをまだ決行してはいない。こうしてことばがつづいているうちは、あなたは確信をもって、わたしがそれを決行していないことがわかる――それがルール、もうひとつのルールよ。死はまさに、書くことに対する最大の、究極の敵かもしれない。でも書くことはまた、死の敵でもある。ということは、書きながら、死を寄せつけないようにしていることになるわね。お願いだから、いわせて。わたしはそれを決行するつもりだったの、決行しようとしたのよ、決行することはなかったけれど。もう少しいわせて。わたしはお風呂に入った。ちゃんと服も着た。それでね、身体を清めているうちに、ぼんやりした光のようなプライドが、身体に対するプライドが少しずつもどってきたの。ベッドのなかで呼吸が止まるのを待つのと、ベッドから出て、みずから終止符を打つのとは、とても大きなちがいがある！

わたしはそれを決行するつもりだった――それは真実だろうか。はい、ともいえる。いいえ、ともいえる。「はい＝いいえ」こんなことばもあるのに、辞書に載ることはない。「はい＝いいえ」――女ならだれもがその意味を理解するのに、男はみんな解せずに困惑する。「そうするつもりかい？」ファーカイルがきいたとき、彼の、男としての目はきらきらと輝いていた。「はい＝いいえ」とわたしは答えるべきだった。

わたしは白と青を身につけた――ライトブルーのスーツに、胸元でボータイを結ぶ白いブラウス。念入りに化粧をして、髪も整えた。鏡の前に腰をおろしているあいだずっと、わたしはかすかに震えていた。もう痛みはまったく感じなかった。蟹はかじるのを中断していた。

好奇心をちらつかせて、ファーカイルは台所までついてきて、わたしが朝食をとっているあいだ、まわりをうろついた。苛々したわたしは、ついに、堪忍袋の緒が切れた――「お願いだから、放っておいてちょうだい！」すると彼は、子どもが叱られたような目つきをして立ち去ろうとしたので、わたしはその袖を引っ張った。「そんなつもりじゃなかったの。でも、お願い、座って——平静さが必要なときに、あなたはわたしを苛々させる。あっちへこっちへ、ひどく気が散ってしまうのよ！　ある瞬間はこう思う——早くもう、この無意味な生に終止符を打たせてって。でも次の瞬間に思うのは——でも、なぜわたしが責を負わなければならないの？　なぜこのわたしが、時代より抜きん出ることを期待されなければいけないの？　わたしの時代がこれほど恥ずべきものであるのは、このわたしのせいなの？　老いて、病み、苦しんでいるこのわたしが、どうして、この不名誉のふちから、独力で這いあがらなければいけないことになったのって。

　こんな時代をつくりだした者たちには、怒り心頭に発する思いがするわ。わたしの人生を台無しにした責任を取ってもらいたい。鼠（ねずみ）やゴキブリが食物を食べもせずに台無しにするようなやり方で、やつらはただそのうえを歩きまわり、臭いを嗅ぎ、その身体機能をはたらかせるだけで、台無しにしたのよ。指差して他者を責めるなんて、子どもじみているのは百も承知よ。でも、この土地で権力を握ってきた者がだれであろうと、どうして、わたしの人生が無価値だったかもしれないなんて認めなければならないの。権力は権力なんだから、結局は。権力は侵害してくるもの。それが権力の本質。権力というのは人の人生を侵害するものなのよ。

　わたしになにが起きているか、あなた、知りたいでしょ、だから、説明しようと努力しているのよ。わたしは自分を売り払いたい、名誉挽回をしたい、でも、その手段となると混乱の極みに陥る。わたしのなかに入り込んだのは狂気、そういってもいいわ。驚くにはおよばないわね。この国のことはあなたもよくわかっている。あたりに狂気が満ちているもの、ここは」

この演説のあいだずっとファーカイルは堅い表情を崩さなかった。なにかを隠すような、そんな目つき。そして妙なことを言い出した――「ドライブに行きたくない?」

「ドライブに行くのは無理よ、ミスター・ファーカイル。なぜ無理か、理由はたくさんある」

「名所見物でもしてから、十二時までに帰ってくればいいじゃないか」

「フロントガラスに穴が開いた車で名所見物なんて、できないわよ。ばかげてるわ」

「フロントガラスは俺が取り外すよ。たかがガラスじゃないか、必要ないさ」

なぜ、わたしは屈したか。たぶん、わたしのなかで最終的に勝利をおさめたのは、彼が見せはじめたわたしへの気遣いだったかもしれない。彼は興奮状態に、性的興奮状態にある少年のようだった。さしずめわたしは狙い落とされる相手。わたしは上機嫌。こんな事態にもかかわらず、なんとなく面白がっていたほど。そのことのなかに、うっすらと、道徳的に芳しくないものを感じていたのかもしれない。深く埋められなかった腐肉を掘り返す、犬のような興奮のなかに。でも、わたしはそんな区別がつけられる健康状態ではなかった。結局、わたしはなにを望んでいたのか。わたしが望んでいたのは一時停止だ。考えず、苦しまず、疑わず、憂慮せず、一時的に停止させられること、正午まで。シグナルヒルで正午の砲声が発せられて、隣の座席にガソリンの瓶を載せた車を、あのチェーンを抜けてわたしが走らせるにしろ、走らせないにしろ。それまでは、なにも考えずにいること、鳥の声を聞き、肌に触れる風を感じて、空を見ていること。生きていること。

だから、わたしは屈服した。ファーカイルは手にタオルを巻きつけ、ガラスをさらに崩して穴を広げて、子どもが出入りできるほどにした。わたしはキーを渡した。一押しで、みごとに発車。

初めて打ち明けた場所をふたたび訪れる恋人たちのように、ふたりはミューゼンバーグの上方の山際の道をドライブした。（恋人たち！　わたしがファーカイルに打ち明けたものは？　彼が飲酒をやめたほうがいいということだ。彼はなにを打ち明けた？　皆無――おそらく本当の名前だっていっていない）以前とおなじ場所で車を停めた。さあ――この光景もこれで見おさめだわ、と自分にいいきかせて、手のひらに爪を食い込ませながらフォールス湾をながめた。偽り(フォールス)の希望の湾をみはるかし、さらに南方の、海洋のなかでもっとも顧みられることの少ない、荒涼たる冬の海をながめやった。

「もしも舟があったら、海に連れていってもらえるのに」とわたしはつぶやいた。

南方へ――ファーカイルとわたしだけで舟をあやつり、アホウドリの飛ぶ緯度まで達するのだ。そこで彼は樽(たる)か厚板に、どっちでもいいから、わたしをくくりつけて、ぷかぷか浮かぶわたしを、巨大な白い翼が舞う波のうえに置き去りにする。

ファーカイルが車をバックさせて道に出た。わたしのやり方は間違っていたのだろうか、それとも、彼の手にかかると、エンジンがはるかにやさしく律動するということなのか。

「意味をなさなかったらごめんなさい。方角を見失わないよう、最大限、努力しているの。切迫感を保とうと努力しているの。切迫感のほうはわたしを見放しつづけるけれど。こんな美しいものに囲まれて座っていると、家で自分の持ち物に囲まれて座っていると、なおのこと、殺戮が起きたり事態が悪化している地域が、わたしのまわりに存在するなんて信じられなくなるのよ。悪夢のように思えてならない。なにかがわたしの内部で急き立て、気を引こうとする。わたしはそれを無視する、でも、それは執拗に迫ってくる。少しだけ譲歩すると、さらに烈しく急き立てる。屈服してほっとすると、不意に人生が見慣れたものになる。ほっとして、ふだんの暮らしに自分をもどしてやる。それに溺れる。恥の感覚をなくして、子どもみたいに恥知らずになる。その恥知らずという恥辱感——それがこの頭から離れなくなって、それからというもの、耐えがたいものになってしまったのよ。自制力を失うわけにはいかない理由は、それ。自分の行くべき道は自分が指示する。さもないと自分の位置がわからなくなるから。理解できる？」

ファーカイルは目がよく見えない人のように、ハンドルのうえに身を屈めた。鷹なみに鋭い視力の男が。彼に理解できなかったとしても、それがどうだというのか。

「それはアルコールを断とうとするのに似ているわ」執拗にわたしはつづけた。「試みて、さらに試みて、絶えまなく試みて、なのに、ずるずると引きもどされていくのは、最初から骨身にしみて知っているわけ。秘かに知っているのは恥ずかしいことよ。その恥ずかしさはひどく温かくて、ひどく親密で、ひどく心地よいものだから、それといっしょにさらに恥ずかしさが、あふれんばかりに押し寄せてくる。人間が感じ取れる恥ずかしさには限度というものがないみたい。

　でも、自分を殺すのは本当に難しい！　人は生命に、なんと強く執着するものかしら！　どうやら、最後の瞬間に意志ではないなにかが働かなければ、なにか未知のものが、向こう見ずなものが、さっと運び去ってくれなければ、その際(きわ)は越えられないみたい。自分以外の別人にならなければいけないのよ。でも、だれが？　いったいだれが、わたしがその人の影に歩み入るのを待っていてくれるというの？　それに、どこでそんな人を見つければいいの？」

　腕時計が十時二十分を指していた。「帰らなければ」とわたし。

　ファーカイルはスピードを落とした。「お望みならば、家までお連れしますよ。それとも、お好みならばドライブをつづけたっていいし。半島をぐるっとまわってドライブすることだってできますよ。天気も上々だし」

　だめ、すぐに家まで連れて帰ってちょうだい――そう答えるべきだった。でも、わたしはためらい、そのためらいの瞬間に、ことばがわたしのなかで消滅した。

「ここで止めて」

ファーカイルが車を道路脇に寄せて停車した。

「あなたにひとつお願いがあるの。わたしを、からかわないでほしい」

「それがお願い？」

「そう。いまも、これからも」

彼は肩をすくめた。

道の向こう側に、ぼろぼろの服を着た男がひとり、ピラミッド状に積みあげた薪のそばに座っていた。薪を売っているのだ。男はわたしたちを見やって、視線をそらした。ときが過ぎた。

「以前、母の話をしたことがあったでしょ」と口を切ったのはわたしで、つとめてやわらかな口調で語りかけた。「母がちいさな子どもだったころ、頭上を動いていくのが荷馬車の車輪なのか、星なのか、区別がつかないまま、暗闇のなかで横たわっていた話。その話にわたしは一生涯すがりついてきたのよ。みんなそれぞれ自分がだれなのか、どこから来たのか、自分に語って聞かせる物語をもっているとしたら、これがわたしの物語。この物語をわたしは選ぶ、いや、この物語がわたしを選んだのよ。とにかく、そこからわたしはやってきた、そこからわたしは始まるの。

ドライブをつづけたいかどうか、とあなたは質問する。それが現実に可能ならば、イーストタンケープへ行ってはどうかとわたしはいうわ。アウテニカ山脈をめざして、プリンスアルフレッド峠の頂上の、あの野営地まで行きましょうって。地図なんか放り出して、太陽に従い、北へ、東へと車を走らせる。そこへ行けばわかるのだから――野営地、出発点、中心となる場所、わたしが世界に繫がる場所へ行けばわかるのだから。そこで、その峠の頂で、車からわたしを降ろして、走り去ってちょうだい。残されたわたしは夜になるのを、星が出るのを待っている、すると幽霊のような荷馬車がやってくる。

でも本当は、地図があろうとなかろうと、その場所はわたしにはもう探し出せないのよ。なぜか？　理由は、ある欲望がわたしからすでに消えてしまったから。一年前か、一月前だったら、話はちがっていたはず。欲望が、ひょっとするとわたしが抱けるあたうるかぎり深い欲望が、わたしから地上のその一点へ向かって流れ出し、導いてくれたかもしれない。わたしはそこにひざまずいて、これがわたしの母親、といったかもしれない――これがわたしに生命をあたえるもの、と。聖なる地、墓としてではなく、よみがえりの場として神聖なの――地上からの永遠のよみがえりなのだから。

いまやその欲望が、それを愛と呼んでもいいのだけれど、それがもうわたしから失われてしまった。わたしはもうこの土地を愛してはいない。いとも簡単なこと。まるで去勢された男のよう。成人して去勢されたのね。去勢された男にとって人生はどのようなものかと、わたしは想像してみるの。彼がこれまで愛してきたものを見やるところを。記憶から、いまもそれを愛すべきだというのはわかっているけれど、もはや愛そのものを呼び起こすことができない。愛――それはなんだったのかと、古い感覚をもとめて、男は記憶のなかを手探りしながら自問する。ところが、いまやあらゆるものがのっぺりとして、音も動きもなく、静まりかえっている。かつては自分にもそれがあった、そのことが露呈してしまった、と彼は考え、その露呈を、感覚を研ぎ澄まして、全身全霊で感知しようとする。でも、研ぎ澄まされた感覚はない。研ぎ澄まされた感覚が、あらゆるものから失われてしまった。その代わりに、ぐいと引き寄せられるのを彼は感じる。軽いながらも頻繁に、無感覚へ、剝離へと引き寄せられる。剝離されて、と彼は独語し、辛辣な語を声に出して、その辛辣さの検証を試みる。でも、そこにもすでに不鮮明さが、鈍化が介入してしまった。なにもかも遠のいていく、と彼は思う。一週間もすれば、一カ月もすれば、自分はすべてを忘れ去っているのだろう。逸楽の民の仲間となって、切り離され、あてどなく流されていくようになるのだろう。最後の最後に一度だけ、なんとかその切り離しによる苦しみを感じ取ろうとする、ところが、男に訪れるのは、消えゆく悲しみだけ。

十分わかりやすく語っているかどうか、わたしにはもうわからないわ、ミスター・ファーカイル。わたしは決断について話しているの。自分の決断を最後まで手放さない努力について、そして失敗について。じつをいうと、わたしは溺死寸前。あなたの隣にこうして座っていながら、溺死寸前なのよ」

ファーカイルはぐったりとドアに身をもたせかけた。犬がクーンと低く鳴いた。犬はフロントシートの背に前足をかけて立ち、前方を睨んで、車がまた走り出すのをひたすら待っていた。一分が過ぎた。

するとファーカイルが上着のポケットからマッチ箱を取り出し、それをわたしに突き出した。「いまやったら」と彼はいった。

「なにを？」

「それを」

「それがあなたの望み？」

「いまやったら。俺は車から降りるから。やったら、ここで、いますぐ」

彼の口の端で、唾のかたまりが上下に踊っていた。ばかは放っておこう、とわたしは思った。彼が残酷で、狂っていて、気のふれた犬といわれたって知るもんか。

ファーカイルはわたしに向かってマッチ箱を振った。「あいつが心配なのかい？」彼は身ぶりで薪のそばの男を指した。「邪魔なんかしないよ、あいつは」

「ここではやらない」とわたし。

「チャップマンズ・ピークへ行くってのもありかな。あんたがその気なら、崖っぷちから、車で突っ込んじまえばいいじゃないか」

罠にかかったみたいだった、誘惑してくる男と車のなかに閉じ込められて、こちらが屈服しないので男は不機嫌になっていく。いきなり少女時代の最悪の日々に引きもどされたみたいだった。

「家に帰らない？」

「やってしまいたいんだと思ったのに」

「わかってないのね」

「一押ししてほしいんだと思ったのに、景気づけに。一押しならするよ、俺」

ハウト湾のホテルの外で、ファーカイルはまた車を止めた。「金を少しもってないかな」

わたしは十ランド札を一枚、渡した。

彼はもぐりの酒屋に入っていって、茶色い紙袋に入った瓶を手にして帰ってきた。

「いっぱいどう」といってキャップをひねった。

「けっこうよ。ブランデーは好きじゃないの」

「ブランデーじゃないよ、薬さ」

わたしは少しだけ口に含み、飲み下そうとして、喉に詰まって咳き込んだ。歯がずれてしまった。

「口に含んだままにするんだよ」

わたしはもう一口飲んで、口に含んだままにしていた。歯茎と口蓋（こうがい）が焼けつくように感じられたけれど、やがておさまった。飲み込んで目を閉じた。身体の内部でなにかが晴れていった――カーテン、雲。こんなことか？　とそのとき思った。これだけのことか？　これがファーカイルの道案内？

彼は車の向きを変えて、また丘を登り、湾のはるか上方にあるピクニックエリアで車を停めた。ファーカイルが瓶から飲んで、わたしにも飲めという。慎重にわたしは飲んだ。あらゆるものをおおっていた灰色のヴェールが、みるみる軽くなっていった。半信半疑で、驚嘆の思いで、わたしは考えた——本当にこんなに簡単なことなのか——生死の問題などではないのか？

「いわせてほしいんだけれど、とどのつまり」とわたしはいった。「わたしを突き動かすきっかけになったのは健康状態ではないの、病気のせいではなくて、もっとちがうことなのよ」

　犬が低く、不満げな声をもらした。ファーカイルがだらりと手を伸ばすと、犬はその指を舐めた。

「フローレンスの息子が火曜日に撃たれたの」

　彼はうなずいた。

「死体を見たのよ」とつづけ、さらに一口含んで考える——こうしてわたしはおしゃべりになっていくのか？　なんとしたこと！　わたしがおしゃべりになるにつれて、ファーカイルもまた、おしゃべりになっていくのか？　ファーカイルとわたしが、ほろ酔い気分で、ちいさな車のなかで、ふたりしておしゃべりになるわけか？

「ひどく狼狽（うろた）えてしまった」とわたし。「深く悲しんでいるというつもりはないの、そのことばを使う権利は、わたしにはないわ。それはあの少年の家族のものだから。でも、いまも——なんというか——すごく心が乱れる。それはあの子の死の状態に、死の重みに絡んでくることなの。あたかも、死ぬことであの子がとても重くなったような感じ。

鉛のように、というか、貯水池の底に溜まる、どろどろとした風通しのわるい泥のような感じ。あたかも死ぬ行為のさなかに、最後の吐息を吐くあの子からあらゆる軽やかさが抜け出てしまったみたいな。いまではあの子がわたしのうえに、その全体重をかけて横たわっている。のしかかっているのではなくて、ただ横たわっている。

通りであの子の友だちが血を流しているときもそうだった。おなじ重さがあった。重い血。血が溝に流れ込むのをなんとか止めようとしたのよ、わたし。おびただしい血だった！　あの血をすべてバケツに受けていたら、重くて持ちあがらなかったはずよ。鉛の入ったバケツを持ちあげるようなものだから。

それまで、黒人が死ぬところを、わたし、見たことがなかったのよ、ミスター・ファーカイル。常時、彼らが死んでいるのは知っている、でも、いつだってどこか他所でだった。死ぬところを見てきたのは、もっぱら白人で、それもみんなベッドのなかで死んでいった。だんだん乾いて、軽くなって、紙のように、空気のようになって。彼らはきっとよく燃えたでしょうね、あとからさっと掃き取れる最小限の灰だけ残して。なぜわたしが自分を燃やすと心に決めたか、知りたい？　理由はね、よく燃えると思うからよ。

ああ、でもあの人たちは燃えない、ベキやあの死んだ人たちは。銑鉄か鉛の彫像を燃やそうとするようなものだもの。輪郭の尖った部分はなくなるかもしれないけれど、炎が弱まれば像はそのまま残り、重さも変わらない。長いこと放っておけば、そのうち、じりじりと沈んで、大地が彼らを飲み込み、閉じてしまうかもしれない。でも、それ以上は沈まない。そこに留まり、地表の真下で浮き沈みすることになるのよ。靴を地表に食い込ませるようにして突いてやれば、掘り返して、あらわにすることもできるはず――顔を、死んだ目を。見開かれたままの、砂にまみれた目を」

「飲んで」とファーカイルはいって瓶を突き出した。彼の顔つきが変わっていった。両唇がふくらみ、めいっぱい含んで、濡れて、目はうつろになっていく。彼が家に連れてきた女みたいに。わたしは瓶を取って、自分の袖で拭いた。

「理解してもらわなければと思うのは、これは個人的なことではないということ、わたしが話している、この心の乱れは」わたしは話しつづけた。「事実、少しも個人的なことではないわ。わたしはベキが好きだった、本当よ、あの子がまだ子どものころは。でも、あの子が変わっていくところは嬉しくなかった。なにか、もっとちがうことを期待していたの。あの子とその仲間は、自分たちは子ども時代を卒業したんだっていう。そうね、子どもであることをやめてしまったのかもしれない。でもいったい、なんになったのかしら？　厳格な、ちいさなピューリタンよ、大声で笑うことも、遊ぶことも軽蔑して。

　では、なぜ、あの子のことをこんなに悲しく思うのか？　答えはね、あの子の顔を見てしまったからよ。死んだとき、あの子は子どもにもどっていた。いきなり襲ってきた最後の瞬間、投石や銃撃はゲームではないのだとさとった瞬間、仮面が剝がれて、子どもも本来の驚愕の表情が顔に出てしまったのね。足を引きずりながら、あの子の口に詰め込む砂を握って、あの子に向かってやってくる巨人は、シュプレヒコールやスローガンでは追い返せないとわかった瞬間、喉を詰まらせ、息ができずに窒息死する長い隘路（あいろ）の行き止まりには、光さえ射さないことがわかった瞬間。

　いまあの子は埋葬され、そのうえをわたしたちは歩いていく。なんていうか、わたし、この土地（くに）のうえを、この南アフリカを歩いていると、だんだん、いくつもの黒い顔のうえを歩いているような気がしてくるのよ。それは死んでいる、でも霊魂はまだ去ってはいない。そこに重たく、頑固に横たわって、わたしの足が通り過ぎるのを待っている。わたしが立ち去るのを待っている、ふたたび呼び出されるのを待っているの。大地の皮をひと剝きすれば、そこには何百万という銑鉄の彫像たちが浮遊している。鉄の時代が帰ってこようと待ちかまえているのよ。

　この人は気が動転しているけれど、そのうち乗り切る、そう思っているんでしょ。安っぽい涙、感傷的な涙だ、今日は流れても明日には消えるって。そうね、そのとおりよ。かつては気が動転したわ、これ以上わるくはならないだろうと思っていた、すると、過たずにことは起きるとばかりに、さらにわるいことが起きて、それも乗り切った、というか、乗り切ったように思えた。でも、それが厄介のもとね！　恥ずかしさで心を麻痺させないために、わたしは、そのさらにわるい事態を乗り切って生きるしかなかった。でも、その乗り切ることに、もう耐えられない。いまこれを乗り切ってしまうと、もう二度と、乗り切らないチャンスは来ない。わたし自身のよみがえりのために、今度ばかりは、乗り切ることはできないのよ」

ファーカイルが瓶をこちらに突き出した。確実に四インチは減っている。わたしはその手を押し返した。「もう飲みたくないわ」

「もっと飲んで」とファーカイル——「酔っぱらえば、気分が変わる」

「いやよ！」わたしは叫んでいた。ほろ酔い気分の怒りが、めらめらと燃えあがった。彼のぞんざいさ、無頓着さにむかっときた。いったいわたしはここでなにをしているのか。ぽんこつ車のなかのふたりは、大恐慌時代に田舎(プラッテラント)から出てきて行き暮れた難民と、さほど変わらぬようすに見えたにちがいない。足りないのは屋根に縛りつけたココナッツ繊維のマットレスと鶏籠。わたしは彼の手から瓶をひったくった。投げ捨てようと窓を押し下げているうちに、ファーカイルがそれをもぎ取った。

「車から出てって！」わたしはきつく命じた。

ファーカイルはイグニッションの差し込み口からキーを抜き取り、車外へ出た。犬が跳びはねるようにしてあとを追った。わたしが見ている目の前で、彼はキーをブッシュのなかに投げ捨て、こちらに背を向けて、瓶を片手にハウト湾へつづく丘をゆっくりと大股で下っていった。

怒り狂いながらわたしは待ったが、彼はもどってこない。

数分たった。一台の車が道路からはずれて、わたしの車の横にきて止まった。その車から突然、音楽が鳴り響いた。大音量の金属音。その逆巻く大騒音のなかに一組のカップルが座って、じっと海を見つめていた。リクリエーション中の南アフリカだ。わたしは外へ出て、その車の窓を叩いた。男がぽかんとわたしを見た。ガムを嚙みながら。「音をちいさくしていただけない？」男はなにかをいじるか、いじる振りをしたが、音量は変わらなかった。もう一度、窓を叩いた。男はガラス越しに、わたしに向かってことばを発したかと思うと、いきなり、もうもうと埃を舞いあげて車をバックさせ、エリアの反対側に駐車した。

ファーカイルが放ったキーを見つけようと、ブッシュのなかを探したが、成果はなかった。

さきほどの車がやっと発進した。女がこちらに顔を向けて、わたしをねめつけていった。そこそこ魅力的な顔だちにもかかわらず、醜悪――偏狭な、しかめっ面。まるで、光、空気、生命そのものが集団で襲ってくるのではないかとおびえる顔だ。顔だちではなく表情が、長いあいだ浮かべてきたその表情が、彼女の顔に、彼女自身になっていた。世界とおのれの内面を隔てる膜の肥厚、鈍さとなった肥厚だ。進化、ではあるけれど、逆向きの進化。太古の深海で生まれた魚に（あなたはきっと知っているわね）、光のつまぐりに感応する皮膚が部分的に発生して、その皮膚がやがて目となった。いま、南アフリカでわたしが目にしているのは、眼球がふたたび濁りはじめて、そのうえに分厚い鱗が生えるところ、土地探検者たちが、植民地開拓者たちが、深海にもどる準備をすすめているのよ。

あなたが招いてくれたとき、わたしは行くべきだったのかしら。気弱になるとよく、あなたの親切心にこの身を投げ出したくなったわ。両者にとって幸運なことに、わたしはまだ持ちこたえている！　あなたは首にまといつくアホウドリみたいな、旧世界の罪科の重荷を背負わずにすんでいるし、わたしにしても本気で、南アフリカから逃れて、あなたのもとへ走りたいと思っているのかしら？　このわたしの眼球のうえにも、すでに分厚い鱗が生じていないと、はたしていえるのかしら？　車のなかのあの女――ひょっとしたら、走り去るとき、連れにこういっていたかもしれない――「なんて嫌な婆さん！　なんて偏屈な顔！」

とするなら、虫食いだらけの船が沈没するのが明々白々なこんな時代に、秘かに逃げ出すことにどんな道義があるというの。ダイヤモンドでポケットをふくらませたテニスプレーヤー、悪徳ブローカー、戦略家と徒党を組んで、世界の果ての平穏な片田舎に引きこもろうと立ち去ることに、いったいどんな道義があるというの。パラグアイに土地を所有し、南方の空の下で、炭火でビーフステーキを焼き、旧友とビールを飲みかわし、懐かしき国の歌を歌い、長寿をまっとうして、孫たちや、ペオンハットを手にした農園労働者にベッドのすそを取り囲まれて、眠るようにこの世を去るつもりでいるG将軍、M大臣――パラグアイのアフリカーナーがパタゴニアのアフリカーナーに加わるわけか、気の滅入るような離散集団に――太鼓腹に赤ら顔の男たちが、でっぷり太った妻をもち、銃のコレクションを居間の壁に飾り、ロサリオ市内の貸金庫に預け、日曜の午後になるとバルビーやアイヒマン[*1]の息子、娘の家を訪ねたり、訪ねられたり――暴漢、悪党、拷問者、人殺し――なんというお仲間！

おまけに、わたしは疲れ果てている。大義なんかどうでもいいと思うほど、時代に逆らう甲冑のように疲れて、もう目を閉じたい、眠りたいと思っている。死とはとどのつまり、疲労の最終到達地点へと遡及することではないのか。

あなたが最後にくれた電話をおぼえているわ。「気分はどうなの？」とあなたはきいた。「疲れてるわ、でもほかはなんとか」とわたしは答えた。「ゆっくりやろうと思うの。フローレンスはこれまでどおり、頼りになる支えだし、庭仕事をしてくれる新しい人もいるし」「それはよかったね」とアメリカ風のそっけない声であなたはいった――「たっぷり休んで、力がもどってくるよう、養生に精を出さなくちゃ」

電話で話す母と娘。あちらが正午のとき、こちらは夜。あちらが夏なら、こちらは冬。でも電話の声は、あなたが隣に住んでいるみたいにはっきり聞こえる。わたしたちのことばは、話者から離れて空を飛び、そっくりそのまま、傷ひとつなく組み直される。あなたをわたしに繋(つな)いでいるのは、もう旧式の海底ケーブルではなくて、効率の良い、非物質的な、空気が運ぶ回線ね――わたしのイデアに繋がるあなたのイデア。わたしたちのあいだを行き交うのは、ことばではなく、生の気息ではなく、ことばのイデア、気息のイデアね、暗号化され、伝達され、解読されたイデアなんだわ。最後にあなたは「お休みなさい、おかあさん」といい、わたしは「さよなら、マイ・ディア、電話してくれてありがとう」といった。ディアという語にわたしの声が宿るよう（なんという身勝手！）わたしの愛の重みのすべてを託した。その愛の亡霊が、はるかな冷たい旅路を生き抜いて、あなたのもとへ届くことを祈りながら。

電話には、愛はあっても真実はない。いずこよりか届くこの手紙にこそ（かくも長き手紙！）真実と愛は、ともに宿るの。このペンがしたためるあなたという語のすべてに、愛が「セント・エルモの火」[*2]のようにちらちらと揺れているのよ。わたしとともにあるあなたは、今日アメリカにいるあなたではなく、発っていったときのあなたでもなく、もっと深い、決して変わらぬかたちをした――愛されしものとしての、不死のものとしての、あなたなの。わたしはあなたの魂に語りかける。なぜなら、この手紙が終わるとき、あなたとともに残されるのは、わたしの魂だから。殻から抜け出して、扇形の翅を広げる蛾のように、さらなる飛翔に向けて準備をするわたしの魂だから――これを読むあなたに瞬視してほしいのは、それ。一匹の白い蛾、死の床に横たわる者の口から抜け出す霊。病とのこのたたかい、気が滅入り、自己嫌悪に陥る日々、決めかねる心の揺れ、あてもなく出かけることも（ハウト湾のエピソードにはもうたいした話は残っていないの――泥酔してすこぶる不機嫌なファーカイルがもどってきて、キーを見つけ、家まで車を運転してくれた、それで終わり。彼の犬が連れもどしてくれたというのが本当のと

＊1　いずれもナチスの親衛隊幹部で、大戦後、南アメリカに逃亡した。
＊2　雷雲が船のマストや飛行機の翼に近づくと起きる放電発光現象で、死の予兆とされる。

ころかもしれないけれど）――すべてはメタモルフォシス――変身の一部、この身から経帷子（きょうかたびら）を振り落とす一部なのよ。

そしてそのあと、死んだあとは？　心配しないで、つきまとったりしないから。夜なかに白い蛾がばたばた飛び込んでこないよう、あなたの額やその子どもたちの額に止まらないよう、窓を閉めたり、煙突に蓋をしたりする必要はないわ。その蛾は、あなたがこの手紙の最後のページを閉じるときに、あなたの頰をかすかに撫でる、それだけのものだから。次なる旅に飛び立つ前にね。あなたとともに残るのはわたしの魂ではなくて、わたしの魂の霊魂、気息、これらのことばにまつわる空気の揺れなの。いまあなたの指がつかんでいる紙のうえを、幽霊のように掠めるこのペンが、空気中にかもしだす、かすかな揺れにすぎないの。

自分をありのままにしておくこと、あなたをありのままにしておくこと、まだ思い出が生きている家を、そのままにしておくこと――難しい仕事だけれど、でもわたしは学びつつある。音楽もまた。でも、音楽だけは道づれにしようと思っている、この魂にしっかり絡みついているから。「マタイ受難曲」のアリオーソは、幾度となく絡みついて結び目をつくり、いまやなんぴとも、いかなるものも解きほどくことができないくらい。もしもファーカイルがこの書き物を送らなければ、あなたがこれを読むことはありえないわね。これが存在することさえ知らずに終わる。真実の幾分かは決して肉体をもたずに終わるのよ――わたしの真実――この時代を、この場所で、どのように生きたかということ。

　では、わたしがファーカイルでやろうとしている賭けとは、ファーカイルに賭けようとしているものとは、いったいなにか。

　それは信頼に対する賭けよ。依頼するのはごく些細なこと、小包を手に取り、郵便局まで行ってカウンターに差し出すこと。ごく些細な、ほとんどどうでもいいような依頼。小包を手に取るか取らないか、そのちがいはごくごくちいさなもの。わたしが死んだとき、わずかなりとも信頼感が、義務感が、敬意が残っていれば、彼はきっとそれを手に取る。

　残っていなかったら？

　残っていなかったら、信頼感は存在せず、わたしたちはより良きものを受けるに足らず、ひとつ穴にこぞって落ちて、消滅するほかはない。

　ファーカイルを信頼できないゆえに、わたしは彼を信頼しなければならない。

　魂にとって居心地のよくない時代に、わたしはその魂を目覚めさせておこうとしているのよ。

　孤児（みなしご）に、貧者に、飢えた者に、施しをするのは簡単。辛辣な心の人（フローレンスのことをわたしは考えているの）に施しをするのは難しいわ。でも、ファーカイルにする施しほど難しいものはないのよ。わたしがあたえるものを、彼はあたえられるのを許さない。彼のなかに慈愛はない、許しもない（慈愛だって？　許しだって？　とファーカイルはいう)。彼の許しがないままに、わたしは慈愛なくあたえ、愛なく仕える。不毛な土壌に降りそそぐ雨よ。

もっと若いころなら、わたしはこの身体ごと彼にあたえたかもしれない。人はそういうことをするものだし、そうしてきた。たとえ、どれほど誤ったことであっても。わたしはそうはせずに、この生命を彼の手にゆだねる。これがわたしの生命、これらのことばが、このページのうえを蟹のように動く指の軌跡が。これらのことば、それをあなたが読みすすむうちに、もしも読めばの話だけれど、そのことばがあなたのなかに入り、ふたたび息づく。そのことばこそ、あなたさえよければ、わたしが生きつづける方法なの。そのむかし母のなかでわたしが生きていたように、そのむかし、わたしのなかであなたは生きていた。母がわたしのなかでいまも生きているように、わたしが母へ近づいていくように、あなたのなかでわたしが生きられるといいのだけれど。

ファーカイルにこの生命をあたえるのは、引き渡してもらうためよ。わたしがファーカイルを信頼するのは、ファーカイルを信頼していないからなの。わたしが彼を愛するのは、彼を愛していないから。ファーカイルは弱き葦であるゆえに、わたしは彼にすがる。

自分のいってることを理解しているように見えるかもしれないけれど、でも、そうではないわね、信じて。最初から、ガレージの奥で、段ボールハウスのなかで寝ながら待っているファーカイルを見つけたときから、わたしはなにも理解していない。いつだって暗くなるばかりの道行きを、手探りで進んでいる。あなたに向かって手探りしている、一語一語で手探りしているの。

数日前に引いた風邪が胸に居座り、ごほんごほんと渇いたしつこい咳に変わって、咳が出たあとは息が切れて、どっと疲れる。

その負担が、苦痛だけの負担であるかぎり、それと距離をおくことで、わたしは耐える。苦しんでいるのはわたしではない、と自分にいいきかせる——苦しんでいるのはだれかほかの人間であり、このベッドをともにするほかの身体なのだ、と。そんなふうにトリックを使ってそれを遠ざけ、どこかへ追い払っておく。そして、トリックがうまくはたらかずに、苦痛がわたしを執拗に支配しようとするときは、ひたすら耐える。

（押し寄せる波が大きければ、間違いなく、わたしのトリックなんか呆気なく押し流されてしまうのよ。ゼーラントの堤防[1]みたいに）

でもいまは、こうして咳の発作がつづくあいだは、自分に距離を置くことができない。精神もなく、肉体もなく、あるのはただのわたし、そいつが手足をばたつかせ、空気を求めてもがきながら、沈んでいく。激しい恐怖、そして、激しい恐怖を感じる醜行！死へいたる道すがら通り抜けるべき、いまひとつの谷間。どうしてこんなことがわたしに起きているのか？　咳が頂点に達するときに思うの——それはフェアなことか？

＊1　一九五三年に大洪水に見舞われて決壊したオランダの堤防。

純朴（ナイヴテ）という醜行。腰骨を折って道ばたで息絶える犬ですら、だが、これはフェアなことか？　などとは思わないのに。

生きるために必要なのは格闘家の術であり、舞踏家の術ではない、とマルクス・アウレリウス*1はいった。みずからの足で踏みとどまること、それで十分、しゃれた足どりなど必要ない。

昨日、食料が底をついて、買い物に行かねばならなかった。バッグを引きずりながら帰宅する途中、ひどい発作に見舞われた。通りかかった三人の生徒が立ち止まって、老女が足もとに食料品をこぼし、街灯の柱にもたれているのをじっと見ていた。わたしは咳き込みながら、手をふって追い払おうとした。それがどんな姿に見えたか、自分では想像もつかない。車に乗った女がスピードを落として「だいじょうぶですか？」と声をかけてきた。わたしは途切れる息のあいまから「買い物をしてきたの」といった。女は「えっ？」といって、顔をしかめながら、なんとか聞き取ろうとした。わたしは喘ぎ「なんでもない！」といった。車は走り去った。

なんと醜くなっていくことか、わたしたちは、おのれのことに考えがおよばなくなって！　美人コンテストの女王まで苛ついているようだ。醜悪さ――それは肉を透してあらわになる魂にほかならないのか。

そして昨夜、最悪のことが起きた。服薬で朦朧（もうろう）とした不快なまどろみのなかに、犬の咆哮（ほうこう）が突き刺さってきたのだ。咆哮は延々とつづいた。弱まることなく、途切れることなく、機械音のように。どうしてファーカイルは止めないの？

階段を降りる自信がなかった。バスローブに室内履きで、わたしはバルコニーに出た。外は寒く、小雨が降っていた。「ミスター・ファーカイル！」としゃがれ声で叫んだ――「どうして犬が吠えているの？　ミスター・ファーカイル！」

犬は鳴きやみ、また吠えはじめた。ファーカイルは姿を見せなかった。

ベッドにもどって横になったけれど、寝つけなかった。咆哮が、耳を打つ槌音のようにつづいていた。

こんなふうに転倒して腰骨を折るのよ、老いた女たちは――自分自身への警告だ――こんなふうに罠が仕掛けられて、こんなふうにして捕まるのよ。

両手で手摺をつかんで身体を支え、這うようにして階下に降りた。

台所にだれかいる、ファーカイルではない。だれか知らないが、隠れようとする気配はない。なんと、あれはベキか！　背筋が凍りついた。

ドアの開いた冷蔵庫からもれる不気味な光のなかで、彼はわたしのほうに向き直った。額の弾傷に白い包帯が巻かれている。

「なにが欲しいの？」わたしはささやいた。「食べる物が欲しいの？」

彼が口を開いた――「ベキはどこ？」

その声はベキの声よりはるかに低く、野太かった。いったいだれ？　まごつきながら

＊1　古代ローマの皇帝。ストア哲学の影響を受けた『自省録』が有名。

必死で記憶をまさぐった。

彼は冷蔵庫のドアを閉めた。いま、わたしたちは暗闇のなかにいた。「ミスター・ファーカイル！」しゃがれ声でわたしは叫んだ。ひっきりなしに犬が吠えた。「隣の人がやってくるわよ」と小声でいってみた。

わたしのそばを通り過ぎるとき、その肩がわたしの肩に擦れた。たじろぎながらも、その臭いでわかった、それがだれか。

彼がドアに達した。狂ったように犬が吠えた。

「フローレンスはもうここにはいないわ」といって、わたしは明かりを点けた。

彼が着ていたのは自分の服ではなかった。あるいはそれがファッションなのか。上着は成人用サイズのようだし、ズボンも長すぎる。上着の片袖には、腕が入っていない。

「腕、どうしたの？」

「動かしちゃいけないんだ」

「ドアから離れて」

わたしはほんの少しだけドアを開けた。犬が興奮して跳びはねた。鼻面を軽くはたいてやった。「やめなさい、すぐに！」そう命令すると犬は低く鼻を鳴らした。「ご主人はどこ？」犬が耳をぴんと立てた。わたしはドアを閉めた。

「ここになんの用？」少年に、わたしはきいた。

「ベキはどこ？」

「ベキは死んだわ。先週、あなたが病院にいるあいだに殺された。撃たれたの。即死だった。自転車の事故があった翌日」

少年は唇を舐めた。追いつめられて、どうしたらいいかわからない、といったようすだ。

「なにか食べる物が欲しいの？」

彼は首をふった。「金。金がないんだ」と少年。「バス代が」

「お金はあげるわ。でも、どこへ行くつもりなの？」

「家に帰らなくちゃ」

「やめなさい、わるいことはいわないから。自分のいってることはわかってるつもりよ、フラッツで起きていることをこの目で見たから。事態が平常にもどるまで、あそこから離れてなさい」

「事態が平常にもどることなんかない――」

「お願い！　議論はもうたくさん、そんなことを蒸し返す時間も興味も、わたしにはないの。事態が少し落ち着くまでここにいなさい。傷がもう少し良くなるまでここにいなさい。なぜ病院を出てきたの？　退院許可が出たの？」

「ああ。退院許可が出た」

「あなたが着ているのはだれの服なの？」

「俺のだよ」

「あなたのじゃないでしょ。どこで手に入れたの？」

「俺の服だ。友だちが持ってきてくれたんだ」

嘘をついている。嘘のつき方がどう見ても十五歳だ。

「座って。なにか食べる物を出してあげるから、それから少し眠るといい。朝まで待って、これからどうするかは、それから決めなさい」

わたしはお茶を淹れた。少年は腰をおろした。わたしには目もくれずに。わたしが彼の話を信じないからといって、少年はばつのわるい思いなどまったく感じていなかった。わたしが信じることなど、どうでもいいのだ。わたしのことをなんだと思っているのか？　わたしのことをちらっとでも考えたことがあるのか？　彼はものを考える人間だったか？　ちがう——ベキにくらべて、この少年は考えることも、はっきり意見を述べることもなく、想像力も乏しかった。しかし少年は生きていて、ベキは死んだ。鋭敏な者は狙い撃ちにされて、鈍感な者は生き残る。ベキは利発すぎたのだ。わたしはベキが怖いと思ったことはない。この少年となると、さほど確信がもてない。

少年の目の前にサンドイッチとお茶を置いた。「食べなさい、ほら飲んで」少年は動かない。片方の腕に頭をのせて、白目を剥いてぐっすりと寝入っていた。その頬をわたしは軽くはたいた。「起きて！」少年はびくっとして、まっすぐに座り直し、一口食べて、すばやく噛んだ。やがて噛む速度が落ちた。口いっぱいにほおばったまま、極度の疲労のためにぼうっとなって座っていた。わたしはその手からサンドイッチを取りながら考えた——困ったことになると、彼らは女のもとへやってくる。フローレンスのところへやってきたのだ、この子は。あいにくフローレンスはもういないけれど。この子には自分の母親がいないのかしら？

フローレンスの部屋で少年は一時的に回復した。「自転車」と口ごもりながら彼はいった。

「だいじょうぶ、しまってあるから。ただし修理が必要ね。ミスター・ファーカイルに頼んであげるわ」

というわけで、かつてわたしのものであり、あなたのものであったこの家は、避難場所になりつつある。トランジットの家に。

最愛の子よ、わたしは過ちという濃霧のさなかにいるのよ。夜が更けてくると、どうすれば過たずにいられるか、わからなくなる。打ち明けられるかぎり打ち明けるわ、あなたに。するとあなたは訊ねるかしら、なにが過ちなの？　と。もしもそれを、蜘蛛（くも）のように瓶のなかに入れて、検査してもらうためにあなたに送ることができるなら、そうする。でも、それは濃霧みたいな感じで、いたるところにありながら実体がない。触ることも、捕えることも、名づけることもできない。でも、恐る恐る、不承不承、最初のことばをいわせてもらうわ。この子を、フローレンスのベッドで眠っている子を、愛していないのよ、わたし。あなたは愛しているけれど、あの子は愛していない。あの子には疼くような気持ちを感じないの、毛ほども。

あなたは答える――あらそう、可愛くないのね、その子は。でも、その子が可愛く育たなかったことに、あなたは無関係なの?と。

無関係だというつもりはないわ。でも同時に、はっきり関係があるとも思わない。わたしの心があの子を自分の子として受けつけないの――とても簡単なことよ。心のなかで望んでいるのは、あの子が立ち去ってくれること、わたしをひとりにしておいてくれることなの。

それがわたしの、最初のことば、最初の告白。いまのこんな状態で、醜悪な状態のままで、わたしは死にたくない。わたしは救われたい。どうしたら救われる? 自分がしたくないことをすることによってよ。それが最初のステップ――わかってる。愛さなければならないのね、可愛らしくないものを、真っ先に。愛さなければならない、たとえば、この子を。聡明な、ちいさなベキではなくて、この子のほうを。彼がここにいるには、わけがあるのね。彼はわたしの救済の一部なのよ。わたしは彼を愛さなければならない。でも、わたしは彼を愛していない。おのれの意に反してまで、そこまでして、彼を愛そうとは思っていない。

理由は、そうありたいと心の底から思うまでに至っていないから、だからまだ濃霧のなかをうろついている。

心のなかを探しても、愛することを、愛したいという気持ちを、どうしても愛せるようになりたいという気持ちを、見つけられない。

心のなかで、生きたいと思っていないから、わたしは死んでゆく。死にたいと思っているから、わたしは死んでゆくのね。

だから、わたしの第二の、胡乱（うろん）なことばをいわせてちょうだい。あの子を愛したいと思わないまま、あなたへの愛を語ることに真実を込められるのか、と。だって、愛は飢えとはちがう。愛は満たされることも、鎮められることもない。人は愛すると、もっと愛するようになる。あなたを深く愛すれば愛するほど、わたしはあの子を深く愛する義務を負うことになる。あの子への愛が淡くなればなるほど、ひょっとすると、あなたへの愛も淡くなるのかもしれない。

十字形のロジックが、行きたくもない場所へわたしを連れていく！　でも、本当にそのつもりがないなら、そんなものに自分を釘づけにさせておくものかしら？

この長い手紙を書きはじめたとき考えたの、手紙の引力というのは潮のように大きいと、水面で寄せては返す波の下には、月の引力のように絶えず、あなたをわたしのもとへ、わたしをあなたのもとへ引っ張る力があるのだと——娘と母の血の絆（きずな）、女同士の。でも、日ごと書き加えていくにつれて、手紙は、より抽象的になり、具体から引き離されて、まるで星からの、遠い宇宙からの手紙のように、肉体をなくして、水晶のように透明な、血の通わないものになっていく。それがわたしの愛がたどる運命なのかしら？

そういえば、あの少年が怪我をしたとき、あの子はどれほど多量の血を、どれほど荒々しく流したことか。それにくらべて、わたしがこの紙のうえに流す血のなんと薄いこと。萎縮した心からの流出物。

血のことは以前にも書いたわね。なにもかも書いてきた、おのれをあますところなく書きつくし、最後の一滴まで血を絞り出して、それでもなお、わたしは書きつづける。この手紙は迷宮と化して、わたしはその迷宮のなかの犬となって、岐路、穴道をうろつき、おなじ場所を爪で引っかき、哀れに鼻を鳴らし、倦(う)み、疲れている。なぜ助けを呼ばないのか、なぜ神に懇願しないのか。理由は、神はわたしの助けにならないから。神はわたしを探しているけれど、わたしに手が届かない。神はもうひとつの迷宮のなかの、もう一匹の犬なのよ。わたしは神を嗅ぎつけ、神はわたしを嗅ぎつける。わたしはさかりのついた雌犬で、神は雄犬。神はわたしを嗅ぎつけ、わたしを見つけて捕えることだけを考えればいい。上へ下へと岐路をめぐり、網目のような隘路を引っかく。しかし神は道に迷う、わたしが道に迷うように。

夢を見るの、でも、わたしが夢で見るのは、はたして神なのかと疑問に思うわ。眠りに落ちると、まぶたの裏で、おぼろな影が、実体も輪郭もないぼんやりとした影が、灰色や茶色の硫煙のけぶる靄(もや)に包まれたまま、せわしなく動きはじめる。眠りのなかに浮かんでくる語、「ボロディノ」*1——ある暑い夏の午後、硝煙立ち込めるロシアの平原、草は枯れ、燃えて、結束をなくしたふたつの軍勢が、ひりつく喉の渇き、死の恐怖におびえながら、のろのろと進む。何百何千という、顔のない、声のない、渇ききった男たちが、殺戮の地に閉じ込められて、くる夜もくる夜も、焦土と化した平原で、硫黄と血の悪臭にまみれて前進後退をくり返す――地獄だ、目を閉じるとそのなかに、まっすぐわたしは落ちていく。

　こんな軍勢をわたしのなかに呼び起こすのは、赤い錠剤、ディコナルにちがいない。しかし赤い錠剤がなければ、わたしはもう眠ることができない。

　ボロディノ、ディコナル――ふたつの語をじっと見つめる。アナグラムだろうか。アナグラムのように見える。だがなんの？　どんな言語の？

　ボロディノの眠りから覚めるとき、わたしは大声をあげるか、叫ぶか、咳き込んでいる。音は胸の奥深くから出てくる。やがてそれは鎮まり、わたしは自分のまわりを見まわしながら横たわっている。わたしの部屋、わたしの家、わたしの人生――イミテーションにしてはぴったりすぎる装置――本物だ――わたしはもどってきた――飲み込まれた鯨の腹のなかから吐き出されて、幾度も、幾度もわたしはもどってくる。そのたびに起こる奇跡は、承認されず、祝福を受けず、歓迎されぬ奇跡だ。朝がくるたびに、わたしは吐き出され、岸に打ちあげられ、ふたたびチャンスをあたえられる。それで、わたしはどうするか。砂のうえで身動きひとつせずに、夜の潮が満ちてきて、わたしを囲繞（いにょう）して運び去り、また闇の腹のなかに生み落とされるのを待つ。不適切なかたちで生み落とされたのだ――水中では呼吸ができず、海を離れて陸地の住人になる勇気もない、境界線上の生き物として。

*1　一八一二年、ロシアへ侵攻したナポレオン軍が、クトゥーゾフ将軍率いるロシア軍と戦った村。

あなたが発っていった日、空港であなたはその手でわたしをしっかりつかみ、この日をじっとのぞき込んだ。「呼びもどさないでね、お母さん。帰ってくるつもりはないから」そういって、この国の埃を足もとから振り払った。あなたは正しかった。でも、わたしのなかにはいつも油断なく見張っているものがあって、たえず北西を向いて、あなたを出迎え、抱きしめる日を待ち焦がれている。万が一あなたの気持ちが和らいで、どんなかたちであれ、訪ねてくれればだけれど。あなたのその決意には、賞賛に値するのとおなじくらい、なにか手に負えないものがあるわ。あなたが書く手紙のなかには——歯に衣着せずにいわせてもらうけれど——十分な愛がない、というか、少なくとも愛に生命を吹き込むような、愛して許すものが十分にはない。手紙には情愛がこもり、親身で、本心からの、わたしを心配することばがあふれてはいるけれど、でもその手紙はだれか、心が離れていって、わからなくなった人の書いたものなのよ。

これは非難かしら? ちがう、叱責よ、心からの叱責。そしてこの長い手紙は——はっきりいうわね——夜に向かって、北西に向かって、あなたに向かって呼びかけるものなの、わたしのところへ帰ってきて、と。ここへ来て、この膝に頭を埋めて、子どもがするように、むかしあなたがやったように、その鼻先をモグラのようにすり寄せてほしい、あなたが出てきた場所をもとめて。来て、とこの手紙はいっているのよ——あなたをわたしから切り離さないで。それが、わたしの第三のことば。

あなたがわたしから生まれたといえば、わたしは鯨の腹から生まれたといわずにすむ。

子どもなしで、わたしは生きられない。子どもなしで、わたしは死ねない。わたしは苦しみを産み出している。あなたの不在のなかでわたしが耐えているのは、苦しみ。わたしは苦しみなの。これは非難かしら？　そうよ。非難（ジャキューズ）しているの。わたしを捨てたことであなたを非難している。この非難をあなたに向かって投げつけているの、北西に向かって、吹きつける風に向かって。わたしの苦しみをあなたに向かって投げつけているのよ。ボロディノ――それは、わたしの知らない言語で「帰ってきて」のアナグラム。ディコナル――は「わたしは呼びかける」。

鯨の腹から吐き出された、形のゆがんだ、意味ありげなことばたち。娘。

夜中に「ライフライン」に電話をかけた。「宅配ですか？」と女性はいった――「宅配をしているのはいまでは『ストゥッタフォーズ』くらいですよ。『高齢者向け給食宅配サービス』を試してみますか？」

「料理をするのは問題ないんです。料理は自分でできますから。やってほしいのは食材の配達です。ものを運ぶのが不自由なんです」

「電話番号を教えてください、ソーシャルワーカーに連絡して、朝になったらお電話するよう伝えますから」と彼女はいった。

わたしは受話器を置いた。

終末がギャロップで駆けてくる。丘を駆け降りるとき、速度がいや増すことを計算に入れなかった。道行きをすべて、並足で歩いていけると思い込んでいたのだ。ちがった、まったく、ちがった。

終焉(しゅうえん)の訪れ方には、どこか品位を貶(おとし)めるものがある——おのれにとってのみならず、わたしたちがおのれに対し、人間に対し、こうと思うものにとって、品位を貶めるものが。暗い寝室に横たわり、おのれ自身の混乱のなかで、なすすべもない者たち。雨降る生け垣のなかに横たわる者たち。あなたにはまだ、わからないわね。ファーカイルならわかる。

ファーカイルがまた姿を消した。犬を残して。ファーカイルのことは残念だわ。オデュッセウスでもなく、ヘルメスでもなく、ひょっとするとメッセンジャーですらないのかも。まわりを旋回する者。優柔不断、風雨に鍛えられた外見とは裏腹に。

そしてわたしは？ ファーカイルが試験をしくじったというなら、わたしの試験はなんだったのだろう。わたしの試験は「虚言の館」の正面で焼身する勇気があるかないかだったのか？ その瞬間なら、心のなかで幾度となく超えてきた。マッチを擦るその瞬間、燃えあがる音がやさしくこの耳をあおり、ひどく驚きながらも喜々として、わたしは炎のなかに座っている。無傷のままで。燃える服が焼け焦げることはなく、炎はひんやりと冷たい青。人生に意味をあたえるのはこんなに簡単なことか、と驚きながら思い、最後の瞬間にすばやく考える、睫毛(まつげ)に、眉毛に炎が移って、そしてなにも見えなくなる前に。そしてそのあとは、思考は消えて苦痛あるのみ（どんなものにも代償はついてまわるのだから）。

　苦痛は歯痛よりひどいだろうか。産みの苦しみよりも？　この腰の痛みよりも？　産みの苦しみを二倍にしたものよりも？　それを鎮めるために、ディコナルを何錠飲めばいいのだろう。ガヴァメント街へ車を走らせ、チェーンをすり抜ける前にディコナルをありったけ飲み下すとしたら、それは正々堂々と行動することになるのだろうか？　人は意識をしっかり覚醒させて、十分に自分自身でありながら死ななければならないのか？　人は知覚を麻痺させずに、おのれの死を産み出さなければならないのだろうか？

　真実は、そのような衝動にはかならず偽りがあったということ、たとえどのような憤怒、絶望に答えるためのものであろうと、そこには深い偽りがあったということだ。何週間も何カ月も、痛みと恥の煉獄のなかで、ベッドに横たわって死ぬことがわたしの魂を救わないなら、炎の柱に包まれて二分で死ぬことが、なぜ救いとなるのか？　病んだ老女が自殺したからといって、はたして虚言がやむのか？　だれの人生が、どのように変わるというのか？　わたしの思いはしきりに、フローレンスへともどっていく。もしもフローレンスがホープを連れて、ビューティーを背負ってそこを通りかかったら、彼女はその光景に胸を打たれるだろうか？　ちらりと見やることがあるだろうか？　奇術師、道化師、芸人、フローレンスならそう思う——真面目な人ではない、と。そして大股で立ち去る。

真面目な死である、とフローレンスの目に映るには、どうすればいいのだろう？　どうすれば彼女の承認を得ることができるのだろう？　答えは——その死が、敬意を払うべき労働の人生に報いるものであること、でなければ、おのずと訪れるものであること、あらがいがたく、なんの前触れもなく、雷鳴のように、眉間の銃弾のように。

フローレンスが裁判官なのだ。眼鏡の後ろでその目は、平静に、すべてを吟味している。その平静さはすでに娘たちにも受け継がれている。法廷はフローレンスのものであり、吟味されるのはこのわたしなのだ。もしも、わたしが生きるこの人生が審査されたものであるというなら、それは十年におよぶフローレンスの法廷で、わたしが審査されてきたからなのだ。

「消毒薬（デットル）、ない？」

彼の声に、わたしは飛びあがった。台所に腰をおろして書いていたから。彼の、とは少年のこと。

「二階へ行って。バスルームのなかを探して、右手のドアよ。洗面台の下の棚のなかを見て」

水のはねる音がして、やがて少年が降りてきた。包帯は解かれていた、なんと縫合の糸がそのまま残っているではないか。

「抜糸してくれなかったの？」

彼は首をふった。

「でも、病院を出たのはいつなの？」

「きのう。おととい」

なぜ嘘をつかなければならないのか。

「なぜ病院にいて、手当してもらわなかったの？」

答えはない。

「その傷は出しっぱなしにしちゃだめよ。でないと、感染して傷痕が残ってしまうわ」

額に鞭のような傷痕をつけてすごす、残りの人生。記念の傷（メメント）というわけか。

いったい、わたしにとってこの少年はだれ？　こうるさい小言をあびせなければと思うこの相手は？　そうはいっても、ぱっくり開いた傷口を指でふさいで、血が流れ出るのを止めたのはこのわたしだ。母性への衝動はなんと長く尾を引くものか！　ひよこを亡くした鶏が、黄色い毛に、平らな嘴をした、見まごうことなきアヒルの子を引き取って、砂の浴び方、ミミズの突き方を教えようとするようなものだ。

わたしは赤いテーブルクロスをさっと振り広げて、それを切りはじめた。「この家に包帯はないの。でも、これはとても清潔だから、赤いのが気にならなければ」そういって、わたしは彼の頭のまわりに、細い布を二重に巻きつけて、後ろで結んだ。「すぐにお医者さんのところか、クリニックへ行って、抜糸してもらわなきゃ。そのままにしておいちゃいけないわ」

少年の首筋は、火かき棒のように硬直していた。彼から出る臭い、この臭いが犬を駆り立てたにちがいない――緊張感、恐怖心。

「頭は触っても痛くない」咳払いをしながら彼はいった。「でも、腕が」――彼は肩をゆっくりと、慎重に動かした――「腕は吊っていなくちゃ」

「ねえ、だれかに追われてるの？」

少年は黙っている。

「真面目に話をしたいの。あなたがたにはこういうことはまだ若すぎる。ベキにもいったんだけれど、あなたにも、もう一度いっておくわ。ちゃんと聴かなきゃだめ。わたしは年寄りだから、自分がなにをいっているかわかっているの。あなたがたはまだ子どもよ。人生の可能性を知らないうちに、自分の人生を投げ出そうとしている。あなた、いくつ――十五歳？　十五歳じゃ死ぬのはまだ早い。十八でも早すぎる。二十一だって早すぎるの」

彼は立ちあがり、指先で赤い包帯をさっと撫でた。記章だ。騎士道の時代、男たちはほかの男たちを叩き切って殺した。その兜に女たちがつけた記章をはためかせながら。この少年に分別を説いてもむだだ。戦闘をもとめる、強い、内なる衝動が彼を駆り立てている。戦闘――弱者を一掃し、強者のために仲間を供する造化の手法。栄光に包まれて帰還し、望みのものを手に入れるのだ。血糊と栄光、死と性。そしてわたしが、ひとりの老女が、死にかけの老婆が、この少年の頭のまわりに記章を結んでいる！

「ベキはどこ？」

わたしはまじまじとその顔を見た。いったことが理解できなかったのだろうか。忘れたのか。「座って」とわたしはいった。

少年は座った。

わたしはテーブル越しに身を乗り出した。「ベキは地面のなかよ。彼は箱に入れられて、穴のなかに降ろされ、そのうえから土が盛られた。その穴から出てくることは決してできない。決して、決して、決して。わかってちょうだい——これはサッカーみたいなゲームじゃないの、倒れたら起きあがってまたプレーできるようなものじゃないの。あなたが相手にして闘っている男たちは『あいつはただの子どもだ、子ども用の銃弾で撃とう、玩具の銃弾で』なんて声を掛け合ったりしないの。彼らはあなたのことを子どもだなんて思っていない。敵だと思っている、あなたが彼らを憎むのとそっくりおなじように、あなたを憎んでいる。あなたを撃つことに良心の咎めなど、これっぽっちも感じない——むしろ逆に、あなたが倒れれば喜々として微笑み、銃床にまたひとつV字の刻み目をつけるだけなんだから」

少年はわたしを睨み返してきた。まるでわたしが彼の顔を、何度も何度も殴りつけているみたいに。それでも少年はあごを強ばらせ、口もとをきっと結んで、ひるむことを拒んだ。その眼球のうえには、あの曇った膜。

「彼らの規律などたいしたものではない、そう思っているでしょ。それは間違いよ。彼らの規律はとてもよくできているわ。かろうじて、あなたがた男の子の最後のひとりまで皆殺しにするのを阻んでいるものは、思いやりなんかじゃない。同情でもない。それは規律よ、それ以外のなにものでもない——上からの命令、いつでも変わりうる命令よ。同情なんか窓から投げ捨てられたの。これは戦争よ。わたしのいうことをちゃんと聴きなさい！　自分のいっていることはわかっているの。わたしがあなたを闘争から引き離そうとしている、そう思ってるのね。そう、そのとおりよ。わたしがやろうとしているのはそれ。待ちなさい、あなたは若すぎる——そういっているのよ」

彼は落ち着きなく身体を動かした。話し合い、話し合いか！　話し合いは彼の祖父母の世代を、両親の世代を、その重圧で押しつぶした。嘘、約束、甘言、脅し——ありとあらゆる話し合いの重圧の下を、彼らは身を屈して歩いたのだ。この子ではない。この子のほうは話し合いをかなぐり捨てた。話し合いに死を！

「闘いのときだ、とあなたがたはいう。勝つか負けるか、はっきりさせるときだ、と。勝つか負けるか、それについて、わたしにも少しいわせてちょうだい。その、か、の部分について。いい、よく聴いて。

わたしは病気なの、知ってるわね。どこがわるいか、知ってる？　わたしはガンなのよ。この人生で耐えてきた恥が積もり積もってガンになった。ガンというのはそんなふうにしてなるの——自己嫌悪から身体が悪性のものに転じて、おのれ自身を食い荒らしはじめる。

あなたは『恥や憎しみのなかで自分を破壊してなんになるのさ。あなたがどう感じてるかなんて話は聞きたくない、そんなこと関係ないだろ、それより、なにかやったらどうなの？』という。そういわれたら、わたしは『そう』というわ。『そうよ』という。『はい』と。

　あなたにそんな質問をされたら『はい』としか答えようがないわ。でも、いわせてほしいの、『はい』と口にするのはどんな気がするものか。それは自分の生命を左右する裁判にかけられて、尋問には『はい』か『いいえ』しか答えてはいけない、といわれるようなものなのよ。なにかいおうと息を吸い込むたびに、裁判官から――『はい』か『いいえ』だけです――それ以外話すことは許可できません、と警告される。かりに『はい』と答える。でも絶えず、ほかのことばが自分のなかで、子宮内の生命みたいに、微かに動いているのを感じる。子どもが蹴るのとは、ちょっとちがう、まだそこまでは至っていない、もっと初期に、深い奥まりで感じられる微かな動き、女が妊娠したときに感知するものに似ているの。

　わたしのなかにあるのは死だけではないのよ。生もあるの。死のほうが強くて、生は弱いけれど。でもね、わたしの責務は生に対するものよ。それを生かしておかなければならない。絶対にそうしなければ。

　あなたはことばを信じていないわね。殴るほうがリアルだと思ってる、殴打と銃弾。でも聴いて――わたしが話していることばは、リアルだと思えない？　聴いて！　声は空気にすぎないかもしれない、でもそれはこの心から出ている、この子宮から。それは

『はい』ではない、『いいえ』でもない。わたしのなかで生きているのはなにか、ほかのもの、別のことばなの。わたしはそのために闘っている、わたしなりに、それが窒息させられないよう闘っているの。まるで中国の母親みたいに、生まれた子どもが娘だったら、その子は取りあげられて、間引きされるのを知っている母親みたいに。必要なのは、家族が必要とするのは、村が必要とするのは、腕っ節の強い息子だから。彼女たちは知っている――出産後、部屋にだれかが入ってきて、顔を隠したまま、産婆の手から子どもを取りあげ、有用な性でなければ、気遣いからか背を向けたまま、ちいさな鼻をつまみ、あごを押さえて、そうやって窒息させることを。一分もかからずにすべてが終わる。泣きたければいくらでも泣きなさい、と母親は後から告げられる――深く悲しむのは、しごく当たり前だと。でも訊ねてはいけない――この、息子と呼ばれるものはいったいなにか、死ななければいけない娘と呼ばれるものはいったいなにかと。

誤解しないで。あなたは息子よ、だれかの息子。わたしは息子たちに反感をもっているわけではないの。でも、生まれたばかりの赤ちゃんを見たことがある？　男の子だか女の子だか、見分けなんてつかないんだから。どの赤ちゃんも両脚のあいだの見かけはおなじ、ぷっくりしていて襞があるだけ。男の子の特徴といわれる鶴口、巻き髭にしたって、たいしたことはないのよ、本当に。生と死を分つ差異はごくごく些細なもの。でも、ほかのものはすべて、曖昧なものはすべて、強く押せば譲るものはすべて、弁明の余地なく廃棄される。わたしが問題にしているのはその、弁明の余地すらあたえられないことなのよ。

　老人の話にたいくつしてるわね、わたしにはわかるわ。早く一人前の男になりたくて、男の仕事がしたくてうずうずしている。人生のための準備に飽き飽きしている。人生そのものを始めるときだ、そう思っているのね。ひどい間違いよ、それは！　人生は、棒や、ポールや、旗や、銃についていくことじゃないの、そんなものがどこかに連れていってくれると思ったら大間違い。人生はこれからやってくるものじゃないのよ。あなたはもう、人生のただなかにいるの」

　電話が鳴った。

「だいじょうぶ、出るつもりはないから」とわたし。

　黙って、わたしたちは電話のベルが鳴りやむのを待った。

「まだ名前をきいてなかったわね」

「ジョン」

　ジョン――偽名（ノン・ドウ・ゲール）だ、明々白々。戦争用（ゲール）の名前（ノン）。

「これからのプランは？」

　意味がわからなかったらしい。

「これからどうするつもり？　ここにずっといたい？」

「家に帰らなくちゃ」

「家ってどこ？」

彼は頑固にわたしを睨み返した。疲れすぎてもうひとつ別の嘘を思いつけないのだ。ささやくようにわたしはいった。「かわいそうな子」

スパイするつもりはなかった。でも、わたしは部屋履きのままだった。フローレンスの部屋のドアは開いていて、彼は背中をこちらに向けていた。ベッドのうえに座って、一心不乱に手のなかのものをいじっていた。わたしの気配を聞きつけるとぎくっとして、それをベッドカバーの下に突っ込んだ。

「そこに持ってるのはなに？」

「なんでもない」そういいながら、少年はいつものぎこちない眼差しでわたしを睨んだ。

床に、壁から引き抜かれた副木（そえぎ）が置かれ、漆喰を塗っていない煉瓦がのぞいているのに気づかなければ、それ以上問いつめたりしなかっただろう。

「どうするつもり？　なぜ部屋を壊すの？」

少年は黙っていた。

「隠しているものを見せなさい」

彼は首をふった。

目を凝らして壁を見た。積まれた煉瓦のあいだに大きな穴が開いている。換気口がついていた場所だ。その穴に手を入れると、床板の裏まで届きそうだ。

「床の下になにか入れてるの？」

「なにも入れてないよ」

フローレンスが置いていった電話番号をまわした。子どもが出た。「ミセス・ムクブケリをお願いします」とわたしはいった。沈黙。「ミセス・ムクブケリ。フローレンスを」

つぶやき声が聞こえて、女の人が出た——「どなたに御用ですか？」

「ミセス・ムクブケリ。フローレンスです」

「ここにはいません」

「わたしはミセス・カレンです。ミセス・ムクブケリは以前わたしのところで働いていました。彼女の息子さんのお友だちのことで電話しています。自分ではジョンと名のっていますが、本当の名前はわかりません。重要なことです。もしフローレンスがいないなら、ミスター・タバーネと話ができますか？」

ふたたび長い沈黙。それから男の声——「タバーネですが」

「カレンです。お会いしたことがありますが、おぼえてらっしゃいますね。ベキの学校友だちのことで電話しています。ひょっとしたらご存じないかもしれませんが、でも、彼は病院に入っていました」

「知っています」

「いま彼は病院から出て、あるいは逃げ出して、ここに来ています。間違いなく、なにか武器のようなものをもっています、それがなにかはよくわかりませんが。彼とベキがフローレンスの部屋に隠していたにちがいありません。それでここへ、あの少年はもどってきたんだと思います」

「ええ」そっけない返事だった。

「ミスター・タバーネ、あの少年に対して睨みをきかせろとお願いしているわけではありません。でも彼は具合がよくない。ひどい怪我をしています。それにあの子は感情的に不安定な状態にあると思うのです。彼の家族にどうやって連絡をとったらいいかわからないし、ケープタウンに家族がいるかどうかさえわからない。あの子がいおうとしないからです。わたしがお願いしているのは、だれかがここへ来てあの子と話をすることです。だれかあの子の信頼できる人に、あの子を連れていってもらうことです、なにか起きないうちに」

「彼が感情的に不安定な状態にある、というのはどういう意味ですか?」

「あの子には助けが必要だということです。自分の行動に責任がとれないのではないか、ということです。頭を打っているわけですから、そういうことです。ようするに、わたしには面倒は見きれない、わたしの力にあまります。だれかに来てもらわなければ、どうしても」

「考えてみます」

「いいえ、それでは不十分です。約束してください」

「彼を連れにいくようだれかに頼んでみます。でも、それがいつになるか、いまははっきりいえません」

「今日は？」

「今日とはっきりはいえません。今日かもしれないし、明日になるかもしれない。考えてみます」

「ミスター・タバーネ、ひとつだけはっきりさせてください。この少年にしろ、ほかのだれにしろ、その人生をどうこうすべきだと指図するつもりはありません。十分な年齢ですし、自分のやることは自分で決める頑固さもある。でもこの殺し合い、同志の絆（コムラッドシップ）という名の、この流血については心底、わたしは嫌悪します。野蛮だと、そう思います。それがわたしのいいたいことです」

「電話の回線がよくないですね、ミセス・カレン。声がとてもちいさい、とてもちいさくて、とても遠くに聞こえます。こちらの声が聞こえているといいのですが」

「聞こえますよ」

「よかった。それではいわせてもらいますが、ミセス・カレン、あなたは同志の絆について、よくわかっていらっしゃらない」

「よくわかっていますよ、おことばですが」

「いや、わかっていない」その声は確信に満ちていた。「もしもあなたが身も心もこの闘争に投じていたら、この若者たちがそうしているように、たがいに自分の生命をためらうことなく投げ出す覚悟ができていたら、そのときできる絆は、それ以後あなたが知るどんなものより強いものになる。それが同志の絆です。毎日この目で見ているんです。わたしの世代にはそれに比肩するものがない。それが、彼らのために、若者のために、わたしたちが道をあけて後ろへ下がらなければと思う理由です。後ろへ下がりはしますが、でも、彼らを支援します。あなたが理解できないのはそこでしょう、理由はあなたがひどく遠くにいるからです」

「わたしは遠くにいますよ、もちろん。遠くにいて、ちっぽけ。それでも、その同志の絆とやらがわかりすぎているのではないかと、不安にかられます。ドイツ人には同志の絆がありましたし、日本人にも、スパルタ人にもありました。シャカの戦士団(インピ)[*1]にも確かにあったと思います。同志の絆というのは、死の神秘的解釈にほかなりません。殺すことに、死ぬことに、仮面をかぶせて偽装させることですよ、あなたが絆と呼ぶものは(なんの絆? 愛? ちがうわね)。この同志の絆にわたしはいかなる共感も感じません。あなたは間違っています、あなたもフローレンスもだれもかれも、そんなものに騙されて、もっとわるいことに子どもたちにそれを奨励している。それは、あの身も凍るような、排他的で、死に急ぐ、男の構築物のひとつにすぎません。それがわたしの意見です」

ふたりのあいだに、さらにことばが交わされたけれど、ここでくり返す気にはなれない。わたしたちは意見を交換した。そして、たがいが異なることを認め合った。

午後はのろのろと過ぎていった。だれも少年を連れにこない。わたしはベッドに横になり、薬のせいでふらふらになりながら、クッションを背中に当て、痛みを和らげようと、あれこれ微調整を試みた。眠りたい一心で、ボロディノの夢をひどく怖れながら。

空気の密度が増して、雨が降り出した。詰まった雨樋からひっきりなしに雨滴が垂れていた。階段の踊り場に敷いたカーペットから、猫の尿の臭いが漂ってきた。墓だ――ブルジョワ末期の墓、そう思った。頭はあちこち向きを変える。枕のうえの白髪、洗われない、つやのない痩せた毛。そしてフローレンスの部屋では、深まる暗がりのなかで、少年が仰向けになって横たわっている。その手に爆弾か、それらしきものを握りしめて。いまや曇りなく澄んだ目を、大きく見開き――考えている、というより、思い描いているのだ。ついに決意して立ちあがる、栄光に満ちたその瞬間を思い描いている。おのれに目覚めて、精気にあふれ、高揚して、力湧き、神々しく変身する瞬間を。炎の花が開花するとき、煙の柱が立ちのぼるとき。爆弾を護符のように胸に抱いて――クリストファー・コロンブスが船室の暗闇で、胸にコンパスを抱いて横たわっていたように。コンパスはインド諸国へ、祝福された者の島へと彼を導く秘儀の道具。両手を差し伸べ歌いかける、胸もあらわな乙女の群れに向かって、彼は浅瀬を渡っていく。胸に、決してぶれることなき針を構えて。その針は永遠に一方向を指し示す。未来だ。

哀れな子！　かわいそうな子！　知らないうちに涙がこみあげてきて、視界がぼやけ

＊1　軍事戦略の才にたけた、十九世紀初頭のズールーの首長。

た。かわいそうなジョン、むかしならガーデンボーイになって、お昼ご飯にジャムつきパンを裏手のドアのところで食べ、ブリキの缶から水を飲むと運命づけられていた者がいま、すべての侮辱され不当に扱われた者、踏みつけにされた者、嘲笑された者のために、南アフリカのすべてのガーデンボーイのために闘っているのね！

朝まだきの寒さのなかを、中庭へ入る門をこじ開けようとする音が聞こえた。ファーカイルだ、ファーカイルが帰ってきた、と思った。すると、ドアベルが鳴った。一度、二度、長々と、有無をいわせぬ調子で、せっかちに鳴らしている、ファーカイルではない。

いままでは階下に降りるまでに何分もかかる、とりわけ錠剤のために頭が朦朧としているときは。薄闇のなかを這うように降りていくあいだも、彼らはベルを鳴らしつづけ、ドアを叩きつづけた。「いま行きます！」あたうるかぎり大きな声で、わたしは叫んだ。

しかし動きはあまりにのろい。中庭の門がばたんと開く音が聞こえた。台所のドアを烈しく叩く音、そしてアフリカーンス語で話す声。それから石に石を打ちつけるような、くぐもった、聞き取れないほどの銃声。

一瞬しんとなり、そこへくっきりと響いてきたのは、ガラスを割るチャリンという音。「待って！」と叫んで、わたしは台所のドアに向かって走った、本当に走っていた――自分のなかに、そんな力がまだあるなんて。「待って！」ぴしゃりと平手をガラスに打ちつけ、スライド錠と鎖をまさぐりながら、叫んだ——「なにもしないで！」

ベランダに青いオーバーコートを着た人物が、こちらに背を向けて立っていた。わたしの声が届いたはずだが、振り向きもしない。

なんとか最後のスライド錠を引き、思い切りドアを開け放って、わたしは彼らの面前に出た。ガウンをはおるのも忘れ、足は裸足、白い寝巻きで突っ立った姿は、どう見ても、死者の群れからよみがえった死体だ。「待って！　まだなにもしないで、彼はただの子どもよ！」

彼らは三人だった。二人は制服姿。三人目は胸にトナカイの群れが走るプルオーバーを着て、ピストルを、銃口を下に向けて構えていた。「あの子と話をするチャンスをちょうだい」そういってわたしは、夜間にできた水溜まりを蹴散らした。彼らは驚いたようにわたしを凝視したが、止めようとはしなかった。

フローレンスの部屋の窓が粉々になっている。部屋のなかは真っ暗だ。それでも穴から透かして見ると、ベッドわきのいちばん奥に、身を屈めている人影を見分けることができた。

「いい子だから、ドアを開けなさい。あなたを傷つけるようなことはさせないから、約束するわ」

嘘だ。彼は助からない、救い出す力はわたしにはない。それでも、彼に対してわたしから、なにかが流れ出てくる。なんとしても彼を抱きしめ、護ってやりたかった。

そばに警官がひとりあらわれ、壁にぴたりと身を寄せた。「出てくるようにいってください」と警官。わたしは激怒して振り向いた。「出てって！」と金切り声で叫んだせいで、咳の発作に襲われた。

太陽が昇ってくる、バラ色に、空いちめんに走る雲を染めて。

「ジョン！」咳き込みながらわたしは叫んだ。「出てらっしゃい！　彼らにはなにもさせないから」

と、プルオーバーの男がわたしのそばに来ていた。「武器を渡すよう彼にいってください」低い声だ。

「どんな武器？」

「ピストルを持ってる、ほかはわからない。すべて渡すようにいって」

「まず、あの子を傷つけないと約束して」

男の指がわたしの腕をつかんだ。わたしは抵抗したが男のほうがはるかに強い。「こんなふうに外に出ていたら肺炎になりますよ」と男はいった。背後から不意になにかがわたしに着せかけられた——コートだ、オーバーコート、警官たちが着るオーバーコートだ。「彼女をなかに連れていけ（ネーム・ハール・ビンネ）」押し殺すような声で男はいった。台所に連れもどされたわたしの目の前で、ドアが閉まった。

腰をおろし、また立ちあがった。コートは煙草の悪臭がぷんぷん。それを床に落としてドアを開けた。足は寒さで真っ青だ。「ジョン！」と叫んだ。三人の男たちが一台の無線機のうえに屈み込んでいる。わたしにコートをくれた男が、苛立たしげに振り向いた。「外は危険です」といって、男はまたしてもわたしを屋内へ押し込んだはいいが、ドアをロックする鍵を見つけられない。

「あの子はまだほんの子どもなのよ」

「われわれに任務を遂行させてください、奥さん」と男は答えた。

「しっかり見ていますからね、あなたがたがやることは全部、しっかりとこの目で。あの子はまだほんの子どもなのよ、嘘じゃない！」

　男は息を吸い込み、返事をするかに見えたが、吐き出したのはため息。わたしに勝手にしゃべらせておくつもりなのだ。瘦身だが、がっしりした、若い男。だれかの息子だ、親戚も大勢いるのだろう。大勢のいとこ、大勢の叔母、叔父、大叔母、大叔父が、彼のそばに、彼の後ろに、彼のうえに合唱隊のように立って、導き、あれこれ忠告している。

　わたしになにがいえる？　両者の交流を可能にする、どんな共通項があるのか？　この男がここにいるのは、百歩譲って、わたしを護るためであり、わたしの利益を護るためという以外なにもないのだから。

「わたしはあなたの側にはいないの（エク・スターン・ニ・アーン・ヤウ・カント・ニ）。反対側に立っているの（エク・スターン・アーン・デイ・テーンカント）」とわたしはいった。反対側に立っているのだ。でもそれは彼岸でもあり、川の向こう岸でもある。はるか向こう岸に立って、振り返って見ているのだ。

　男が向こうを向いて、コンロ、シンク、棚を調べながらこの老婦人（ディ・アウ・ダーメ）にかかりきっているあいだ、外ではその仲間たちが任務にいそしむ。とりわけ珍しくもないことだ。

「それだけ。もう終わりなのよ、わたしは。どっちにしても、あなたに話していたわけじゃないけど」

ではいったいだれに？　それは、あなた――いつだって、あなたに向かってなの。どのようにわたしは生きているか、どのように生きたか――わたしの物語。

ドアベルが鳴った。増員された男たちだ。ブーツに帽子、迷彩服の男たちが、どかどかと家のなかに入ってきた。彼らは台所の窓のところに寄りかたまった。警官がフローレンスの部屋を指差して「やつは部屋にたてこもっている（ハイ・シット・ダール・イン・デイ・バイテカーメル）」と説明した。「ドアはこのひとつだけだし、窓もひとつだけだ（ダールス・ネット・ディ・エーン・ドウール・エン・デイ・エーン・フエンステル）」

「じゃあ、ふくろの鼠だな（ネー、ダン・ヘット・オンス・ホム）」と新参者のひとりがいった。

「警告しておくわ、あなたがたのすることは全部しっかり見ていますからね」とわたし。

警官がこっちを向いた。「この少年は知り合いですか？」

「ええ、知っています」

「武器を持っているのを知っていましたか？」

わたしは肩をすくめた。「このせつ神は武器を持たない者を加護なさる」

また別の者がやってきた。制服姿の若い女性、いかにも清潔で、てきぱきした感じを漂わせて。

「これが例のご婦人？（イス・デイット・デイ・ダーメ・デイー）」そういってからわたしに向かってこういった――「これから、

ほんのしばらく家のなかを片づけます、この任務が終わるまでです。どこか他所で、お友だちのところとか、ご親戚とか、行きたい場所はありませんか？」

「出ていくつもりはありません。ここはわたしの家です」

彼女の愛想の良さと心遣いは揺るがない。「わかっています。でも、危険すぎます、ここにいるのは。ほんのしばらくのあいだ、離れていてください、お願いします」

窓のところの男たちはいまや、ぴたりと口をつぐんでいる——わたしが立ち去るのを、いまかいまかと待っているのだ。「救急車を呼べ（ベル・デイ・アンビユランス）」とひとりがいった。「待って、署でちょっと待っていてもらうこともできますから（アハ、サイ・カン・ソメル・バイ・ディ・スター・スイ・ヴァハ）」といって彼女はこちらに振り向いた。「さあ来てください、ミセス……」わたしが自分の名前をいうのを待っているのだ。明かすものか。「温かくておいしいお茶もありますよ」と持ちかける。

「行きません」

わたしのいうことにはもう聞く耳もたず、まるで子ども扱いだ。「毛布を持ってこい（ハーン・ハール・アン・コンベルス）」と男がいった——「この人、寒さでほとんど真っ青だ（サイス・アンバル・ブラウ・ファン・ディ・カウエ）」

女は二階へあがり、わたしのベッドからキルトを取ってもどってきた。それでわたしをくるみ、抱きしめ、それからわたしが室内履きをはくのを手伝ってくれた。わたしの脚にも、足にも、少しも嫌悪感を見せない。良い女性だ、良き妻となるべく養育されて。「なにか錠剤とか、薬とか、ほかのもので、いっしょに持っていきたいものはありませんか」と質問してきた。

「出ていくつもりはありません」椅子を固く握りながら、わたしはおなじ答えをくり返した。

ひそひそと、女と男たちのあいだでことばが交わされた。いきなり、警告もなく、背後からわたしは脇の下を持ちあげられた。女が脚をつかんだ。カーペットを運ぶように、彼らはわたしを正面のドアまで抱えていった。痛みが背中を直撃した。「降ろしなさい！」わたしは叫んだ。

「すぐですから」なだめるように女がいう。

「ガンなのよ！」金切り声でわたしは叫んだ——「降ろしなさい！」

ガンなのよ！　このことばを彼らに投げつけてやれる、なんという喜び！　ことばはナイフのように、彼らをその場に釘づけにした。「下に降ろせ（シット・ハール・ネール）、ひょっとすると、まずいことになるかもしれない（ダルク・コム・ハール・イーッ・オール）」わたしを抱えていた男がいった——「だから、救急車を呼べといっただろ（エク・ヘット・モス・ヘーセ・ヤイ・ムート・ディ・アンビュランス・ベル）」彼らはきわめて慎重に、わたしをソファのうえに横たえた。

「どこが痛いんですか？」顔をしかめながら、女が訊ねた。

「心のなか」とわたし。狐につままれたような顔だ。「心臓にガンがあるの」それで納得、女はまるで蠅でも追い払うように頭をふった。

「持ちあげられると痛みますか？」

「四六時中、痛いわよ」

わたしの背後にいる男に、女は目配せした。両者のやりとりに、なにかひどく可笑しなことがあったのか、女の顔に抑えきれない微笑みが浮かんだ。

「痛恨の器から飲んだためにガンになったのよ」わたしは突き進んだ。気がふれていると思われたって、かまいはしない。「あなたがただって、いつか、そうなるわ、きっと。逃げられやしないから」

ガラスを叩き割る音が聞こえた。ふたりが部屋から飛び出していった。わたしも立ちあがり、足を引きずりながらあとを追った。

二枚目の窓ガラスが消えただけで、なにも変わったことはない。庭は無人、いまや十数人に増えた警官たちがベランダにしゃがみ、銃を構えていた。

「行け（ヴエヘ）！」猛然とひとりが叫んだ。「彼女を連れて行け（クライ・ハール・ヴエヘ）！」

女がわたしを屋内へ押し込んだ。ドアを閉め切らないうちに、いきなり爆音がした。一斉射撃、それにつづく、衝撃のあとの長い静寂、そして低い話し声、どこからか、ファーカイルの犬の鳴き声が聞こえた。

わたしはドアを引き開けようとしたが、女にがっしりと押さえられていた。

「あの子を傷つけたら、絶対に許さないから」

「だいじょうぶです、もう一度電話して救急車を呼びます」といって、彼女はわたしをなだめようとした。

ところが救急車はすでに到着し、舗道のわきに停車していた。大勢の人たちが興味津々で四方八方から集まっていた。近所の人、通行人、老いも若きも、黒人も白人も。

フラットのバルコニーから人が見おろしている。女性警官とわたしが正面のドアから出ていくころには、毛布でくるんだ死体を運び出し、車寄せの小径を運んで、積み込むところだった。

その後ろからわたしは救急車に乗り込もうとした。救急隊員のひとりがわたしの腕を支えて、乗り込むのを助けようとさえした。しかし警官がそれを遮った。「待て、この人のためには別の救急車を手配する」といって。

「別の救急車なんか要りません」とわたし。彼は親切そうな、困ったような顔をした。「この子といっしょに行きたいの」そういってわたしは再度、乗り込もうとした。キルトが足もとに落ちた。

警官が首をふった。「だめです」彼が身ぶりで示すと、救急隊員がドアを閉めた。「神よ、われらを許したまえ！」とわたしはささやいた。キルトを身体にしっかりと巻きつけて、わたしはスクーンデル通りを歩きはじめた。そして群衆から遠ざかっていった。曲がり角に達する寸前、女性警官が後ろから追いかけてきた。「すぐにお家へ帰ってください！」命令口調だ。「もうわたしの家じゃないわ」怒りにまかせてそう答え、わたしは歩きつづけた。女性警官に腕をつかまれたが、振りほどいた。「頭がおかしくなってる（サイス・ファン・ハール・コプ・アフ）」彼女はだれにともなくそういうと、道を譲った。

バイテンカント通りの、立体交差の下側で、腰をおろして一息入れた。途切れることのない車の流れが、市街をめざして、淀みなく走っていた。わたしに一瞥をくれる者はない。ぼさぼさ髪にピンクのキルトをはおった姿は、スクーンデル通りではさぞや見ものだったはずだ。が、こうして瓦礫と汚物に混じれば、郊外に影のように貼りつく土地の一部にすぎない。

通りの反対側を男と女が徒歩で通り過ぎた。わたしの知っている女か？　ファーカイルが家に連れてきた女だろうか？　それともアヴァロン・ホテルやソリー・クラマー酒店あたりをうろつく女はみんな、あんなに荒れた、蜘蛛のような足をしているのか？　男のほうは口を縛ったビニール袋を肩に担いでいる、ファーカイルではない。

キルトを身体にしっかり巻きつけて、横になった。立体交差を行き交う車の震動音が、骨を伝って響いてくる。錠剤は家のなかだ、他人の手中にある家。錠剤なしで生き延びることができるだろうか。できはしない。でも、わたしは生き延びたいと思っているのだろうか。老いた動物の、無頓着な安らぎを感じはじめていた。ときが近いことを察して、寒さと、もの憂さに、地面の穴へ這い込んでいく動物。あらゆることが、緩慢な心臓の拍動に収斂していく穴のなかへ。コンクリートの支柱の裏で、三十年も陽の光が射さない場所で、痛まない側を下にして身をまるめ、痛みの拍動に耳を澄ませた。わたし自身の脈拍となってしまった拍動に。

うとうとしたにちがいない。ときが過ぎたのだ。目を開けると子どもがいた。わたしのそばにひざまずき、キルトの折り目のなかをまさぐっている。その手がわたしの身体をはいまわった。「なにもないわよ」そういおうとしたが、義歯がずれていた。せいぜい十歳、坊主頭に裸足、険しい目をしている。その子の後ろに仲間がふたり、こっちはもっと幼い。わたしは義歯をはずした。「ほっといて」といった。「わたしは病気なの、病気がうつるわよ」

ゆっくりと彼らは後ずさり、鴉のように、立って待っていた。

わたしは膀胱をからにする必要を感じた。こらえきれず、横になった場所で放尿した。寒くてよかった、そう思った、寒さで無感覚になっていてよかった——すべてが安楽な誕生へ向かって、ともに動いていく。

少年たちがまた寄ってきた。その手にまさぐられるのを待ち受けた。もうどうでもいい。唸りをあげる車輪の音が、子守唄のように耳を揺すった。蜜蜂の巣に眠る幼虫のように、旋回する世界の唸りのなかに吸い込まれた。ぎっしりとノイズの詰まった大気。接触することなく行き交う幾千もの羽根。どうやってそんなスペースが確保できたのだろう。どうすれば天空には、逝った者すべての魂を容れるスペースが確保できるのだろう。それは、マルクス・アウレリウスがいうように、魂はたがいに融合するから——燃えて、融け合って、そのようにして、おおいなる周期へと回帰するからだ。

死、そしてまた死。蜜蜂の灰。

キルトのへりが引き剝がされた。両まぶたに光が当たって、頬に冷たさも感じられた。涙が伝っていた。なにかが唇のあいだに押しつけられ、歯茎のあいだにねじ込まれた。喉が詰まり、身を引こうとした。薄暗がりのなかで、三人の子どもがわたしのうえに寄りかたまっている。ほかにも何人か、後ろにいたかもしれない。この子たちはなにをしようとしているのか。わたしが手を押しのけようとすると、その手にいっそう力が加わった。喉から不気味な音が出た。木を引き裂くような、渇いた擦音。手が引っ込んだ。「やめて——」といったが、腫れた口蓋のせいで、ことばにならない。

なにをいいたかったのだろう。「そんなことしないで！」あるいは「なにも持っていないのがわからないの？」それとも「慈悲というものがないの？」だったのか？　ばかばかしい。なぜ、この世に慈悲がなければならないの？　甲虫のことを思った。あの大きな黒い甲虫たちが、背中をまるめて、かすかに脚を振り動かしながら死んでいくところを。そのうえにたかった蟻が、甲虫のやわらかい部分をかじり、関節、眼球と、その肉をむしり取っていく。

棒切れだ。その子がわたしの口に押し込んだのは、長さ数インチのただの棒切れ。口中に残った粉塵の味でわかった。

棒の先でその子はわたしの上唇を持ちあげた。わたしは身を引いて、唾を吐こうとした。無表情のままその子は立ちあがった。裸足の足がわたしを蹴り、小石まじりの埃の雨が顔を打った。

車が通りかかって、ヘッドライトの光のなかに子どもたちのシルエットが浮かびあがった。彼らはバイテンカント通りを移動しはじめた。闇がもどった。

こんなことが、本当に起きたのか？　そう、起きたのだ。それについてはもういうべきことはない。ブレダ通り、スクーンデル通り、フレーデ通りの目と鼻の先で、それは起きた。一世紀前にケープタウンの名士たちが、おのれとその子孫のために、永代にわたる、広々とした邸宅を建てるべく命令をくだした場所で。やがてはその暗い影のなかで、身から出た錆となっておのれに跳ね返る日が来るとは、予見だにせず、毫も。

頭のなかに霧が立ちこめて、意識が朦朧となった。震えがきて、周期的なあくびの発作に襲われた。しばらく意識を失った。

と、なにかが顔を嗅ぎまわっていた——犬だ。手で追い払おうとしたが、犬はその指をうまくかわした。したいようにさせた。犬の濡れた鼻先より、嗅ぎまわる鼻息より、もっとわるいものがあるのだから、と思って。顔くらい舐めさせておこう、唇も舐めるがいい、塩辛い涙も。キスだ——そんなふうに見ようと思えば見えたかもしれない。犬といっしょにだれかいる。臭いで、だれだかわかったのか？ ファーカイル？ それとも、通りをうろつく人間はみんな朽ち葉の臭いがするのか？ 分厚い灰のなかで腐っていく下着の臭いがするのか？ 「ミスター・ファーカイル？」かすれ声でいうと、犬がはしゃいで鼻を鳴らし、わたしの顔に向かって思い切り、大きなクシャミをした。

マッチの火が点いた。そう、それはファーカイルだった、帽子もなにもかも。「だれがあんたをこんなところに放置したんだ？」と彼。「自分で」という声が、ひりつく口蓋を通過していった。マッチが消えた。また涙があふれて、犬がそれをしきりに舐めた。

高い肩甲骨とカモメのように狭い胸をしたファーカイルに、そんな力があるとは思いもよらなかった。しかし彼はわたしを、濡れ物ごと抱きあげて運んでいった。わたしは思った——男に最後に抱きあげられたのは四十年もむかしのこと。背の高い女の不運だわ。こんなふうに物語は終わるのだろうか——強い腕に抱かれて、砂地を横切り、浅瀬を渡り、砕け散る波を通って、さらに暗い深みへと進んでいくのだろうか？

立体交差から遠く離れて、至福の静けさのなかにいた。なんと、すべてが突然、はるかに耐えやすいものになっている！　痛みはどこ？　痛みもまた機嫌をなおしたのだろうか？「スクーンデル通りにはもどらないで」命令口調でわたしはいった。

街灯の下を通った。彼の首筋の筋肉が緊張しているのが見えて、息づかいが速まるのがわかった。「少し下に降ろして」とわたし。わたしを降ろして彼は休んだ。その肩からはらりと上着が落ちて、大きな翼が生え出すときは、いつやってくるのだろう？

バイテンカント通りをわたしは運ばれ、フレーデ通りを、その名も「平和通り」を横切り、それから歩調はさらにゆっくりとなって、ひと足ごとに探るように、小暗い樹木の茂る場所へ入っていった。枝々を透かして、かすかに星が見えた。

彼がわたしを降ろした。

「会えて本当によかったわ」本心から出た、心からのことばだった。「あなたが来る前に、子どもたちに襲われたの。襲われたというか、暴力を受けたというか、探索されたというか。それで、こんな変なしゃべり方になったのよ。口のなかに棒切れを突き込まれたんだけれど、理由がまだわからない。なにが面白いのかしら、あんなことをして」

「金歯が欲しかったのさ。質屋に持っていけば、金歯は金になる」

「金歯？　おかしいわね。金歯なんか一本もないのに。とにかく歯ははずしたわ。ほら」

暗闇のなかから、どこからともなく彼は段ボールを取り出した。段ボール箱をつぶして平らにしたものだ。それを広げて、わたしが横になるのを助けてくれた。それから、急ぎもせず、儀式もないまま、わたしに背を向けて、彼も横になった。ふたりの脚のあいだに犬が身を落ち着けた。

「キルトを少しかける？」とわたし。

「だいじょうぶ」

ときが過ぎた。

「ごめんなさい、ひどく喉が渇いているの」ささやくようにわたしはいった。「お水はない？」

彼は起きあがり、瓶を手にして帰ってきた。臭いでわかった——あまいワインだ。瓶に半分ほど残っている。「これしかない」と彼。わたしはそれを飲み下した。渇きはいっこうにおさまらなかったが、空で星が揺れはじめた。なにもかも遠くなっていった——湿った土の臭いも、寒さも、そばにいる男も、わたしの身体も。長い一日を終えた蟹のように、疲れ果て、鋏をたたんで、痛みさえ眠りにつこうとしていた。わたしは一気に闇のなかに落ちた。

目が覚めると、彼が向きを変えて、片腕がわたしの首のうえに投げ出されていた。腕をどけることもできたけれど、起こさないことにした。そんなふうに少しずつ、新しい一日が始まろうとしていた。わたしは彼と顔を付き合わせたまま、身動きもせずに横たわっていた。彼の目が一度だけ開いた。動物のように、警戒を怠らない目。わたしが「まだここにいるわよ」とつぶやくと、その目は閉じた。

ふいにある考えが浮かんだ――この世で、この時間に、わたしがもっともよく知っているのはだれか？　彼だ。髭の一本一本、額の皺のすみずみまで知っている。あなたではない、この男だ。なぜなら、ここにいるのが彼だから、わたしのそばに、こうして。許してね。もう時間がないのよ、自分の心を信じて真実を語らなければならないの。なにも見えず、なにも知らずに、真実が連れてゆくところへ、わたしは赴く。

「起きてる？」わたしは低くささやく。

「ああ」

「あの少年たち、ふたりとも死んでしまったわ。彼らがふたりとも殺したのよ。知ってた？」

「知ってる」

「家でなにが起きたか、知ってる？」

「ああ」

「話しても構わない？」

「いいよ」

「あのね――ベキが死んだ日に、フローレンスのお兄さんに会ったの――お兄さんか、弟か、いとこか知らないけれど、教育を受けた人だった。その人にわたしはいったの、ベキは巻き込まれなかったほうがよかった――なんていうか、その、闘争に。『あの子はまだほんの子どもよ』って――『まだその準備ができていない。あの友だちがいなければ、あの子が引き込まれることもなかったのに』って」

「あとになって、また電話でその人と話をしたわ。率直に、同志の絆について、自分の考えをいったの。あの子たちはそのために死んだんだから。死の神秘的解釈、わたしはそう呼んだ。フローレンスや彼のような人たちが、思いとどまらせるために手を打たなかったことを、わたしは責めた。

その人はわたしのいうことを礼儀正しく聞いていた。自分の意見をいう権利はありますから、と。わたしには彼の心を変えることができなかった。

でもいまでは、自分自身に問いかけるの――同志の絆をめぐる意見に対して、あるいはほかのことに対して、いったいわたしにどんな権利があるのか、と。ベキやその友だちが厄介事に巻き込まれなかったらよかったと思う、どんな権利が、このわたしにあるのかって。完全に孤立した意見を、だれの心にも響かない意見をもつのは、なんだか無益なことに思えるのよ。意見というのは、他者から耳を傾けられるべきもの、耳を傾けて重きを置かれるべきものよ、たんなる礼儀から傾聴されるだけではなくて、ね。重きを置かれるには、それが重要でなければならない。ミスター・タバーネはわたしのいうことに重きを置かなかった。彼にとって、わたしの意見は取るに足りないものなのよ。フローレンスはわたしのいうことに耳を貸そうともしない。フローレンスには、わたしの頭のなかで起きていることなど、まったくどうでもいいことなの、それはわかっている」

　ファーカイルは立ちあがり、一本の木の後ろに行って放尿した。それから驚いたことに、もどってきてまた横になったのだ。犬が彼に擦り寄って、股間に鼻を擦りつけた。わたしは舌で、口のなかの腫れをまさぐった。血の味がした。

「わたしの心は変わっていない。いまもあの、犠牲を呼びかける叫びが嫌でたまらない。若者たちが泥のなかで血を流しながら死んでいくことになる、あの呼びかけが。どれほど偽装を凝らそうと、戦争は戦争。仮面を剝げばわかるわ、ひとつの例外もなく、美辞麗句の名のもとに、年長者が若者を死へ送り込むことよ。ミスター・タバーネがなんといおうと（彼を責めるつもりはないの、未来は偽装してやってくるものだから、もしも未来が剝き出しの姿でやってきたなら、わたしたちはそれを見て、石のように動けなくなるはずよ）、戦争は年長者が若者を犠牲にするものだということは、れっきとした事実として残る。自由か、さもなくば死か！　ベキと友人はそう叫ぶ。だれのことば？　彼らが考えたことばではないわ。自由か、さもなくば死か！　あのふたりのちいさな少女たちも、眠りのなかで練習しているわね、間違いなく。だめ！とわたしはいいたい

——自分を大切になさい！

どっちのことばが、知恵のある、真実のことばだと思う？ わたしのことばのほうよ。でも、いったいわたしは何者なのか、発言権をもつこのわたしは？ あの子たちに向かって、あんな呼びかけに耳を貸してはいけない、とたいそうな指令を出すことが、どうしてこのわたしにできる？ わたしに許されるのは、ただ、すみに座って口を閉じていることだけではないのか？ わたしには声をあげる資格がないのよ。そんな資格は遠いむかしに失った。ひょっとすると一度も、もったことがないのかもしれない。わたしには声をあげる資格がない、そういうこと。とすると無言でいるしかない。それでも、この——それがなんであろうと——この、声なき声を、わたしは発しつづけるわ。これからも、ずっと」

ファーカイルは微笑んでいたのだろうか。顔は隠れていた。歯を入れていないため、もつれた歯擦音で、わたしはささやきつづけた。

「罪は遠いむかしに犯された。どれくらいむかしか？ わたしにはわからない。でも一九一六年よりずっとむかしよ、もちろん。ずっとむかしだけれど、そのなかにわたしは生み落とされた。それはわたしが受け継いだ遺産の一部なの。それはわたしの一部であり、わたしはその一部なのよ。

どんな罪にも、かならず代償がついてまわる。その代償は、恥のなかで贖（あがな）われなければならない、とかつてわたしは考えた——恥のなかで生き、恥にまみれて死ぬ、惜しまれることもなく、いずことも知れぬ場所で。それをわたしは受け入れた。自分だけ切り離そうとは思わなかった。わたしが頼んだために罪が犯されたわけではないけれど、でもそれは、わたしの名において犯されたものだから。ときには憤慨もしたわ、汚い仕事をやった人間に対して——あなたが見てきたとおりよ、恥にまみれて怒り狂うなんて、怒り狂う対象とおなじように愚かしいことよ——でも、それをも、わたしは受け入れた。ある意味で、彼らはわたしのなかにも住んでいるから。つまり、激怒して彼らが死ぬことを願ったとき、わたしはおのれ自身の死を願っていたの。名誉の名において。誉れ高き、名誉という概念の名において。ホネスタ・モルス——品位ある死。

　自由がどのようなものか、わたしには想像もできないのよ、ミスター・ファーカイル。ベキやあの友だちにも想像できなかったと思うわ。ひょっとすると自由はいつだって、もっぱら想像不能なものかもしれない。それでも、不自由は、目にすればわかる——でしょ？　ベキは自由ではなかったし、それを知っていた。あなたも自由ではない、少なくともこの世では、わたしもまたそう。わたしは奴隷として生まれ、ほとんど間違いなく奴隷として死ぬ。足枷のついた生、足枷のついた死——それが代償の一部よ、難癖をつけるようなことではないし、泣き言をいうことでもない。

　わたしにわからなかったのは、わたしにわからなかったのは——聴いて、ここなのよ！　それは、代償がはるかに高くつくということだったの。わたしは計算間違いをしていた。どこから間違いが入り込んだのか？　それは名誉と関係してくることだった。

わたしが万難を排してしがみついてきた概念、わたしが受けた教育から、読書から得た概念、つまり、名誉ある人間はその魂において、いかなる被害もこうむらずにすむことも可能だ、という考え。わたしはいつだって、名誉のために奮闘した、わたし個人の名誉のためには、恥を道案内に利用した。自分が恥ずかしいと思うかぎり、不名誉という道に迷い込むことはないと知っていた。それが恥の利用法ね——試金石として、いつもそこにあって、盲人のようにそこへ立ち返ることができて、触れて、自分がどこにいるかを知るためのもの。それ以外では、おのれの恥から、しかるべき距離を保った。恥のなかに溺れることはなかった。恥が決して恥ずべき快楽にならなかったのは、恥がわたしを噛むことをやめなかったからよ。わたしはそれを自慢に思ったことなどない、恥ずかしいと思っていたの。わたしの恥は、わたしのもの。灰を口に含み、くる日もくる日もくる日も、その灰のような味が、決して消えないようにした。

これは告白ね、わたしが今朝、こうしてやっているのは、ミスター・ファーカイル、あたうるかぎりすべてを告白するわ。隠し事はいっさいしない。わたしは善良な人間だった、ためらわずに告白するわ。いまも善良な人間よ。善良なだけでは不十分だとは、なんという時代だろう！

わたしが計算間違いをしたのは、善良であること以上のものが要求されることだった。だって、この国には善良な人はたくさんいる。わたしたちは取るに足りない者だけれど、善良よ、善良に近いといっていいわ。この時代が要求しているのは、善良であることとはまったく異なるものよ。時代はヒロイズムを要求している。この語を口にすると、唇に違和感が響くの。自分ではこれまで一度も使ったことがなかったかもしれない、講義のなかでさえ。なぜかしら？　敬意からかもしれない。恥ずかしさのせいかもしれない。人が裸の男を前にすると視線を落とすときのように。講義では代わりに、たしか、英雄にふさわしい姿勢という語を使ったと思う。英雄にふさわしい姿勢のヒーロー。英雄、あの古代の裸像ね」

ファーカイルの喉の奥から低い唸り声が聞こえてきた。首を伸ばしてのぞき込んだけれど、見えたのは頬の無精髭と毛の生えた耳だけ。ささやくように「ミスター・ファーカイル！」といってみた。ぴくりともしない。眠っているの？　眠った振りをしているの？　彼が話を聞かなくなってどれくらい経つのだろう。善良であること、そしてヒロイズムについて、彼は聞いていたのかしら。名誉と恥については？　聞く人がいなくても、真実の告白は真実でありうるだろうか。聞いてる？　それとも、わたしの話で眠くなってしまったの？

ブッシュの陰に行った。あたりで鳥が鳴いていた。住宅地にこんなにたくさん、鳥が棲みついているなんて！　まるでアルカディアのよう。ファーカイルやその友だちが戸外で暮らしているのも不思議ではない。屋根はただ、雨よけとして役立つものにすぎないのか？　ファーカイルとその同志たち。

彼のそばにふたたび身を横たえた。足は泥で汚れ、冷えきっている。あたりはすっかり明るくなっていた。空き地で、つぶした段ボールを広げた寝床に横たわるわたしたちは、通行人からまる見えだったはずだ。天使たちの視線に囲まれたわたしたちは、こんなものか――ガラスの館に住む者たち、わたしたちのあらゆる行為がまる裸。心もまる裸にされて、ガラスの胸のなかで鼓動するのだ。鳥の歌声が雨のように降りそそいだ。

「今朝はとても気分がいいわ。でも、たぶん、もう家に帰ったほうがいい。気分がいいのは、気分がわるくなる前兆だから、いつだって」

ファーカイルは起きあがり、帽子を脱いで頭皮をかいた。長い、汚れた爪で。どこからか犬が走ってきて、わたしたちにまとわりついた。ファーカイルが段ボールをたたみ、ブッシュに隠した。

「片方の胸を切除したのよ、わたし、知ってる？」やぶから棒にわたしは切り出した。

彼はそわそわと、落ち着かないようすだ。

「いまではもちろん、後悔している。自分に傷（マーク）をつけてしまったことを後悔してるの。擦り傷や焼け焦げのついた家具を売ろうとするようなものよね。まだ申し分のない椅子だよ、なんていわれても、だれも見向きもしない。マークのついたものは好かれないから。わたしの生命のことをいっているのよ。申し分のないものではないかもしれないけれど、でも、それはまだひとつの生命で、半分になったわけじゃない。わたしの名誉を保つために、それを売ろう、それを使おうと思ったわ。でも、いまのこんな状態じゃ、だれがそれを受け取ってくれる？　まるでドラクマ硬貨を使おうとするようなものよね。

どこかほかの場所では、申し分のない硬貨であっても、ここではだめ。怪し気なマークがついているから。

でもすっかり諦めたわけじゃないのよ、わたし。それを使ってなにができるか、まだ模索中なの。なにかいい案はない？」

ファーカイルは帽子をかぶり、その両端を前後に、目深に引き下げた。

「あなたに新しい帽子を買ってあげたいわ」

彼はにやりと笑った。彼の腕を取って、わたしたちはゆっくりとフレーデ通りを歩きはじめた。

「昨日見た夢のことを話してもいいかしら。夢に出てきた男は帽子をかぶっていなかったけれど、あれはあなただったと思う。髪を額から後ろにブラシで撫でつけていて、長くて油っぽい髪の毛だった」長くて油じみて、おまけに汚れた髪を、無恰好な鼠の尻尾のように背中に垂らしていた、とまでは、さすがのわたしもいわなかった。

「わたしたちは海辺にいたの。彼はわたしに泳ぎを教えていた。わたしの手を取って、わたしが水平になって水を蹴っているあいだ、引っ張ってくれたの。わたしはニットの水着を着ていた。むかし流行ったネイビーブルーの水着。わたしは子どもだった。でも夢のなかじゃいつだって、わたしたちは子どもなのよね。

彼は海を背にして、わたしを引っぱっていった。じっとわたしを見ながら。その目がね、あなたの目とそっくりだったの。大きな波はなくて、かすかにさざ波が立っているだけで、光があたってきらきらしていた。本当をいうと水も油っぽかったわ。彼の身体と水の境目に油が付着して、油特有の鈍色の光を放っていた。わたしは思った――サーディンオイルだ――わたしはちいさな鰯で――この人はわたしを油のなかに連れ込もうとしている。引き返して、といいたかったけれど、口のなかに油が流れ込んで、肺がいっぱいになるのが怖くて、口が開けられなかった。油のなかで溺れる――わたしには、そんな勇気はなかった」

ここで少し間を置いて、彼が話すのを待ったけれど、彼はなにもいわない。わたしたちは角を曲がって、スクーンデル通りに入っていった。

「もちろん、ただ無邪気にこんな夢を語っているわけではないの。夢を吹聴するのはいつだって、なにか魂胆があるからよ。さて、それはなにか？

ガレージの裏手で初めてあなたを見た日は、わたしにとって、わたしの病状について、わるい知らせを聞かされた日だったの。偶然の一致にしては符合が合いすぎた。あなたは天使で――このことばを使わせてね――わたしの道案内にやってきたのではないかと思ったの。もちろんそうじゃなかったし、いまもそうではないし、これからもちがう――それはわかっている。でも、それは話の半分、そうよね？　半分は気づくものだけれど、半分は創り出すのよ、わたしたちは。

だからわたしは、あなたが道案内をして、そのあとにわたしがついていく、そんな物語を自分に語りつづけてきた。で、もしもあなたがひと言も発しないなら、それは、天使はことばをもたないからだ、と自分にいいきかせるの。天使が前を行き、女があとにつづく。天使の目は開いているから、見える。女の目は閉じられていて、いまだに、この世の眠りに深く沈んでいる。それが、わたしがあなたをあてにしつづける理由、道案内として、助けとして」

正面のドアには鍵がかかっていたけれど、中庭へつづく門扉はあっけなく開いた。割れたガラスは掃き集められていなかったし、フローレンスの部屋のドアは斜めにかしいでいた。足もとを見ながら慎重に歩を進めたけれど、部屋のなかをのぞく気にはなれなかった。まだその気力はない。

台所のドアは鍵がかかっていなかった。鍵を見つけられなかったのだ、彼らは。

「入って」わたしはファーカイルにいった。

家はもとのままのようで、もとのままではなかった。台所では道具の位置が変わっていた。わたしの雨傘が、これまで掛けたことのない場所に掛かっていた。ソファは動かされ、カーペットのうえの古いしみが剝き出しになっていた。それに、すみずみにおよぶ奇妙な臭い——煙草と汗の臭いだけではない。なにかつんとくる、刺すような臭いがしたけれど、どこからくるのか突き止めることができなかった。彼らはあらゆるものにその痕跡を残していった。まったく、たいした仕事人たちだこと——そう思った。それから机上のファイルのことを思い出した。手紙、ここまで書いてきた全ページ。あれもだ！　あれも全部読んだにちがいない！　ページをめくる汚れた指、まる裸のことばのうえをなぞる非情な目。「二階へあがるのを手伝って」とファーカイルにわたしはいった。

ファイルは、最後に書いたとき開いたままにしておいたのに、閉じられていた。ファイルキャビネットの錠は壊されていた。書棚にはいくつも空隙ができている。使われていない二部屋は錠がこじ開けられていた。

カップボードも、整理ダンスも、徹底的に調べられていた。

手の触れられていないものは皆無。強盗が徹底的に荒らしまくったような。捜索は口実だ。本当の目的は手をつけること、指でいじること。悪意に満ちた精神。まるでレイプ──女性を汚し、貶める方法だ。

ファーカイルのほうを振り向いたが、ことばが出てこない。胃がむかついてきた。

「階下にだれかいる」とファーカイル。

階段の踊り場から、だれかが電話で話す声が聞こえた。

声はやんだ。廊下に制服姿の若い男があらわれて、こちらに会釈した。

「わたしの家でなにをしているの？」わたしは大声でいった。

「見張っているだけですよ」ひどく朗らかな調子で男は答えた。「不審な者が入ってこないように」男は帽子、コート、ライフル銃をかき集めた。臭っていたのはそのライフル銃だったのか。「八時に捜査官が来ます。自分は外で待ちます」そういって男はにっこりと笑った。気をきかせたつもりらしく、わたしに感謝のことばを期待しているようだ。

「お風呂に入らなければ」わたしはファーカイルにいった。

しかし風呂には入らなかった。寝室のドアを閉め、赤い錠剤を二錠飲んで、震えながら横になった。震えはさらにひどくなって、全身が嵐のなかの木の葉のように、わなわなと震えた。冷えきってはいたが、震えは寒さのせいではなかった。

いっときに一分だけ、と自分にいいきかせた――いま砕け散るわけにはいかない――次の一分のことだけを考えよ。

震えがおさまってきた。

男というのは、おのれの存在の一部を、未知なるものに、未来に、行く手にできる影法師のように投影させて生きる、唯一の生き物なのだ――そう思った。移りゆく影法師に追いつこうとして絶えず奮闘する。おのれの希望というイメージの内部に住みつこうとして。だが、わたしは、このわたしは、男にはなれない。いま少しちいさな、さほど目の利かない、地面に近いものにならなら、あるいは。

ドアをノックする音が聞こえて、ファーカイルが入ってきた。その後ろからあらわれたのは、昨日はトナカイ柄のジャージを着ていた刑事、いまは上着にネクタイだ。また震えが始まった。刑事はファーカイルに、部屋から出ていくよう身ぶりで示した。わたしは起きあがった。「行かないで、ミスター・ファーカイル」そういって、刑事に向かって訊ねた。「どのような権利があって、わたしの家に入ってくるのですか?」

「われわれはあなたのことを心配していたのですよ」という男には、心配していたようすなど毛ほども見られない。「昨夜はどこにいたのですか？」わたしが答えずにいると「おひとりでだいじょうぶですか、ミセス・カレン？」ときた。

拳を握りしめていたけれど、震えがどんどんひどくなって、ついに修羅場を演じてしまった。「ひとりじゃないわ！」声をかぎりに、刑事に向かってわたしは叫んでいた――「ひとりなのはあなたでしょ！」

彼はたじろがなかった。逆に、わたしにもっとつづけるよう、うながす気配だ。落ち着くんだ！　わたしは考え直した。やつらはおまえを収容しようとしている、狂人として連れ去ろうとしている！

「ここにどんな用があるのですか？」ぐんと穏やかな口調でわたしは訊ねた。

「二、三、質問があります。どのようないきさつで、この少年、ヨハネスと知り合ったのですか？」

ヨハネス――それが彼の本当の名前？　まさか。

「ここで働いていた家政婦の息子の友人でした。学友です」

刑事はポケットから、ちいさなカセットレコーダーを取り出して、ベッドのうえの、わたしのそばに置いた。

「その家政婦の息子はどこにいるのですか？」

「死んで埋葬されました。ご存じのはずですよ」

「彼になにが起きたのですか？」

「フラッツの周辺で撃たれたのです」

「彼らをほかにご存じですか？」

「彼らというのは、だれのこと？」

「友人たちです」

「いくらだっていますよ。数えきれないほど」

「あの細胞[*1]に属する者のことです。あなたの家屋を利用した者がほかにもいますか？」

「いいえ」

「これらの武器が彼らの手にわたった経緯をご存じですか？」

「どんな武器ですか？」

「ピストル。三本の雷管」

「雷管のことはまったく存じません。雷管がどのようなものかも存じません。ピストルはわたしのものでした」

「あなたから奪ったのですか？」

「彼らに貸したのです。彼ら、ではない。あの少年に、ジョンに」

「彼にピストルを貸した？　ピストルはあなたのものだったと？」

「そうです」

＊1　解放闘争などの末端組織の呼称。

「なぜ、ピストルを貸したのですか?」

「彼が自分を護るためです」

「だれから自分を護るのですか、ミセス・カレン?」

「攻撃から身を護るためです」

「では、それはどんな種類のピストルでしたか? 許可証を見せてもらえますか?」

「ピストルの種類についてはなにも存じません。ずっと以前から、馬鹿げた許可証云々が始まる前からもっていたものです」

「少年にそれをあたえたというのは確かですか? いいですか、われわれがいま話していることは、起訴相当の犯罪ですよ」

錠剤が効いてきた。背中の痛みが次第に遠ざかり、手足の緊張がゆるんで、ふたたび視界が広がってきた。

「この馬鹿げたことを、本当にもっとおつづけになりたい?」そういって、わたしは背中にあてた枕にもたれて、目を閉じた。眩暈がした。「もう死んでしまったんですよ、わたしたちがこうして話している人たちは。あなたがたができることはもうないでしょ。彼らは安全。死刑を執行したのはあなたがたですよ。いまさらなんの裁判? 一件落着にしたらどうなんですか?」

彼はレコーダーを持ちあげ、あれこれ操作して、枕のうえにもどした。「捜査しているだけです」

だるい腕で、わたしはレコーダーを払いのけた。床に落ちる寸前、刑事がそれをつかんだ。

「あなたがたはわたしの個人的な書類を見ましたね。わたしの所有する書籍類も持っていった。返却してもらいたいわ。なにもかも返却してもらいたい。わたしのものをすべて。あなたがたには関係のないものです」

「あなたの本を食べようというわけじゃありません、ミセス・カレン。最終的にはお返しします」

「最終的に返してほしいなんて思っていません。いますぐ返してほしいんです。わたしのものですよ。プライベートなものです」

刑事は首をふった。「これはプライベートなことではありません、ミセス・カレン。ご存じでしょう。もうプライベートなことなどないんです」

だるさが、いまや舌にまでおよんできた。「もうたくさん」もつれた舌で、わたしはいった。

「もう少し質問があります。昨夜はどこにいたのですか?」

「ミスター・ファーカイルと」

「この人がミスター・ファーカイルですか?」

ひどく苦労しながら、なんとか目を開けた。「ええ」くぐもった声になった。

「ミスター・ファーカイルとはだれですか?」それから、まったくちがう口調で――

「おまえはだれだ？（ヴィー・イス・ヤイ）」

「ミスター・ファーカイルはわたしの世話をしています。ミスター・ファーカイルはわたしの右腕。こっちへ来て、ミスター・ファーカイル」

腕を伸ばして、ズボンをはいたファーカイルの脚部を探しあて、それから彼の手、指の曲がった不自由なほうの手を見つけた。わたしはそれにしがみついた。かじかんだ、かぎ爪のような老人の握り方で。

「まったくもって（イン・ホッツナーム）」という刑事の声が、どこか遠くに聞こえた。まったくもってとは、たんなる罵倒か、それとも、わたしたちふたりに対する呪いか。握っていた手がほどけて、全身から力が抜けていった。

目の前にひとつの語が浮かんだ——タバンチュ[*1]（Thabanchu）、タバ、ンチュ。気持ちを集中しようとした。アルファベット九文字、なんのアナグラムかしら？　必死で「b」を最初にもってきた。そこで意識を失った。

喉がからからになって目覚めた。ふらふら、おまけに、すごい痛み。時計の文字盤がじっとこちらを睨んでいたけれど、針を見ても何時なのか理解できなかった。家は静寂に包まれていた。廃屋となった家の静寂。

タバンチュ——バンチ（banch）？　バス（bath）？　感覚の麻痺した手でシーツを払いのけた。お風呂（バス）に入らなければいけないということ？

だが、足はわたしをバスルームに連れていかなかった。手摺につかまり、前かがみになって、うめき声をあげながら階下に降りて、わたしはググレトゥの電話番号をまわした。呼び出し音が鳴りつづけた。そしてようやく、だれかが受話器を取った。子どもだ、女の子。「ミスター・タバーネはいる？」とわたしは訊ねた。「いいえ」「じゃあ、ミセス・ムクブレキと話がしたいんだけれど――ちがった、ミセス・ムクブレキじゃなくて、ミセス・ムクブケリよね？」「ミセス・ムクブケリはここに住んでいません」「でも、ミセス・ムクブケリは、あなた、知ってるでしょ？」「はい、彼なら知っています」「ミセス・ムクブケリよね？」「はい」「あなた、どなた？」「リリーです」リー＝リーか、やれやれ。「おうちにいるのは、あなたひとり？」「姉妹もいます」「いくつなの？」「六歳」「あなたは――何歳？」「十歳」「ミセス・ムクブケリに伝言してくれる、リリー？」「はい」「あの人のお兄さん、ミスター・タバーネのことなの。ミスター・タバーネに、注意するよう、かならず伝えてくださいって。とっても重要なことだって、そういってちょうだい。わたしの名前はミセス・カレン。書き留めておける？　それに電話番号もいうわね」わたしは番号を読みあげ、名前のスペリングをいった。ミセス・カレン（Mrs Curren）――九文字だ、なんのアナグラム？

ファーカイルがノックして部屋に入ってきた。「なにか食べるものがほしくない？」

「お腹はすいてないわ。でも、あなたはなんでも好きなものを食べて」

＊1　ケープ植民地から内陸へ大移動したオランダ系植民者たちが、中継地としてキャンプした土地の名。

ひとりにしておいてほしかった。なのにファーカイルは、詮索するような目でわたしを見ながら、ぐずぐずしていた。わたしはベッドのうえに身を起こしていた。手袋をはめて、膝のうえにライティングパッドをのせて、半時間、目の前に白紙のページを開いたまま座っていたのだ。

「手が温まるのを待っているの」

でも、書けないのは指がかじかんでいるからではなかった。錠剤のせいだ。いまでは薬の量が増えて、さらに増やすこともしばしば。まるで煙幕のよう。錠剤を飲み込む、するとそれがわたしのなかに霧を発生させる、光を消滅させる霧。錠剤を飲むと書きつづけることができない。だから痛みがないときは書けない――新たなる、恐るべきルール。それ以外、もうなにも怖れることはない。錠剤を飲んでしまえば、すべてどうでもよくなり、なにもかもおなじ。

それでもわたしは書く。深夜に、ファーカイルが階下で死んだように眠っているとき、わたしはこの手紙に取りかかる。あなたにあの「ジョン」のことを、好きになれなかったあのむっつりとした少年のことを、もうひとつだけ伝えるために。あなたにいっておきたいのは、好きじゃなかったにもかかわらず、あの少年がわたしのそばにいること。かつてベキに感じた以上に、よりいっそうはっきりと、突き刺すような感じで。少年はわたしとともにある、いや、わたしが彼とともにあるの――彼とともにというか、彼の痕跡とともにというか。いまは真夜中だけれど、でも、彼の最期となった灰色の朝でもある。わたしはこうしてベッドのなかにいながら、あのフローレンスの部屋のなかにいる、窓がひとつしかなく、ドアもひとつしかなく、ほかに出口のない状態で。ドアの外には男たちが待っている、狩人のように身を屈めて、少年に死をもたらそうとしている。少年は膝のうえのピストルを握りしめる、そうしているうちは、狩人たちを寄せつけないピストルを。少年とベキとの重大な秘密だった、彼らを一人前の大人にするはずだった、ピストルを。少年のそばに、わたしは立っている、いや、浮いている。膝のあいだにはさみ込んだピストルの銃身を、少年がしきりに撫でる。少年は屋外のひそひそ声に耳を澄まし、わたしもいっしょに耳を澄ます。少年は、彼の肺をふさぐ煙に対して、ドアを打ち破る足蹴りに対して、自分を吹き飛ばす一斉射撃の嵐に対して、身がまえる。その瞬間に、ピストルを構えて一発撃ち込む間があれば、光のどまんなかに撃ち込む間があれば、と身がまえる。

少年が瞬きもせずにじっと見据えるドア、そこを通って彼は世界から立ち去ろうとしている。少年は、口は渇いているが怖れてはいない。心臓は安定した拍動を刻んでいる、握り締めてはまた弛む、その胸のなかの拳のように。

少年の目は見開かれ、わたしの目は、書いてはいても閉じている。この目は閉じられているのよ、見るために。

そうしている間にときは迫り、それでも少年の心臓はときを刻む。夜間こうして自分の部屋にいながら、わたしは、あの少年とともにあるの、どんなときも、あなたと大海を越えてともにあるように、揺蕩いながら。

揺蕩いのとき、永遠ではなく。さしあたりの、その瞬間へもどるまでの宙づりのとき。

ドアが蹴破られて、ふたりして、まず彼が、そしてわたしが、ぎらつく白光に顔をさらすまでの。

第4部

フローレンスの夢を見た、夢だったか、幻影だったのか。夢のなかではフローレンスがホープの手を引き、ビューティーを背負って、ガヴァメント街をふたたび大股で歩いていく、それをわたしが見ている。三人そろって顔に仮面をつけている。わたしもそこにいて、まわりにはあらゆる種類、あらゆる境遇の人たちが群れ集まっている。すっかりお祭り気分だ。わたしがショーをやることになっているのだ。

ところがフローレンスは、見物のために立ち止まろうとしない。ひたと前を見据えて、あたかも亡霊たちの集会をすり抜けるように、通り過ぎていく。

その仮面の目は、古代地中海の絵に出てくる目のような——大きな楕円形の中心に瞳孔がある——アーモンド形の、女神の目だ。

わたしは通りのまんなかで、国会議事堂の真向かいに立ち、群衆に取り巻かれて焼身のトリックをやる。頭上にはそそり立つオークの巨木。だが、そのトリックにわたしは専心できない。フローレンスのことが気になってしかたがないのだ。彼女の暗色のコート、鈍色のドレスは脱げ落ちていた。白いスリップが風にひるがえり、足は裸足で、頭にはなにもかぶらず、右胸をあらわにして、大股で通り過ぎる彼女のかたわらに、仮面をつけた子どものひとりが、裸で、遅れまいと駆け足でつき従い、もうひとりの子が母親の肩越しに、腕を伸ばして、行く手を指し示している。

幻影のなかにあらわれた、はだけた胸で風を切るこの女神は、いったいなにものか。アフロディテだ。しかしそれは、情愛深く微笑む、快楽の守護女神ではなく、もっと古い姿のアフロディテだ——強く迫り、闇のなかで、短く、鋭い叫びをあげて、一瞬あらわれ、姿を見せるや消え去る、血と大地の象徴。

この女神から叫びは聞こえず、合図もない。開かれた目はうつろ。見てはいるが、見えてはいない。

燃えながら、ショーを演じながら、わたしはその場に立ちすくむ。この身から立ちのぼる炎は、氷のように青い。苦痛は毛ほども感じない。

それは昨夜の夢の時間からの幻影ではあるけれど、外界の時間からのものでもある。永遠に女神は消え去り、驚愕と悔恨の姿勢のまま、わたしがそのあとを追うことは、永遠に、ない。幻影が沸き出る渦のなかに幾度目を凝らしてみても、女神とその子どもたちの通った跡は空白のままで、そのあとを追うはずの女はいない。髪に炎の蛇を生やし、腕(かいな)打ちつけ、叫んで踊る、その女の姿はない。

この夢のことをファーカイルに話してきかせた。

「それは本当なの？」と彼はきいた。

「本当って？　もちろんんちがうわ。原典に忠実なわけでもないし。フローレンスはギリシアとはなんの関係もない。夢のなかの像には、また別の意味合いが隠れているのよ。それはしるし、なにか別のことを示すしるしなの」

「彼女たちは本物だった？　彼女？」とファーカイルはくり返して、わたしをはっとさせた。話をそらせようとしないのだ。「ほかになにが見えた？」

「ほかにって？　まだあるわけ？　あなた、知ってるの？」口調を和らげたわたしは、いまや手探りしながらファーカイルを追いかけていた。

彼は首をふった。まごついていた。

「あなたがわたしを知るようになってこのかた、わたしはずっと、川岸に立って自分の番を待っているのよ。だれかが川を渡る方法を教えてくれるのを待っているの。毎日どんなときもここにいて、待っている。ほかに見えているのはそれ。あなたにもそれが見える？」

彼はなにもいわなかった。

「なんとしても病院へはもどらない、とがんばっている理由はね、病院ではわたしを眠りにつかせるから。それって動物に対して使う婉曲表現よ、思いやりから。でもそれ、人間にも使うのね。彼らはわたしを夢のない眠りにつかせる。マンドラゴラ[*1]をたっぷりあたえられて、わたしは睡魔に襲われ、川に落ちて溺れ、流されてしまう。そうなると、わたしは川を渡れなくなる。そんなことが起きるのを、みすみす許すわけにはいかないの。遠くまで来すぎてしまった。この目をもう閉じたままにしておくことはできないのよ」

「なにが見たいのさ？」とファーカイル。

「ありのままのあなたが見たいわ」

おずおずと彼は肩をすくめた。「俺はだれなんだい？」

「ただの男。招きもしないのにやってきた、ひとりの男。それ以上はいえない、いまはまだ。あなた、いえる？」

ファーカイルは首をふった。「いや」

「わたしのためになにかやってくれる気があるなら、ラジオのアンテナを修理して」

「代わりにテレビを二階へあげるってのはどう？」

「テレビは観る気になれない。気分がわるくなるから」

「テレビを観て気分がわるくなることなんてないさ。ただの画像なんだから」

「ただの画像なんてないのよ。画像の裏には人間がいる。彼らは画像を送り出して、みんなの気分をわるくしている。なんのことをいってるか、わかっているでしょ」

「画像のせいで気分がわるくなることなんかないって」

＊1　ナス科の多年草植物、二本に枝分かれした根は麻酔性で有毒。古くから催眠剤などに用いられた。

ときどき彼はこういうことをする――わたしに逆らい、挑発し、わたしの神経を逆撫でして、苛立ちの徴候があらわれるのを観察するのだ。それは彼なりのからかい方だ。なんて不器用で、なんて魅力に欠けるやり方、気の毒になるくらい。

「アンテナを修理して、お願い、頼みはそれだけよ」

ファーカイルが階下へ行った。数分後、両腕にテレビを抱えて、どすんどすんと階段をあがってきた。ベッドの真向かいにそれを置いて、プラグを差し込み、スイッチを入れ、アンテナを調整し、そばに立った。午後もなかばだった。青い空に旗がひるがえっていた。ブラスバンドが共和国の国歌を奏でている。

「スイッチを切って」

彼は音をさらに大きくした。

「スイッチを切って！」金切り声で叫んでいた。

ファーカイルはくるりと振り向き、わたしの憤怒の視線を見て取った。それから、驚いたことに、すり足でダンスを始めたのだ。左右に腰をふり、両手を広げて、指を鳴らしながら、見まごうことなく踊っている。それに合わせてダンスができるとは、ゆめゆめ思わなかった、その曲で。なにかつぶやいていた。なんといっているのだろう。もちろん、わたしに理解できることばではない。

「切って！」もう一度わたしは叫んだ。

歯のない老女が、怒りにまかせて叫ぶさま――さぞや見ものだったにちがいない。彼が音を下げた。

「切って！」

ファーカイルがスイッチを切った。「そんなにかっかすることないだろうに」ぶつぶつと彼がいった。

「じゃあ、ばかな真似はしないで、ファーカイル。それに、わたしをからかわないで。わたしを見くびらないで」

「それにしても、なんでそんなにかっかするのかなあ」

「それはね、地獄に堕ちるのが怖いからよ、そこで『ディ・ステム』[*1]を未来永劫、聴かざるをえなくなるのが」

彼は首をふった。「心配しないで。あれはもうすぐ終わりさ。辛抱して」

「辛抱してるひまなんかないのよ、わたしには。あなたには時間があるかもしれないけれど、わたしには時間がないの」

もう一度、彼は首をふった。「たぶん、時間はあるかもしれないよ」ささやくように彼はいって、わたしに意地のわるい流し目をして見せた。

一瞬、あたかも天国の扉が開いて、まばゆい光が射し込んだような気がした。延々とわるい知らせばかりつづいていたので、良い知らせが聞きたいという疼くような気持ちから、わたしは思わず微笑みかえした。「本当？」とわたし。あの人がうなずく。ふた

＊1　アフリカーンス語で「声」を意味する、アパルトヘイト時代からの国歌。75ページの注参照。

りは愚者のように、にやっと笑い合った。ファーカイルは思わせぶりに指を鳴らし、骨と羽根だけになったシロカツオドリさながら、ぶざまな恰好でダンスのステップを踏みつづけた。それから外へ出ていき、はしごを昇り、壊れたワイアを繋いだので、わたしはまたラジオが聴けるようになった。

　でもなにが聴けるだろう。放送波は今日日、国々が押しつけるお家芸でひどくふくれあがり、音楽は締め出しを食ったも同然。「パリのアメリカ人」を聴きながらわたしは眠りに落ち、間断ないモールス信号の音で目覚めた。どこから来るのかしら。海上の船からかしら。ウォルヴィス湾とアセンション島のあいだの波間を、定期的に航行する時代遅れの汽船からかしら。「トン」と「ツー」の信号音が淀みなく、揺らぐことなく、永遠に流れ出ることを約束するかのようにつづいていた。どんなメッセージなのだろう。重大事だろうか。雨音のようなトントン、ツーツーというその音は、慈雨となってわたしを慰め、めぐりくる次の服薬の時刻まで、横になってやりすごす夜を、耐えやすいものにしてくれた。

　眠らされるのは嫌だとわたしはいう。じつをいうと、眠りがなければわたしは耐えられないのだ。どんな副作用が出ようと、少なくともディコナルは、眠りを、あるいは眠りのようなものをもたらしてくれる。痛みが引くにつれて、時間が早まり地平線が浮かぶにつれて、それまで、集光レンズのように痛みに集中していた注意力が、しばし弛む。

わたしは深呼吸をして、握りしめていた拳をほどき、脚をまっすぐに伸ばす。ありがたいこの恵みに、感謝のことばをひとりつぶやく――打ちのめされた病身のために、容器からなかば抜け出して漂いはじめた、気だるい魂のために。

　しかし小康は長くはつづかない。雲が立ち込め、やがて思考はこぶになって、蝟集する怒った蠅の群れのようになる。わたしは頭をふり、それを追い払おうとする。これはわたしの手、といって目を大きく開け、手の甲の血管をじっと見つめる、これはベッドカバー、と。すると稲妻のようになにかが閃く。一瞬わたしは気を失い、次の瞬間には意識がもどって、まだ手を凝視している。この瞬間と瞬間のあいだに、一時間が経過しているのかもしれない、あるいは、ほんの一瞬なのかもしれない。でもその間、わたしは気を失い、不在になり、口のなかに侵入して舌の根を締めつけるゴムのような分厚いものと、格闘することになる。深い海底からやってくるなにかと。わたしは浮かびあがり、泳者のように頭をふる。喉には胆汁の味が、硫黄の味がこみあげる。狂ったか！そう独語する――気が狂うとこんな味がするのか！

　あるとき、正気にもどると壁に顔突き合わせていたことがある。手には芯の折れた鉛筆。壁いっぱいにのたうっていたのは、意味のない、ふぞろいな、かしいだ文字。わたしから、あるいは、わたしのなかのだれかから発せられたものだ。

　サイフレット医師に電話をかけた。「ディコナルの副作用がひどくなってきたようで」と詳しく説明しようとした。「代わりに処方していただける薬は、ないものかと思いまして」

「あなたがまだわたしの管理下にあると考えているとは思いませんでした」それがサイフレット医師の答えだった。「適切な手当てを受けるために入院すべきです。電話で処置はできません」

「わたしがお願いしているのは、ごくわずかなことです。ディコナルは幻覚が出るようになりました。ほかに服用できる薬は、ありませんか」

「何度もいいますが、診察せずに治療することはできません。そんなやり方はわたしの方法に反しますし、わたしの同僚にとってもそれはおなじです」

あまり長いあいだ黙っていたせいか、医師は、わたしが彼のことばを理解できなかったと思ったにちがいない。本当は、わたしは動揺していたのだ。わからないの？　そういいたかった――わたしは疲れているの、死ぬほど疲れているの。「イン・マヌス・トゥアス――あなたの手中に、わたしを置いて、世話をして。それができないなら、なんでもいいから善後策をとって」そういいたかった。

「最後にひとつだけ質問させてください。いまわたしに起きている副作用は、ほかの人にも起きるものですか？」

「患者の副作用にはそれぞれ個人差があります。そうですね、あなたに起きている副作用がディコナルによるということもありえます」

「それでは、もしも、ひょっとして、先生のお心が変わって、電話で新しい処方箋を、ミル通りのアヴァロン薬局に出していただける、ということはないでしょうか。わたしは自分の症状に対して、幻想は抱いていませんから。わたしが必要としているのは介護ではなく、痛みに対するちょっとした改善策なんです」

「では、あなたの心が変わって、わたしの診察を受けたくなったら、いつでもかまいませんから、ミセス・カレン、昼でも夜でもかまいませんから、すぐに電話してくださ い」

一時間後にドアのベルが鳴った。薬局からの配達だ。十四日分の新しい処方薬が届いた。

薬剤師に電話して「タイロックスはいちばん強い薬ですか?」とわたしはきいた。

「どういう意味ですか?」

「つまり、処方薬としてこれは最後のものですか?」

「そういうことではないのです、ミセス・カレン。最初とか最後というのはありません」

新しい薬を二錠飲んだ。ふたたび奇跡のように痛みが引いて、多幸感が訪れ、まだ生命は繋ぎとめられているという感覚がよみがえった。わたしはお風呂に入ってベッドにもどり、本を読もうとして、混沌とした眠りに落ちた。一時間後にまた目が覚めた。じわじわと痛みがもどる気配。吐き気をともなって、いつもの鬱の影が忍び寄ってきた。

薬が痛みを抑えた——一条の光だ。しかしそのあとに訪れる闇が倍加した。

ファーカイルが入ってきた。

「新しい薬を飲んだの。改善はないわね。少しだけ強いかしら、それだけ」

「もっと飲んだらどう、四時間待つことはないよ」とファーカイル。

酔っぱらいの助言だ。

「そうすることになると思うわ。でも、いつでも好きなときに飲んでいいなら、全部いっぺんに飲んでしまってもいいわけよね？」

沈黙が、ふたりのあいだに流れた。

「なぜ、わたしを選んだの？」

「あんたを選んだわけじゃないよ」

「なぜ、ここに、この家に来たの？」

「ここには犬がいないからだよ」

「ほかには？」

「あんたなら騒がないだろうと思った」

「で、わたしは騒がなかった？」

ファーカイルがわたしのほうへ来た。顔がはれぼったく、吐く息は酒気を帯びている。

「手を貸せっていうんなら、手を貸そうか」そういって彼はわたしのうえに屈み込み、喉に手を置いた。親指を咽頭の真上に軽くあてると、自由のきかない三本の指が、わたしの耳の下で束になった。「やめて」ささやくような声でいって、わたしは指を払いのけた。目に涙がこみあげてきた。この手で彼の手をつかんで自分の胸に押しつけた。われながら、まったく似つかわしくない悲嘆の身ぶりだ。

しばらくしても、まだじっとしていた。彼はわたしのうえに屈み込む姿勢で、わたしに利用されるがままになっていた。犬が鼻先をベッドの縁にのせて、しきりにわたしたちの臭いを嗅いでいた。

「犬をわたしといっしょに寝かせてくれない？」

「なぜ？」

「温かいから」

「こいつはじっとしていないよ。俺が寝るところで寝るんだ」

「じゃあ、あなたもここで寝て」

彼が階下に行っているあいだ、長いこと待った。もう一錠飲んだ。すると踊り場の明かりが消えた。彼が靴を脱ぐ音がした。「帽子も取って、気分が変わるわ」とわたしはいった。

わたしの背中側に、ベッドカバーのうえから彼は横になった。汚れた足の臭いがした。彼がちいさく口笛を吹くと、犬が跳びのり、くるくるまわってから、彼の脚とわたしの脚のあいだに身を落ち着けた。わたしたちに誠実さを維持させる〈トリスタンの剣〉のように。

錠剤は驚異的な効き目を見せた。半時間というもの、男と犬が眠っているあいだ、わたしは痛みから解放されて、静かに横になっていた。わたしの魂は覚醒したまま、機敏に動いた。目前を、ある幻影が通り過ぎた。あのビューティーという子が、母親に背負われてぽこぽこと上下動をくり返しながら、傲然と前を見据えてこちらに迫ってきた。やがてその幻影は消えていき、視界に土煙の雲塊が、ボロディノの土煙がころがり込んできた。まるで死者の国へ向かう馬車の車輪のように。

わたしはスタンドの明かりを点けた。真夜中だった。

幕引きはもうすぐ。これを肉体の物語として書いているわけではないの、これは肉体が住処を貸す魂の物語なのよ。見るに耐えないものを、あなたに見せるつもりはないから、燃えさかる住居のなかで窓から窓へ走り、鉄格子のなかから助けを呼ぶ女の姿なんか。

この深い悲しみの奔流のそばで、ファーカイルと犬はまことに静かに眠っている。課された務めをはたしながら、魂が、立ちあらわれるのを待っている。改宗したての、濡れて、盲いて、無知なる魂が。

指が不自由になったいきさつをファーカイルから聞き出した。海で事故に遭ったのだ。船を見捨てなければならない緊急事態の騒ぎのなかで、手を滑車にはさまれ、つぶされたのだ。夜通し筏で、七人の男と少年といっしょに漂流した。ひどい痛みにさいなまれながら。翌日、ロシアのトロール船に拾われ、彼の手に関心が向けられたときは、すでに手遅れだった。

「ロシア語をなにかおぼえた？」とわたしはきいた。

おぼえているのは「ハラショー」だけだという。

「だれか、ボロディノなんて、おぼえてなかった？」

「ボロディノのことはいってなかった？」

「ロシア人といっしょに残ることは考えなかったの？」

彼はなんとも不可解な顔をして、わたしを見た。

それ以来、海には出ていないとか。

「海が恋しくならない？」

「船には金輪際、乗らない」きっぱりとした口調だ。

「なぜ？」

「この次は、そんなに運がいいわけがない」

「どうしてわかるの？　おのれへの揺るぎなき信念さえあれば、水のうえだって歩けるものよ。信念や信仰の行いを信じないの？」

ファーカイルは黙っていた。

「あるいは旋風のひと吹きが、あなたを水のうえからさらって、渇いた土地に降ろすかもしれない。それにいつだってイルカがいるわ。イルカが溺れかけた水夫を助けるんじゃなかった？　ところで、なぜ水夫になったの？」

「先のことなんか考えないだろ。わかってやってるわけじゃないさ」

わたしは彼の薬指を軽くつまんだ。「なにか感じる？」

「いや。神経が死んでるから」

この人には語るべき物語があることは、以前からわかっていた。いま彼は手の指のことを糸口にして、それを語りはじめた。水夫の物語だ。それをわたしが信じるか？　どうでもいいのだ、そんなことは。核となる部分に幾ばくかの真実を含まない嘘など存在しないのだから。人はひたすら、話に耳を傾けるすべを学ぶべきなのだ。

彼は埠頭で、荷積みや荷降ろしをやって働いていたこともある。ある日、荷造り用の箱を降ろしていたときのことだ、と彼は語る。いやな臭いがしたので箱を開けてみると、男の死体が入っていた。隠れ場で飢え死にした密航者だった。

「どこからやってきたの？」とわたしはきいた。

「中国。ずいぶん遠いところだ」

彼は動物虐待防止協会でも働いていたことがある。犬や猫の一時預かり所だ。

「そこで犬が好きになったわけ？」

「俺は犬とはいつもうまくいくんだ」

「子どものときに犬を飼っていたの？」

「フム」これでは答えになっていない。彼は早い時期に、わたしの質問のどれに耳を貸し、どれを聞き流すか、選別は自分がやると決めてしまった。

それでもわたしは、断片をひとつ、またひとつと繋ぎ合わせて、不分明きわまりない人生の物語をまとめあげた。それにしても、大きな家に住む老女とのエピソードが終わったあと、次にどんな話がこの男に降りかかるのだろう。片手が不自由で思うにまかせない。水夫としての縄結びの技量は失われてしまった。手先の器用さはすでになく、まずまずのたしなみもない。人生なかばに差しかかり、かたわらには妻もない。独り、たった独り（ストクスイーアレーン）――荒野に立つ一本の棒、孤独な魂、道づれもなく。いったいだれが彼の面倒を見るのだろうか。

「わたしが死んだら、あなたはどうするつもり？」

「なんとかやっていくさ」

「それはわかっているけれど、でも、あなたの人生にだれがいるの？」

用心深く、彼は微笑んで見せた。「俺の人生にだれか必要なわけ？」

当意即妙の応答などではない。本心からの質問だ。彼にはわからないのだ。わたしに訊ねている、この発育不全の男が――。

「そうよ。あなたには奥さんが必要だと思うの。突拍子もない考えだと、びっくりしなければの話だけれど。あなたが連れてきたあの女でもいいじゃない、多少なりともあなたにその気があれば」

ファーカイルは首をふった。

「気にしないで。わたしがいっているのは結婚のことではなくて、もう少し別のことなの。約束したっていいわ、あなたの面倒はみるって、ただ、死後なにが可能なのか、確かな考えが浮かばないのよ。ことによると見守るなんてことは許されないかもしれないし、よくて、ほんのわずか。そういった場所にはその場所のルールがあるから、なにかを望んでも、ルールから逃れることはできないかもしれない。秘密さえ許されないかもしれない。秘かな見守りも。心のなかのスペースをプライベートなものとして確保するすべがないかもしれない、あなたにしても、だれにしても。なにもかも消されてしまうかもしれない。なにもかも。考えても恐ろしいわ。ぞっとする。もし、そういうことになるなら、わたしは身を引きます、といいたくなるわね、ほらチケットはお返ししますって。でも、チケットを返すことがはたして許されるのか、とても疑問だわ。理由など斟酌なしよ、きっと。

だから、あなたはそんなふうに独りでいるべきじゃないの。だって、わたしは、すっかり消え去らなければならないかもしれないんだから」

彼はベッドのうえに、こちらに背を向けて座っていた。前かがみになって、両膝で犬の頭をはさんで、あやしていた。

「わたしのいうこと、わかる?」

「フム」このフムというのは、はい、を意味することもあるが、実際はなんの意味もない。

「わかってない。全然わかってないわ。わたしが愕然とするのは、あなたが独りのところを予想してじゃないわね。予想してるのは自分自身のこと」

毎日、彼は買い物に出かける。夜になると料理をし、それから、わたしのまわりをうろつきながら、わたしが食べるのをじっと見ている。食欲はまるで感じないけれど、それを彼にいう度胸はない。「あなたがじっと見ていると、なんだか食べづらいわね」できるだけ穏やかにいってから、食べ物を隠し、それを犬にやる。

彼のお気に入りの〈調合物〉は、卵に浸した白パンを揚げて、そのうえにツナをのせ、さらにトマトソースをかけたものだ。ああ、彼に料理の仕方を教えておくだけの洞察力があったらよかった。

彼は家全体を気ままに使えるようになったのに、実際には、わたしの部屋でいっしょに暮らしている。からの包みや、古い包装紙を床に落とす。すきま風が吹くと、それが幽霊のように疾走する。「紙くずを片づけて」とわたしは懇願する。「ああ、そうする」と彼は約束し、片づけることもあるけれど、そのあと、さらに散らかす。

ふたりしてひとつのベッドを、たがいに折り重なるようにして分け合っている。ふたつ折りにしたページのように、たたまれた二枚の翼のように。古い仲間、寝床仲間、結合し、結婚した——さながら古代ローマの「婚礼の床（レクトゥス・ゲニアリス）」あるいは「女主人の床（レクトゥス・アドフエルスス）」*1といったところか。靴を脱ぐと彼の足の指は黄色、ほとんど茶色で、角のよう。水には入れない足、落ちるのが怖いから——深みに落ちると息ができなくなるから。陸の生き

*1　中庭を見おろすように設置して、奴隷の仕事を監視した。

物、空の生き物、シェイクスピアに出てくるイナゴ型の妖精だ。柄はコオロギの骨、ひもは蜘蛛の糸でできた鞭を持った妖精。その巨大な群れが海のうえまで風に運ばれ、みはるかす海原に陸は見えず、疲労のあまり、一匹また一匹と折り重なって、おびただしい数で大西洋に沈み、溺れ死んでいく。最後の一匹まで、残らず、飲み込まれる。固くて脆いその羽根が、海の底で、ならび立つ木の葉のように吐息をもらし、累々たる生命なき眼球のあいまを縫って、蟹がつかみかかり、嚙み砕いていく。

ファーカイルがいびきをかいている。

影法師のような夫のそばから、あなたの母親は書いているの。そういわれて浮かぶ光景が、不快に感じられたら許してほしい。人はもっとも身近にいるものを愛さなければならないのよ。人は手近なものを愛さなければならないの。犬がそうするように。

ミセス・V(ファーカイル)。

九月二十三日、春分の日だ。ひっきりなしに降る雨で、重く垂れ込めた空が山影をおおい隠している。あまりに低い空は、箒の柄で突けそうなほど。気持ちを鎮める、くぐもった音が、大きな手のように、水の手となって、すっぽりと家を包んでいる。屋根のタイルにあたる雨音、雨樋を流れる水音はもう雑音ではなく、空気を濃密にし、液化させるものになっている。

「これはなに？」とファーカイルが訊ねた。

彼は蝶番のついた、ちいさな紫檀（したん）の箱を手にしていた。光に向けて一定の角度に開かれた箱から、時代遅れのスーツを着た、長髪の若者の姿がのぞいている。角度を変えるとその像は分解して、ガラス面の背後で、流れる銀色の筋となる。

「おおむかしの写真よ。写真技術が発達する前のもの」

「だれなのさ?」

「よくわからないわ。おじいさんの兄弟のひとりかもしれない」

「あんたの家は博物館みたいだな」

（警察が押し入った部屋のなかを、彼はあちこち探索したのだ。）

「博物館にあるものには、ラベルが貼られているわ。ここはラベルが剝がれ落ちてしまった博物館だわね。朽ちた博物館。博物館におさめられるべき博物館よ」

「要らないんなら、こんな古いものはみんな売ってしまえばいいじゃないか」

「売りたければ、売っていいわよ。わたしも売ればいい」

「なにが売れるの?」

「骨。髪の毛。この歯も売れればいい。わたしなど一銭にもならないとあなたが思えば、話は別だけれど。残念ながら、ここにカートはないわよ、子どもたちがガイ・フォークス*1の日に、ガイの人形（ひとがた）を放り込んで押して歩いたカートは。わたしの額に文字をピンで

*1　一七〇五年、英国でプロテスタント政策に不満をもつカトリック教徒ガイ・フォークス等が、国会議事堂を火薬で爆破しようとした未遂事件にちなんだ日。

留めて、ガヴァメント街を押して歩いたらどう。そして火を点ければいいじゃない、わたしに。それとも、もっと怪しげな場所に、たとえばゴミ捨て場に運んでいって、そこに捨てたらどうなの」

煙草を吸いたくなると、彼はいつもバルコニーに出ていた。いまは踊り場で吸っているので、この部屋まで煙がただよってくる。我慢できない。でも、我慢できないことにも、慣れていくときが来たのだ。

流しで下着を洗濯しているところへ、あの人が通りかかった。身を屈めるとひどい痛みに襲われるため、さだめし、無様な姿に見えたのだろう。「俺が代わりにやってやるよ」といったのだ。わたしは断わった。でもそのあと、物干のひもに手が届かなくて、吊るすのは彼がやらざるをえなかった――灰色の、たるんだ、老女の下着を。

痛みが深いところから襲ってきて、青くなって冷たい汗をかきながら、ぶるぶる震えているとき、彼が手を握っていてくれることもある。わたしは釣り針にかかった魚のように、その手にこの身をねじ込む。自分の顔に浮かぶ、ゆがんだ表情には気づいている。性交に没頭するとき人が見せる――容赦なく貪欲な――あの表情だ。そんな表情は見たくない、だから彼は目をそらす。わたしのほうは、こう思っている――この人に見せよう、学ばせよう、それがどんなものかを！

彼はポケットに小刀を入れている。折りたたみ式のものではなくて、コルクの握りに、恐ろしげな、先の尖った刀身を埋め込んだやつだ。ベッドに入るときは、そばの床にその小刀を置く。金といっしょに。

だからわたしはしっかり保護されているわけだ。死神も、この犬と、この男のそばを通り過ぎるには、二の足を踏むかもしれない。

「ラテン語ってなにさ？」と彼が訊ねた。

死んだ言語よ、死者たちが話す言語、とわたしは答えた。

「ほんとに？」と彼。死者が話す言語というのが、おもしろかったらしい。

「本当よ」とわたし。「いまではお葬式のときしか耳にしないけど。お葬式とか、風変わりな結婚式でだけね」

「あんたはラテン語が話せるの？」

そこでウェルギリウスを暗誦してやった。ウェルギリウスが不穏な死者たちのことを書いた箇所を。

　遺骨（オッサ）が安らぐ場をもつまでは、唸る流れの、
　怖ろしき岸から岸へ、亡魂渡すは許されぬ。
　百年の長きをこの岸の、辺りを彷徨い飛びまわり、
　ようよう彼らは許されて、焦がれた淵へと帰還する。

「どういう意味なの？」

「もしもあなたが娘に宛てた手紙を投函しなかったら、わたしは百年の悲嘆にくれることになるという意味よ」

「そうじゃないな」

「そうよ、そういう意味よ。オッサというのは日記という意味なの。日々の出来事を書きつけておくもの」

　少したってからあの人はまたやってきた。そして「もう一度、ラテン語をいってみてくれないか」と頼んだ。わたしは例の箇所を朗誦しながら、彼の口がそれを聴いて動くのを観察した。この人は記憶している、そう思った。だが、そうではなかった。彼のなかで脈打っているのは長短短の拍子であって、その力で心臓が拍動し、喉が動いていたのだ。

「それがあんたの教えていたもの？　それが仕事だったの？」

「そう、それがわたしの仕事だった。それで生計を立てていたの。死者に声をあたえて」

「だれが給料を払ったのさ？」

「納税者よ。南アフリカの国民、多額の人も少額の人も」

「俺に教えてくれないか？」

「教えることはできたはずよ。古代ローマのことなら、たいていのことは教えられたわ。古代ギリシアとなると、ちょっとおぼつかないけれど。いまだって、あなたに教えることができるかもしれない、でも、もう時間がないのよ、なにをやるにも」

彼は気をよくしている、わたしにはわかった。

「ラテン語は簡単よ。あなたもおぼえていることがたくさんあるでしょ」

いまひとつの挑戦、いまひとつの、わたしにはお手の物のほのめかしだ。まるで、秘かに情人を囲っている夫をとがめ、白状してしまいなさいと説きつける女のよう。ところが、わたしの出した手がかりは彼を素通りする。この人はなにも隠してはいない。その無知は本物だ。その無知も、その無垢も。

「うまく出てこないものがあるんじゃない?」とわたし。「話してみればいいのに。ことばがどこかに連れていってくれるのを見ていればいいのよ」

だが、男はその一線が越えられない。立ちすくみ、無言のまま、煙草の煙の陰に隠れて、目を細め、わたしがのぞき込めないようにしている。

犬がその周囲をくるくるまわり、わたしのところへやってきて、また離れていく。落ち着きなく。

ひょっとすると、送り込まれたのは犬であって、この人ではなかった、ということか?

あなたは決して彼と会うことはないと思う。写真を送ろうと思ったこともあったのだけれど、わたしのカメラは、このあいだの住居侵入で持ち去られてしまった。いずれにしても、写真うつりのいい人ではないし。ＩＤカードの写真を見たことがあるの。独房の暗闇から引き出された囚人みたいな写真だった。眩しい光のなかにいきなり放り込まれて、壁に押しつけられ、じっとしていろと怒鳴られて、撮影された写真。彼という人間から略奪されたイメージ、力ずくで引き出されたものよ。まるで、ぼやけた写真のなかに出てくる、なかば神話化された生き物みたいな、おぼろげな形が下草のなかに消えかかって、人間なのか獣なのか、はたまた感光液がうまくのらなかった箇所にすぎないのか、判別のつかない、確認できないもの。あるいは、写真のへりの外へ姿を消そうとして、シャッターの罠にはまり、片腕とか片足とか後ろ頭を残してしまったもの。

「アメリカに行ってみたい？」とわたしはきいてみた。

「なんで？」

「手紙を届けるためよ。郵送する代わりに、自分で持っていくってのはどうかしら――飛行機でアメリカへ行って、飛行機で帰ってくる。ちょっとした冒険よ。船に乗るよりいいでしょ。娘があなたに会って面倒を見てくれるわ。前もってチケットを買っておくから。行かない？」

ファーカイルは健気（けなげ）にも微笑んだ。でも、この冗談には彼の痛いところに触れるものがある、わたしにはわかっている。

「わたしは本気よ」

そうはいったけれど、じつのところ、本気でいったわけではない。散髪をしたファーカイルが、店で買った服を着て、あなたの家の客用寝室でぼんやりしている。一杯やりたくてたまらないのに、気後れして言い出せない。隣の部屋ではあなたが、子どもたちも夫もぐっすり寝入ったあと、この手紙を、この告白を、この狂気の沙汰を夢中になって読んでいる——そんなことは、考えるだけでも耐えられない。こんなものは要らない、食いしばった歯のすきまから、あなたはもらす——これこそ、わたしがここまで逃げ出してきたものじゃないの、なんでわたしを追いかけてこなきゃならないのよ？

　まだ時間が自由に使えたとき、この歳月、アメリカからあなたが送ってくれた写真をぱらぱらとくって、背景をじっと見つめて、あなたがシャッターを押した瞬間、フレームのなかに否応なくおさまったものすべてに目を凝らしてみたの。たとえば、あなたが送ってくれた、ふたりの少年がカヌーに乗っている写真、それを見つめるわたしの視線は、少年たちの顔から湖面に浮かぶさざ波へ移動し、樅（もみ）の木の深緑色へ移り、そしてふたたび、ふたりが着ているオレンジ色のライフジャケットへともどっていく。むかし水泳の練習用に使われた、翼形の浮き袋みたいなライフジャケット。鈍い、くすんだ光沢の、その布の表面を見つめていると、ひどい眠気に襲われる。ゴムか、化繊か、なにかそういった混紡か——触るとごわつく、固い物質。なぜ、わたしの知らない、おそらく人類になじみのない、この、形成され、防水され、空気でふくらませて、あなたの子どもたちの身体に結わえられた生地が、わたしにとって、あなたがいま生きている世界としてこれほど強い意味をもってくるのか。なぜそれが、こんなに気分を鬱々とさせるのか。考える糸口さえ見つからないわ。でも、こうして書くことで、折りに触れて、糸口さえ見つからない場所から、微かな端緒を見いだせそうな場所へと運ばれていく。なんというか、本当に、口にするのもためらわれるのだけれど、ひょっとすると、あなたの子どもたちは決して溺れない、ということが、わたしを気鬱にするのかもしれない。あんなに湖があるのに、あんなに水があるのに——湖と川の土地ですもの——それなのに、たとえ運わるく子どもたちがカヌーから放り出されたとしても、溺れたりせず、色鮮やかなオレンジ色の翼に保護されて、水面をぽこぽこと上下しているうちに、モーターボートがやってきて拾いあげ、安全な場所へと運んでくれて、そしてすべては事なきをえることが。

リクリエーション区域、あなたは写真の裏にそう書きつける。湖が手なずけられ、森が手なずけられ、新たに名づけ直されたわけね。

それ以上、子どもは要らないとあなたはいう。となると、このふたりの少年のなかで、アメリカの雪のなかに蒔かれた種子であるこの子たちで、血筋は途絶えることになるのね。子どもたちは決して溺れず、平均寿命は七十五歳からさらに上昇している。このわたしは、水が大の男たちを飲み込む岸辺に、平均寿命が年ごとに下がる国に住んでいるわたしは、ここで光明なき死を迎えようとしている。あの哀れな、社会的に恵まれないふたりの少年たちに、彼らの復活(リクリエーション)区域で浅い水をはねかしているあの少年たちに、いったいどんな希望があるというの。七十五歳だろうと八十五歳だろうと、彼らは、生まれたときとおなじくらい愚かしいまま死んでいくのよ。

自分の孫たちの死を願っているのかしら。まさにこの瞬間、あなたは嫌気がさしてページを投げ飛ばしているんじゃない？　気のふれた婆さん！　そう叫んでいるんじゃない？

彼らはわたしの孫ではないわ。わたしの子どもと呼ぶには、遠く離れすぎているもの。わたしがあとに残していく家族は大勢ではない。ひとりの娘。女主人の配偶者、そして彼の犬。

決してあの子たちの死を願っているわけではないの。その生命がわたしの生命にかすかに触れたふたりの少年は、どうあれ、もう死んでしまった。いいえ、わたしはあなたの子どもたちに生きてほしい。でも、あなたが結わえつけた翼が、あの子たちの生命を護る保障はない。生命というのは、足の指と指のあいだにはさまった埃。生命というのは、歯と歯のあいだにはさまった滓。生とは塵介を喰らうことなのよ。

あるいは——生とは溺れること。水のなかを落ちていくこと、海の底まで。

もっとも内密なことを介助に頼らなければならないときが間近に迫っている。そのときは、この下手な物語に終止符をうつ潮どき。ファーカイルが介助してくれないのでは、と疑うわけではない。最終的な事態にいたれば、もはや彼を疑いはしない。わたしには頼りない気遣いではあるけれど、ファーカイルにはいつも控えているようなところがあって、その気遣いを表現する方法を知らないだけなのだ。わたしが倒れたら、彼は抱きかかえてくれた。ここへやってきたとき、彼はわたしの保護下に入ったわけではない。いまはわかる。わたしにしても、彼の保護下に入ったわけではない――わたしたちはたがいに、相手のふところに落ちて、以来、その相互選択の飛翔と急降下のなかを、転け（こ）つまろびつやってきたのだ。

とはいえファーカイルは看護人（ナース）にはほど遠く、乳母（ヌリッス）――滋養（ナリッシャー）をあたえる者のイメージからも遠い。彼は渇いている。飲み物は水ではない、火だ。それがファーカイルの子どもを想像できない理由かもしれない――その精液は渇いて、花粉か、この国の土埃のように干涸びて茶色になってしまったのだ。

わたしにはこの人の存在が、その慰めが、助けが必要だ。でも彼もまた、助けを必要としている。女だけが男にあたえられる助けが。誘惑ではなく誘導が。彼は愛するすべを知らない。わたしがいっているのは、心の動きではなくて、もっとシンプルなこと。少年が愛するすべを知らないように、彼は愛するすべを知らないのだ。どんなジッパーやボタン、ホックが待ちかまえているかわかっていない。なにがどこへ行くのか、わかっていない。やるべきことをどのようにやるのか、まるでわかっていないのだ。

最期が近くなればなるほど、ファーカイルはさらに誠実になっていく。それでもまだ、その手を導いてやらざるをえない。

思い出すのは、わたしたちが車のなかに座っていたときのこと、彼がマッチをわたしに突き出し「やれよ」といった日のことだ。わたしは憤慨した。でもあれは、彼に対して、はたしてフェアだったろうか。いまになってみればこの人は、処女がセックスについて無知なのとおなじように、死について無知なのだと思えるからだ。いずれにもおなじ好奇心をもっている。股間を嗅ぎまわる犬の好奇心だ。しきりに尻尾をふり、ペニスのように赤く、愚かしい舌を垂らして。

昨日、あの人がお風呂に入るのを介助してくれるあいだに、寝巻きが脱げ落ち、あの人が凝視するのがわかった。ミル通りの子どもたちのように——彼には品位というものがない。品位——説明不能のもの——あらゆる倫理観の基盤となるもの。わたしたちがしてはいけないこと。魂が肉体を離れるとき、わたしたちは凝視せずに、涙で目にヴェールをかけたり、両手で目をおおったりする。傷痕を凝視しないのは、そこが、魂が離れようと必死でもがき、むりやり引きもどされ、閉じ込められ、縫い込まれる場所だから。

猫にまだ餌をやっているかどうか、あの人に訊ねた。「ああ」と返事をしたけれど、嘘だ。猫は追い払われて、どこかへ行ってしまった。わたしは気にしているのだろうか。ちがう、もう気にかけてはいない。あなたを気遣い、彼のことを気遣ったあと、わたしの心には余裕がほとんど残らない。ほかは荒れるにまかせよ、ということね。

昨夜、ひどい寒気に襲われて、さよならをいうため、あなたを呼び出そうとしたのよ。でもあなたは出てこなかった。わたしはあなたの名前をささやいた。「わたしの娘、わたしの子」暗闇のなかでささやきかけるようにいったけれど、でも、浮かんできたのは一枚の写真だけ。それは、あなたの写真で、あなたではなかった。切れてしまった、そう思ったわ――この糸も切れてしまった。いまや、わたしを繋ぎとめているものは、なにもない。

でもわたしは眠りに落ちて、そして目が覚め、まだここにいて、それに今朝はとても強くなった気がする。だからたぶん、呼び出そうとしていたのは、わたしだけではないのかもしれない。たぶん、寒気に襲われるのは、この身体から抜け出すよう、海の向こうから、呼び出しを受けているからなのかもしれない。自分ではそれが、わからないけれど。

あなたの愛をいまも信じているのよ、こんなふうに。

このことばのロープから、あなたを解放することになるのも、もうすぐね。わたしをかわいそうなんて思うことはないのよ。でも、残されたこの人のことは、少しだけ考えてあげて。泳ぐこともできないし、まだ飛び方も知らないの。

わたしは眠り、寒さとともに目覚めた――腹部、心臓、骨の髄まで冷えきっていた。バルコニーへ出るドアが開いていて、カーテンが風に揺れていた。

ファーカイルはバルコニーに立ち、さわさわと音をたてる木の葉の海を、ぼんやりとながめていた。わたしはその腕に触れ、高く突き出た肩に、骨ばった脊椎の突起に触れた。がちがちと鳴る歯のすきまから、わたしは話しかけた――「なにを見てるの？」

ファーカイルは答えなかった。わたしはさらに近くに寄った。わたしたちの下には影たちの海が広がり、木の葉の帳（とばり）が揺れて、擦れあっていた。暗い闇をおおう鱗のように。

「時間かしら？」

わたしはベッドにもどり、冷たいシーツのトンネルに潜り込んだ。カーテンが開いて、あの人がわたしのそばに来た。初めてわたしは臭気を感じなかった。あの人がわたしを両腕に抱いて、渾身の力で抱きしめた。息がわたしから一気に出ていった。その抱擁にはどんな温もりも感じられなかった。

一九八六〜八九年

訳者解説

この作品は母から娘へあてた手紙だ。いや、遺書といったほうがいいかもしれない。主人公のミセス・カレンは七十歳の、退職した元ラテン語の教師だ。舞台は南アフリカ、ケープタウンの白人住宅街。ときは一九八六年の八月と九月、南アフリカで半世紀近くつづいた悪名高いアパルトヘイトが、ついに崩壊しはじめた時期だ。

物語は、主人公がガンの再発を医師から知らされた日からはじまる。ひとり娘は十年前にこの国を出ていってしまった。ほかに家族はいない。身近にいるのは数匹の猫と、ガレージの横に住みついた浮浪者だけ。娘は米国で結婚して、子どもをふたり育てながら自分の暮らしを築いている。折りにふれて母から娘へ、娘から母へ、手紙や電話でのやりとりはある。しかし、母は娘に最後まで自分の病状は知らせまい、娘が知るのは自分が死んだあと、と心を決める。

その最後の日まで、間近に迫った自分の死をどう受けとめ、どのように生きているか、この激動の時代をどう生きたか、その真実を知らせるための遺書を書く、痛みをこらえて。でも、その遺書をはたして娘は読むだろうか、読まずに終わるかもしれない。それはもっぱら、主人公が遺書を託することに決めた相手、浮浪者のファーカイルにかかっている。とても信頼できそうもない相手ではあるのだけれど、信頼できないゆえに信頼するしかない、と主人公が考えるファーカイルに。その賭けが本書をつらぬくテーマとなっている。

作者のJ・M・クッツェーはこの物語を書きはじめたとき、まだ四十六歳。そのことを考えると、あらためて、ちょっと驚く。四十六歳の男性作家が、いくらフィクションは想像力で書くものだとしても、ここまで女性の、それも高齢の母親の、心の奥深くまで降りていって、そこで起きている心の揺れや襞を克明に書けるものだろうか。子どもについて、子ども時代を十分もつことについて、親から子へ受け継がれる生命の繋がりについて、人が人を気遣うことについて、慈愛について。母の立場からここまでやわらかく、しかも、人間をめぐる本質的な問いかけをしながら書けるものかと、驚嘆の思いにかられるのだ。やっぱりクッツェーはすごい作家だ。

ジョン・マクスウェル・クッツェーという作家は、いま、さまざまな意味でとても気になる作家だ。アフリカ大陸最南端の都市ケープタウンで、オランダ系植民者の末裔として一九四〇年二月九日に生まれているから、ちょうど二〇世紀後半を生きてきた、わたしたちの同時代作家といっていい。オランダ系だけれど、第一言語は英語で、教育も英語で受けたし、作品を書くときも英語だ。

ケープタウンで小学校に入学したクッツェーは、父親の仕事の関係で内陸のヴスター近郊へ引っ越すが、十二歳のときケープタウンにもどり、カトリック系のハイスクールを卒業して、ケープタウン大学へ入学。奨学金とアルバイトで諸経費をまかない、英文学、数学で学士号を取得して渡英する。コンピュータプログラマーとして働きながら修士論文を完成。六三年に結婚、六五年に渡米。オースティンのテキサス大学でベケットの初期作品の言語学的研究で博士号を取得。バッファローのニューヨーク州立大学で教えているとき、学内のベトナム反戦集会に参加して逮捕され（当時めずらしいことではなかった）、移民局に何度申請しても居住許可がおりず、南アフリカへ帰国することを決意する。七二年からケープタウン大学で教えながら、つぎつぎと作品を発表。この間、ハーバード大学やシカゴ大学などで客員教授もつとめ、二〇〇二年にオーストラリアのアデレードへ移住、というのが略歴だ。

英国と米国ですごした二十代をのぞいて六十二歳まで、南アフリカという、なかなかに複雑な歴史をもつ土地に身を置きながら、発表するごとに意表を突く実験的な作風で、読者を驚かせ、楽しませてきた作家である。三、四年に一作という着実なペースで発表された作品はどれも名だたる文学賞を受賞して、二〇〇三年にはついにノーベル文学賞を受賞した。エジプトのナギブ・マフフーズ、ナイジェリアのウォレ・ショインカ、南アフリカのナディン・ゴーディマにつづいて、アフリカ出身の文学者としては四人目である。スウェーデン・アカデミーがあげた授賞理由は「数々の装いを凝らし、アウトサイダーが巻き込まれていくところを意表を突くかたちで描いた。その小説は、緻密な構成と含みのある対話、すばらしい分析を特徴としている。しかし同時に、周到な懐疑心をもって、西欧文明のもつ残酷な合理性と見せかけのモラリティを容赦なく批判した」というものだった。

本書『鉄の時代』は九〇年に発表された作品だ。七四年に第一作『ダスクランズ』を発表してから〇七年の『厄年日記』にいたるクッツェーの作品群のなかで、時期的にはちょうどまんなか、内容的にもかなめに位置する作品である。

南アフリカとアパルトヘイト

物語の舞台となっている南アフリカについて、基本的なことを手短に確認しておこう。アフリカ大陸南端の岬にケープ植民地をつくったのは、一六〇二年に世界最初期の株式会社「東インド会社」を立ちあげた国、オランダである。最初のヨーロッパ人入植者としてアフリカの最南端に入植したのは、東インドを含むアジア東南部地域へ航行させる商船に、新鮮な果物と野菜を供給するためだった。やがて移民を奨励された農民たちが、内陸へ入っていって入植をはじめる。フランスで迫害を受けた新教徒ユグノーも、これに同化するかたちで加わっていく。南アフリカ人の名前にフランス語起源のものが混じっているのはそのためだ。

ここで、事態を複雑にする厄介なことが起きた。農場経営がおもな関心事であるオランダ系植民者の土地に、ダイヤモンドと金の鉱脈が発見されたのだ。当然、ゴールドラッシュが起きる。その利権やオランダ系植民者の土地を手に入れようとするイギリス帝国とのあいだに、二度にわたって起きた戦争、それがボーア戦争だ。最初、蜂起した農民兵なんて目じゃないと思った英国だったけれど、農民として地理、地形に詳しいオランダ系植民者は、少数でゲリラ的に出没し、英国の大軍を破る。これが第一次ボーア戦争。それから約二十年後にふたたび起きた戦争で、本国から援軍をえた英国軍が、圧倒的軍事力で制圧したのが第二次ボーア戦争。それ以来、南アフリカでは英国の覇権が決定的になる。

そしてアパルトヘイト。これは「分離」を意味するアフリカーンス語（オランダ語が南アフリカで土着化した言語）で、ボーア戦争から約半世紀後の一九四八年、アフリカーナーを支持母体とする国民党が政権をにぎって強力にうちだした制度だ。アフリカーナーというのは、南アフリカに入植して代をかさねたオランダ系白人が、みずからを「アフリカ人」と呼んだ名前なのだけれど、その理由は、オランダ東インド会社が解散してしまい、あとから勢力を伸ばしてきたイギリス系白人とはちがって、本国とのつながりを失っていったためといわれている。孤立した彼らは、自分たちは神に選ばれた民族という意識を維持しようとした。

このアフリカーナー民族主義に支えられたアパルトヘイトという体制は、少数の白人が土地と富の大部分を占有し、人口登録法によってカラード、インド系、そして最底辺に位置づけられる大多数の黒人、というヒエラルキーを作りあげ、微に入り細に入る法律によって人種差別を合法化した制度だった。もちろんそれまでに基礎はできていた。先住民の土地をどんどん取りあげ、黒人の土地所有権をうばい、奴隷のように使役した歴史のうえに、この制度は成立したのだ。ミセス・カレンが「罪は遠いむかしに犯された。どれくらいむかしか？　わたしにはわからない。でも、(自分が生まれた)一九一六年よりずっとむかし」だと述べているのはそのことだ。

分類上の用語で「カラード」というのは「混血」という曖昧なカテゴリーで、米国でいわれるように「黒人」をさすわけではない。ここには白人と先住民族のサン人やコイコイ人などとの混血にはじまり、労働力として旧オランダ植民地のインドネシアやマレーから導入された奴隷との混血も含まれる。彼らの使用言語はアフリカーンス語。とりわけ南部のケープ各州に多く住んでいた。

インド系とは英国の植民地だったインドからサトウキビ畑の労働者として強制移住させられた人の子孫や、商人として自発的に移住した人たちのことだ。タウンシップと呼ばれる大都市周辺の黒人居住区で、雑貨店などを営むのはインド系が多い。本書内にも、焼け焦げた建物に「バーウーディンの店」とあった、と出てくるのはインド系の名前である。インド建国の父といわれるマハトマ・ガンジーが、非暴力主義の抵抗運動をはじめたのはこの南アフリカでだった。

最底辺に位置づけられた圧倒的多数の黒人とは、ズールー、コーサ、北ソト、南ソト、ツワナ、ンデベレなど、北部から南下してきたバンツー系民族のことだ。南下した、といっても、オランダ人の入植がはじまったときはすでに、現在の南アフリカにあたる土地に居住していた人たちである。

アパルトヘイト時代、選挙権は白人にしかなかった（末期にはカラードとインド系にも部分的にあたえられた）。集団地域法という法律で人種によって住む場所が厳密に区分けされ、学校や交通機関、病院など公共施設にも大きな格差があった。雑婚法によって異人種間の結婚は禁止され、背徳法という性交まで禁止する法律があった。なかでも大きな障害は、黒人には移動の自由がなかったことだ。十六歳以上の黒人はパスブックと呼ばれる身分証を常時携帯する義務が課されて、不携帯の者は即座に留置所行き。本書内でも「僕たちがここに来るのに、パスがないといけないんですか？」とベキが挑むようにいう場面があったけれど、あれはちょうどそのパス法が廃止された直後で、若いベキが挑戦的に白人マダムにいったことばなのだ。

土地を奪われ、狭くて不毛なホームランドに押し込められた黒人たちが生き延びる道は、男なら劣悪な労働条件の金鉱やダイヤモンド鉱山、あるいは白人が経営する企業で（フローレンスの夫のように）働くか、大農場に住み込んで働くこと（カレンが幼いころ撮影された写真に写らず花壇のふちで待っている人たち）、女性は子どもを祖母等にあずけて、白人の屋敷にメイドとして住み込むのが典型的な例だった（フローレンスのように子どもといっしょに住めるようになったのは、居住法が緩和された後期のこと）。家族に会うのは週に一度、ならまだましなほうで、田舎から出てきて単身労働者用寄宿舎に寝泊まりして働く鉱夫などは、年に一度だけ田舎に帰るような暮らしだ。

クッツェーが『鉄の時代』を書いた一九八六〜八九年は、このアパルトヘイト体制が断末魔の苦しみにあえいでいた時期だった——というのは、いまからふりかえってみたときにいえることで、当時は、非常事態宣言が幾度も発動され、タウンシップは騒乱状態、警察による急襲、暴行は日常茶飯事、本書内にも出てくるように、白人政府から流れた資金で組織された黒人の「自警団」が、解放運動にかかわる者の家を焼き討ちにして、国内難民が続出した。秀逸なクッツェー論『J・M・クッツェーと読みの倫理学』を書いたデレク・アトリッジも述べているように、内部で暮らしていた人には終わりの見えない悪夢のように感じられたという。それでも、翌九〇年には、アパルトヘイトがついに崩れていく激動の時代を迎える。二月二日に、非合法だった解放組織が合法化され、同月十一日には二十八年におよぶ投獄生活からネルソン・マンデラが解放された。

そんな激動の時代の文脈にもまれて、当時、この作品は政治的な意味合いを読み取ろうとする外部の強い欲求にさらされた。南アから出てくる文学が、外部世界へむけて発信される通訳文学の役割を背負わされたからだ。しかしクッツェーという作家はそういった役割にあくまで抵抗する。その軌跡はさまざまなかたちで、どの作品内にも刻印されている。

クッツェー文学、その沈黙と雄弁

　では、クッツェーとはどんな作品を書いてきた作家なのだろうか。

　最初の作品『ダスクランズ』（一九七四）には、時代も登場人物もまったく異なりながら、たがいに響きあうふたつの物語――「ベトナム計画」と「ヤコブス・クッツェーの物語」――が一冊におさめられた。二作目の『その国の奥深く（邦題『石の女』）』（一九七七）では、南ア奥地の農場を舞台に、主人公マグダが語る二六六の断章を、モンタージュ手法でつなぐ実験的な作風が使われた。さらに『夷狄（蛮族）を待ちながら』（一九八〇）では、タイトルをギリシアの詩人カヴァフィスの詩から採り、架空の帝国とその植民地を舞台にして、権力と人間をめぐる、きわめて骨太な物語が展開される。さらに『マイケル・K』（一九八三）では、カフカとロビンソン・クルーソーの世界を彷彿とさせながら、寓意性にみちた密度の高い物語を結晶させ、次の『敵あるいはフォー』（一九八六）では大作家デフォーの影を書き込みながら、語りの主体そのものを俎上にのせて、そこに語ることを最初から奪われた身体「フライデイ」を絡ませることで、ポストモダンの論者たちに格好のテーマを提供した。

　クッツェーという作家はこんなふうに、発表する作品ごとに作風をがらりと変えて読者を驚かせてきた。小説としてのフォルムや、登場人物と語り手の関係に凝らされた手法は、作品が発表された時代やこの国の検閲制度との緊張関係と切り離せないものだった。でも、この『鉄の時代』（一九九〇）にも、それ以後の（つい、作家自身の経験に引きつけて読みたくなる）早世した息子の軌跡を追う父の物語『ペテルブルグの文豪』（一九九四）や六十歳で片足をなくした男の回復と蘇生の物語『遅い男』（二〇〇五）にも、回想作品の『少年時代』（一九九七）や『青年時代』（二〇〇二）にも、いまひとつ別の、リアルな南アを描いた『恥辱』（一九九九）や、フィクション化した講演をまとめた『エリザベス・コステロ』（二〇〇三）を経て、ポリフォニックな手法の『厄年時代』（二〇〇七）にいたるまで、どの作品からも、強弱の差はあるものの、ある共通の響きが聞こえてくる。本書内のことばを使うなら、バッソ・オスティナート――執拗低音と呼びたくなる響き。耳を澄ませば、その響きの底には、真実を述べたいという、告白への強い衝動が埋め込まれているのがわかる。そしてクッツェー自身がいうように、その真実は作品内に深く流れる沈黙と結びついている。

　この『鉄の時代』は、それ以前の実験的手法を駆使した作品にくらべると、地名、人名、事件など、八〇年代なかばの南アフリカの状況をきわめて具体的に取り入れた作品である。ググレトゥでベキをはじめ五人の少年が殺された事件は、八六年三月に起きた「ググレトゥ・セヴン」という事件を想起させる。だから、アレゴリカルな作風からリアリズムへ変わったのか、と評者、読者が考えたのも、ある意味でうなずける。

　でも、いまこの作品を訳了して思うのは、そうだったのか、クッツェーという作家はこんな細部を書き込んでいたのか、という驚きだ。

物語は、ガンの再発を告げられた主人公が書く遺書という設定のためか、コロンを多用した区切りの多い文体で書かれている。すばらしく詩的な表現も見られる。ときに断末魔のあえぎのような残響を響かせながら、無駄のない明晰なことばが、ヨーロッパ古典へのおびただしいアリュージョン（暗示）を伴って、読者の懐に直球で投げ込まれる。それも逸れることのない豪速球で。快い衝撃とともにそれを受け取る側は、ぐいぐいと小説世界のなかに引き込まれていく——いつもながらに。

おびただしいアリュージョンとことばの連鎖

この作品を読むうえで、そういったアリュージョンに気づかなければ作品の魅力が減るなんてことはまったくない。とはいえ、気づいたものだけは少し書き出しておこう。まず『鉄の時代』というタイトル、これは古代ギリシアの詩人ヘシオドスの『仕事と日々』に初出することばで、ローマ時代の詩人オウィディウスの『変身物語』にも出てくる。そこでは時代が、ゼウス以前の豊饒（ほうじょう）な常春がつづく黄金の時代、季節が四つに分かれて農耕がはじまる銀の時代、人が荒々しい気質に変わり武器をもつようになる青銅の時代、そして、あるゆる悪行が押し寄せ、恥じらいや真実が逃げ去る鉄の時代の順に移り変わる。鉄の時代はまた、忌まわしい所有欲がやってきて、共通の財であった土地に測量者が境界線を引き、豊かな大地は穀物や食糧を求められただけでなく、地中深く人の手が伸び、大地が隠しもっていた富——有害な鉄と、それよりも有害な金——が暴かれ（金が発見された南アの歴史に重ねてみると示唆的）、戦争が起き、略奪が生活の手段となり、血まみれの手が武器をふりまわし、ついに正義の女神も殺戮の血に濡れたこの土地を去った時代だ。面白いのは、クッツェーが主人公のミセス・カレンに、鉄の時代のあとから、青銅の時代がやってくる、といわせて、順序を奇妙に逆転させていることだ。彼女が生きている「いま」鉄の時代が到来し、未来に、やわらかい青銅の時代、土の時代がやってくる、と。

この『鉄の時代』の遠景に配置されているのは、ギリシア神話のデメテルの嘆きの物語でもある（大地母神デメテルは、冥界を支配するハデスに娘ペルセポネをさらわれて世界を彷徨う）。さらに、古代ローマ帝国の創世神話とされるウェルギリウスの長詩『アエネーイス』も織り込まれている。主人公のミセス・カレンがラテン語の元教師という設定から、ラテン語はもちろん、フランス語やスペイン語の表現が主人公の口から思わずこぼれ出る。文中には、デメテル、ハデス、アフロディテ、ヘルメスといったギリシア神話の神々の名や、ソクラテス、トゥキュディデス、マルクス・アウレリウス、オデュッセウスといった古代ギリシア・ローマ時代の哲学者、歴史家、皇帝、物語の登場人物などの名がちりばめられ、プラトンの思想も埋め込まれ、そして聖書はもちろん、マザーグースや、シェイクスピア、トルストイ、ブレイク、コールリッジ等の作品がちらりちらりと顔を出す。ホーソーンの『緋文字』も出てくるし、ワーズワースの有名な詩を思わせることばも隠されている。この作家の好きなベケットの作品と響きあう箇所もある。
キーワードとして出てくる、変身、変形、変態、変容を意味する「メタモルフォシス」はとても重層的な響きをもつ語だ。オウィディウスの『変身物語』はもちろん、カフカの『変身』をも想起させるし、人が変わっていく姿をたとえるときや、写真をめぐる用語としても使われている。

また、バッハ、ブラームス、ショパンといった音楽家やその作品もはめ込まれている。クッツェー自身は、この作品を書いた直後に行われた、デイヴィッド・アトウェルとの解放感にみちたインタビューで、ムージルについて書いた自分の文章は「どちらかというと固くて乾いているが、感覚的な練りあげへ引き寄せられる強い傾向はいまもある――なんだか、二部形式のインヴェンションを離れて、後期ロマン派のシンフォニーのようになっていく」（『ダブリング・ザ・ポイント』208ページ）と述べていて面白い。「古き良き時代」を思わせる映画スターやポップカルチャーにまつわる固有名詞も多い。そしてボロディノ、タバンチュなど、地名のアナグラム。これらの固有名詞は、八〇年代後半の南アフリカという文脈で――作者のことばでいう――「たとえ、まったく擁護(ようご)できない歴史的な位置から語る者であっても、死者は意見をもっている」（同、250ページ）ことを表明するための装置として、じつに効果的に使われている。

アフリカーンス語と名前

さらにこの『鉄の時代』は、他の作品とくらべて、アフリカーンス語の会話がとても多い。アパルトヘイト時代、ＴＶやラジオで政府がもちいた言語、警察や軍隊がもちいた言語、それは基本的にアフリカーンス語だった。この言語による会話部分に、本書では英訳がほとんどついていない。ということは、作者はまずアフリカーンス語が理解できる読者を想定して、この作品を書いたのだろうか。とすると基本的には、南アフリカ国内の、本を買って読める層ということになるけれど——。（でも、本書のフランス語訳ではこのアフリカーンス語がまったく訳されていない）

ちなみに、クッツェーは第一言語を英語とする作家だけれど、アフリカーンス語とのほぼバイリンガル。父方の農場を訪れた少年が突然、アフリカーンス語が話せるようになる瞬間のことは『少年時代』にも出てくる。アフリカーンス語からの英訳書もある。面白いのが、七五年にオランダ語から英訳した本のタイトル。なんとその名も『死後に発表する告白』、この本の中身そのものなのだ。オランダ語とアフリカーンス語をのぞいて、ハイスクールと大学で学んだ唯一の言語がラテン語だったと作家自身は述べているが、フランス語、ドイツ語など、ヨーロッパ言語にも精通していると思われる。

また、クッツェーは言語学者だけあって、固有名の発音には、個々のオリジナル言語がなんであるかにこだわる作家だ。作家自身のファミリーネームのアフリカーンス語発音をめぐるエピソードを見ても、それはわかる。あの、複雑で多様な諸民族、諸言語が、きわめて政治的な意味合いを帯びて入り交じる言語空間で生きてきた人だ。第一言語は英語でも、この言語のもつ特権性を、二十代初めの渡英経験も含めて、逆の意味で、早くから自覚できる位置に身を置いてきた人なのだ。「こだわる」というよりは「敏感」という表現がふさわしいかもしれない。その背後には彼自身のアイデンティティとも絡む、英語以外の言語への敬意と謙虚さが感じられる。

この作品には——この作品にも、というべきか——名前をめぐる人と人の信頼関係の不在やコミュニケーションが成立しない場面を可視化することばが、何度も、執拗に書き込まれている。ミセス・カレンの家で長年はたらいてきたメイド、フローレンスにしても、その娘たち（「ホープとビューティー——まるで寓話のなかで生きているよう」）にしても、本当の名前ではないと主人公は確信している。本当の名前を明かすほど自分は信用されていない、十代の怒れる若者へ変身したベキにしても、以前はディグビーという名だったはずだ、と。十年も身近にいて、家事全般を担ってくれていた女性について、その実生活をほとんど知らない雇い主。鶏肉工場ではたらく彼女の夫ウィリアムにしても、あれは仕事上の名前だと、作者は忘れずに書き込む。

あるいは、ベキの友人でジョンと名のる少年——このようにクッツェーは頻繁に自分の名前を作品内に書き込む——、自転車事故のとき主人公が必死で傷口を押さえてやった少年だ。ベキとちがって、幼いうちにやわらかな感覚を硬化させてしまったような、ものを考える人間とは思えない少年。どうも好きになれないと感じるジョン、アフリカーンス語ではヨハネス。偽名だ。少年が武器のようなものを隠し持っていることを知って、主人公は彼を引き取りにきてくれと、ググレトゥに電話をかける。電話は盗聴されていたのかもしれない。結局は警官隊に撃ち殺されるこの少年を、最後の最後で、愛せないゆえに愛さなければならない、と彼女は考えるようになるのだけれど。

フィクションの強さとほころび

クッツェーのほとんどの作品が前提とするのは、人は生まれる国を選べない、ということだ。人はそれを引き受け、あたえられた歴史状況のなかで、限られた選択肢のなかから選ぶしかない。だが、クッツェーの場合この「選ぶ」という行為にはとても強い意志がはたらく。場所に対するこの作家特有の距離のとり方は、読者を思わぬ逸脱へと導くことさえある。たとえば『マイケル・K』の背景はケープタウン、ステレンボッシュ、プリンスアルバート、と南アフリカに実在する場所で、主人公はほぼ地形どおりに徒歩の旅をするのだけれど、この作品世界を「架空の場所」と受けとめる人が多い。架空の帝国を舞台とする前作『夷狄を待ちながら』の余韻が影響してのことだろうか。でも『マイケル・K』という作品が放つこのような印象はたんに、南アフリカの地理にあまり馴染みがないからとは言い切れないものがある。圧倒的な語りのなかに遠景化される、クッツェー固有の「場所の詩学」のなせるわざのように思えてならないのだ。

作家自身が少年時代をふりかえって語っているように、アパルトヘイト時代、アフリカーナー社会にもイギリス人社会にも足場をもたない彼の両親は、たえず財政問題をかかえ、アフリカーナーの系譜の子どもを英語で育てることを白眼視された。幼いころから少年は主流の文化から弾き出される、アウトサイダーとしての感覚をしっかり身につけてしまった。クッツェーはその感覚を、小説を書くときの強靭な構想力にまで鍛えあげたのだろう。

それにしても、アパルトヘイトからの解放後、十四年を経て、本書内のつぎのような部分を読むと、あらためてはっとする。

「いまもあの、犠牲を呼びかける叫びが嫌でたまらない。若者たちが泥のなかで血を流しながら死んでいくことになる、あの呼びかけが。どれほど偽装を凝らそうと、戦争は戦争。仮面を剝げばわかるわ、ひとつの例外もなく、美辞麗句の名のもとに、年長者が若者を死へ送り込むことよ。ミスター・タバーネがなんといおうと（彼を責めるつもりはないの、未来は偽装してやってくるものだから［傍点引用者］、もしも未来が剝き出しの姿でやってきたなら、わたしたちはそれを見て、石のように動けなくなるはずよ）、戦争は年長者が若者を犠牲にするものだということは、れっきとした事実として残る」

これをクッツェーは死にゆく者に語らせた。

はっとしたことはほかにもある。この作品が出版された九〇年前後は、現場からの臨場感あふれる報道によって、生々しい声がたくさん伝えられた。そんな声のなかで読む『鉄の時代』は、そこに登場するタバーネやフローレンスの凜とした発言、あるいは酒浸りのファーカイルに対してふたりの少年が見せる憤怒が、ある種のステロタイプにすら思えるほどだった。しかし、こうしていま読んでみると、彼らの姿はきわめてくっきりとした輪郭をもってたちあらわれる。過酷な現実と対峙してなお、記憶の風化にも耐えうる、フィクションのもつ強靭さというべきか。

さらにもう一点、指摘しておきたいのは、死にゆく女性が娘に書き残す遺書、という枠組みのテクスト内に、作者が不思議な一節を忍び込ませていることだ。

「お父さん、僕が燃えているのが見えないの？」と子どもは父親のベッドのそばに立って哀願した。だが父親は眠りつづけ、夢を見つづけ、目を向けようとはしなかった。

（本書161ページ）

母から娘への語りかけがつづくなかで、ここだけ父へ呼びかける息子の声がはさみこまれている。切羽つまった叫び声は息子から発せられ、それに気づかなかった父親の姿が書き込まれているのだ。前後の緊迫した文章に埋もれて、読み過ごされそうな一節でもある。

しかしこれは、フィクションがフィクションとして完結しない、現実へむかってほころびを見せる決定的な瞬間だ。あるいはそのほころびから現実世界がフィクションへ、痛みをもって流れ込んでくる瞬間でもある。生身の人間、クッツェーが現実という壁にこの作品を打ちつける杭のような一節。作品末の執筆年代と、扉に刻まれた献辞――あいついで他界した両親と息子のイニシャルおよび生没年――とともに、時間の経過によって消えゆく細部を留めおくための、指標のようなことばたち。このほつれから次作『ペテルブルグの文豪』の父と息子の世界は、すでにはじまっていたのだ。

この『鉄の時代』は遺書だから、三人称独白体の『マイケル・K』や『ペテルブルグの文豪』とはちがって「わたし」が語る告白形式の小説だ。オープンエンドの告白物語に終止符をうつため、あらかじめ主人公の死が予定されている。予定されてはいても、それがどのような形でやってくるかはわからない。ある種の宙吊り状態で物語はどんどんスピードを増す。そして最後に衝撃的な閉じ方をする。そこに残される真空さながらの陰圧。埋められるべき空白。『鉄の時代』は来るべき「あなた」からの声――カウンター・ヴォイス――をもっとも切実に求めている作品ともいえるだろう。

恥と恥辱

また、九九年に発表された『恥辱』を読んだのちに、この『鉄の時代』を訳すことになったおかげで、それぞれの作品を単独に読んだときはわからなかったことにも気づいた。それは、あくまでひとつの読み方ではあるけれど、『鉄の時代』のキーワードのひとつが「恥／シェイム」であるとしたら、九年後の『恥辱／ディスグレイス』はその延長線上に書かれた姉妹編として読める、ということだ。いずれも南アフリカを舞台に

「クッツェー風リアリズム」の手法で書かれた小説である。

七十歳のミセス・カレンは、病院から逃げてきた少年にむかってこう語る。「わたしはガンなのよ。この人生で耐えてきた恥が積もり積もってガンになった。ガンというのはそんなふうにしてなるの——自己嫌悪から身体が悪性のものに転じて、おのれ自身を食い荒らしはじめる」

少年が乗った自転車に警察が故意に車のドアをぶつけて倒す。そのことに怒ったナイーブな白人カレンは、告発する、と息巻いて警察署まで出かけていく。しかし埒があかない。そこではたと気づく。「ひょっとすると恥というのは、わたしがいつも感じている、その感じ方の名前にすぎないのかもしれない。死んだほうがましだと思いながら人が生きている、そんな生き方につけられた名前なのかもしれない」

あるいは、自分の屋敷内で少年ジョンが撃ち殺され、ふらふらと街を彷徨っていた主人公を探しあてたファーカイルにむかって、彼女が延々と告白する場面。「どんな罪にも、かならず代償がついてまわる。その代償は、恥のなかで贖われなければならない、とかつてわたしは考えた——恥のなかで生き、恥にまみれて死ぬ、惜しまれることもなく、いずことも知れぬ場所で。それをわたしは受け入れた。自分だけ切り離そうとは思わなかった。わたしが頼んだために罪が犯されたわけではないけれど、でもそれは、わたしの名において犯されたものだから。［中略］わたし個人の名誉のためには、恥を道案内に利用した。自分が恥ずかしいと思うかぎり、不名誉という道に迷い込むことはないと知っていた。それが恥の利用法ね——試金石として、いつもそこにあって、盲人のようにそこへ立ち返ることができて、触れて、自分がどこにいるかを知るためのもの」

ほかにも、主人公がガヴァメント街の国会議事堂を「恥の館」と呼んで、火の点いた車で突入することをもくろむ場面が何度か出てくる。『鉄の時代』には、このように「恥」という語が、なんとたくさん登場することか。

ミセス・カレンは七十歳の女性、一方『恥辱』の主人公デイヴィッド・ルーリーは五十二歳の男性、いずれもケープタウンに住む白人で、職業もおなじだ。時代は、一方がアパルトヘイト末期、もう一方がアパルトヘイトが撤廃されてから数年後。『鉄の時代』に蒔かれた「恥」の種は、青銅の時代になって『恥辱』のなかで発芽し、主要なテーマとなり、核となって物語を動かしていく。

ここで「シェイム／shame」と「ディスグレイス／disgrace」の意味の違いを確かめておこう。この作家がよく引用する『オックスフォード英語辞典（ＯＥＤ）』（二〇〇二年版）によれば、shameとは「誤った、あるいは愚かな振る舞いに気づいたことでもたらされる屈辱や嘆きの、痛みをともなう感覚」だが、一方のdisgraceは「不名誉な行動の結果、評判や敬意を失うこと」とある。日本語にすると「恥」と「恥辱」となってほとんど違いがないように見えるけれど、原語の意味はかなり違う。決定的な違いはshameが「痛みをともなう感覚」であるのに対して、disgraceは「評判や敬意を失うこと」と、あくまで外部から見た状態であることだ。

セクハラで訴えられて職を失うルーリーは、「善良な」カレンのような恥の感覚はもちあわせていない。いってみれば身勝手な初老の男性、アトリッジのいう「アパルトヘイト時代に育った典型的な白人男性」である。そんな彼が、時代の波にもまれ、予想外の事件に巻き込まれて、人生のリアリティを学びなおす物語、それが『恥辱』だ。そう書くと身も蓋もないように聞こえるが、いやいやどうして、文飾とは無縁の比類なく端正な文体でポスト・アパルトヘイト社会を描きながら、マスキュリニティ（男であること）と暴力の物語を押せるところまで押していった傑作である。

かくして『マイケル・K』もそうだけれど、クッツェーの作品はほとんどいつもレッスンになる。そして、そのレッスンを学ぶ契機となるのは身体だ。

フィクションのなかの身体

クッツェー作品には必ずといっていいほど、痛みを負った身体が出てくる。暴力を受ける身体、あるいは暴力を受けた痕跡をしるす身体、といってもいい。その「身体」はことばを発しなかったり、ことばを奪われていたりする。『鉄の時代』でいうなら、ガンの再発を宣告された主人公の身体、自転車から落とされて頭から血を流す少年や撃ち殺された少年の身体。そういった身体をリアルに描くことばに直面すると、ある種の居心地のわるさを感じるかもしれない。しかし、ここには無意識の領域にボディーブローのように、ゆっくりと確実に効いてくるなにかがある。このことについて考えるとき、作家自身が「身体」について述べていることばはひとつのヒントになるだろう。『ダブリング・ザ・ポイント』におさめられた「自伝と告白」という対話のなかで、クッツェーは、物語というのはじつに無責任なものだとして、スウィフトの『ガリヴァー旅行記』に出てくる馬、フウイヌムのいう「ありもせぬこと」を引用しながらこう述べる。「フィクションを書いていて感じるのは、ひとつの自由、ひとつの無責任、あるいはよく言えば、いまだ姿をあらわしていないものへの、道の果てにあるものへの責任です」(『ダブリング・ザ・ポイント』246ページ)。これは新聞、雑誌などでよく引用されてきた箇所だが、じつはその直後に『敵あるいはフォー』の、舌を切られたフライデイの身体についてふれながら、次のように語る場面があるのだ。

「ふりかえって自分のフィクションをながめると、そこに立ちあがってくるのは、単純な(無邪気で愚かな?)基準です。その基準は身体です。ほかのなんであれ、身体はありもせぬことではない、その証拠は身体が感じる苦痛です――それが証拠なのです。苦痛を感じる身体は、終わりなき疑いの試練に対抗するものになります」(同、248ページ)。この身体感は『フォー』にかぎったことではなく、クッツェーという作家の作品に広くあてはまるものだ。そして、そのすぐあとで、クッツェーはこんなふうに吐露する。「そっくり括弧入りで挿入的に付け加えさせていただきたいのですが、じつは、わたしはひとりの人間として、ひとりの人格として、この世に苦しんでいる事実があるということによって打ちのめされるのです――それは人間の苦しみに限らないのですが――つまり、自分の考えていることが混乱と無力感のなかに投げ込まれるのです。わたしのフィクションとして構築されたものは、打ちのめされることに対抗する、卑小で、愚かしい防御なのですが、わたしにとっては紛れもなく、そうなのです」（引用内の傍点は原文イタリック）

世界文学の作家

こうして見てくると、J・M・クッツェーはどんなカテゴリーに入る作家なのだろうという問いに行き当たる。アフリカ文学、南アフリカ文学、英語文学、どれもあたっているようで、どこかおさまりがわるい。〇三年十二月、ノーベル賞授賞式の直前、スウェーデンの日刊紙「ダーゲンス・ニューヘーテル」に載ったアトウェルによるインタビューで、すでにオーストラリアに移住していたこの作家は、こんなふうに語っている。

外部から、わたしをひとつの歴史見本として見れば、西暦でいう一六世紀から二〇世紀なかばにかけてヨーロッパ拡張期に行われた、物や人の動きをともなう戦略的移動の典型的末裔ということになります。この移動が、征服と植民の目的を多少なりとも達成できたのはアメリカス（南北アメリカ）とオーストラレーシア（オーストラリアとその付近の諸島）で、アジアでは完全に失敗し、アフリカではほぼ完全に失敗しました。

このような移動を代表する典型例であるとする理由は、わたしの知的献身が明らかにヨーロッパ的なものであって、アフリカ的なものではないからです。

とするとやはり「アフリカ文学」に押し込めてすむ作家ではなさそうだ。そうはいっても、おなじインタビューで「わたしはまた、南アフリカでアパルトヘイトがその世代のために創り出された、その世代の代表者」であり「アパルトヘイトの創出によって、最大の利益を受けるよう意図された世代」と明言していることを考えると、南アで生まれ育ち、六十二歳まで基本的にその土地との緊張関係のなかで作品を発表してきた作家の作品を「南アフリカ文学」と呼ぶことには、まったく違和感がない。

また、おなじインタビューで、今後の作家活動のことをきかれて、その質問が「この失敗した、あるいは失敗しつつある植民地主義的な動きを代表する者と、その動きの背後にある抑圧の歴史との正しい関係はどうあるべきか、またその動きを成功させようとして失敗した世界の地域や、その地域に生きる人びととの正しい関係はどうあるべきか」ということであるなら、それへの応答は、なんとも心もとなく躊躇されるが「抽象的なことばで答えるより、わたしに残された時間内で、これまでもそうだったように、これからも、この問いを現実に生き切るほうが実り多い」と答えている。「現実に生き切ってきた」というのは、日々の暮らしにとどまらず、自分が書いたフィクションのなかで、という意味だと。

最後にもう一点、つけ加えておきたいことがある。以前からそうではないかと思ってはいたのだけれど、わたしはクッツェーという作家はかなり早い時期から、フェミニズム思想が提起したものときちんと向きあってきた人だと、この作品を訳しながら確信した。しかもその思想の成果が、たんなる観念としてではなく、日々の暮らしの現場で、身体を通して、痛みをともなう経験を通して学んだ、作家自身の血や肉となった知として獲得されているのだ。

こうして見ると、この作家にひとつのラベルを貼ってすまそうという企て自体に無理があることがわかる。未曾有の規模で人とモノが移動する時代に、さまざまな価値観がぶつかりあう時代に、歴史的な奥行きと地理的な広がりをあわせもつ作品群を書いてきた作家J・M・クッツェーは、まさに「世界文学」の作家と呼ぶしかない位置に立っているといえそうだ。

＊

翻訳には、*Age of Iron*（Secker & Warburg, 1990）を用い、ヴィンテージ版（1992）、および、フランス語訳（スイユ版、2002）を適宜参照した。『アエネーイス』から引用された詩の訳には、Virgil, *The Aeneid*（Penguin Classics, 2003）を用い、泉井久之助訳（岩波文庫、1997）を参照させていただいた。

最後に、お世話になった方々にお礼を述べたい。まず、翻訳上の疑問にいつも速やかに応答し、来日時には直接、不明点を確認してくださったジョン・クッツェー氏に深く感謝したい。（実際に会ってみると、厳しい表情をたたえながらも、とても真摯な、相手への気遣いを絶やさない方だった）また、多出するアフリカーンス語については、今回もまた明海大学教授、桜井隆氏に大変お世話になった。また、古代ギリシア・ローマに関する文献については家人、森夏樹から助言をえた。

文学のもつ限りない力を再確認させてくれるこの『鉄の時代』の訳出が、こうして実現するまでには、多くの方からさまざまな助けと励ましのことばをいただいた。心からの感謝を。

くぼたのぞみ

よみがえるエリザベス――文庫版のために

『鉄の時代』の主人公エリザベス・カレンはケープタウンに住む元大学教授だ。エリザベス・カレン（Elizabeth Curren）と書いたが、作中に「エリザベス」は出てこない。「ＥＣ」と署名されたメモがキッチンテーブルに残されるだけだ。ところがこの小説が出版される直前のインタビューで――原著出版は一九九〇年九月――作者自身がその名をぽろりと明かしてしまった。評論集『ダブリング・ザ・ポイント』（一九九二）に収められたそのインタビューには、間近に迫るアパルトヘイトからの解放の予感に、いつになく率直に語るクッツェーの姿がある。

善良だがナイーヴな白人ミセス・カレンは末期ガンの患者として、アパルトヘイトの歴史的責任を一身に背負おうとするかのように、壮絶な最期を迎える。ところがケープタウンで死んだミセス・カレンは数年後にメルボルン生まれの作家エリザベス・コステロ（Elizabeth Costello）となってよみがえるのだ。クッツェーが講演で朗読したフィクション内での話だけれど。本書中に「わたし自身のよみがえりのために」と出てくるところを見ると、魂は不死とするクッツェーの「エリザベス再生計画」は『鉄の時代』を書く時点で周到に準備されていたのだろう。ちらりと出てくる、物故した兄ポールもまた『遅い男』で「写真家」としてよみがえる（カレッジ時代のクッツェーは写真家になりたいと思っていた）。こうしてクッツェーは同名の人物を複数の作品をまたぐようにして復活させるため、作品と作品が相互に引き合い、各部が強く共鳴しあうことになる。

よみがえったエリザベス・コステロはなんとフェミニスト作家で、ジェームズ・ジョイスの『ユリシーズ』を主人公の妻の目から書き換えた『エクルズ通りの家』が代表作だ。講演を小説形式にまとめた『エリザベス・コステロ、八つのレッスン』が出版されたのは、クッツェーがノーベル文学賞を受賞する直前だったが、コステロはその後も辛辣な意見をしばしば口にする人物として短篇集『モラルの話』の主人公へと進化していく。男性性の問題を通奏低音のように響かせる『モラルの話』では、動物の生命と人間の老いの問題が前面に出てくる。コステロは作家のダブル＝分身と考えられることが多いけれど、あくまでジェンダー的に反転した鏡像としてだろう。

注意したいのはカレンとコステロでは登場する舞台に決定的なちがいがあることだ。南アフリカ時代のクッツェーは、生身の人間として、自分が生み落とされ生きてきた土地の歴史や時代と、真っ向から向きあい、その現実と格闘しながら書いた。六十二歳でオーストラリアへ移住したあとは立ち位置をぐっと後ろに引いて、自分が生きた時間と世界を俯瞰する視点から書くようになった。文体は軽やかで、より抽象的に、よりシンプルになって「晩年のスタイル」を形成していく。

一九七四年にヴェジタリアンになったクッツェーはこの『鉄の時代』に、人間や動物の「生命」を深く思考しながら「親と子の関係」を考え抜き、生命軽視の戦争と犠牲への猛反発を切々と訴える女性を登場させた。国内の解放闘争が頂点を迎える時期にこれを書いたのだ。「あれかこれか」とイデオロギー的二分法で人を問い詰めがちな政治的激動期に、である。解放闘争に深くコミットする側からは、黒人居住区の惨状に対してこんなナイーヴな人物をなんでいまさら主人公にするのかと批判されたかもしれない。だが、作品を読むことによって、気づき学んでいくプロセスこそ重要で、白対黒の二分法では大切なものがこぼれ落ちてしまうだろう。

『鉄の時代』では集団として区分けされてきた人と人のコミュニケーションのあり方に絡んで、犬、猫、兎(うさぎ)などが微妙かつ深い存在感をかもしだしている。さらにフローレンスの夫がたずさわる鶏肉工場をカレンが目撃する場面——逆さに吊るされた鶏の斬首——など動物の生命と人間との相互関係は、その後『少年時代』『動物のいのち』『恥辱』『エリザベス・コステロ』を経て『モラルの話』や「イエスの三部作」へと発展する。これはクッツェーが決して手放さない最重要テーマのひとつなのだ。

出版が南アフリカ社会の激動期と重なった『鉄の時代』は、植民地主義の歴史と人種差別制度との関連で読まれることが多かったが、時代は移り、いまはむしろ作品に埋め込まれた別の軸が透かし見える。その軸のひとつがフェミニズムだ。

クッツェーという作家はかなり早い時期から、フェミニズム思想が提起したものときちんと向きあってきた人だと、この作品を訳しながら確信した。しかもその思想の成果が、たんなる観念としてではなく、日々の暮らしの現場で、身体を通して、痛みをともなう経験を通して学んだ、作家自身の血や肉となった知として獲得されているのだ。

初訳の解説にそう書いた直後、クッツェーはだれもがあっと驚くような手法でフェミニズム的自己検証をやってみせた。二〇〇九年の『サマータイム』、自伝的三部作の最終巻である。ミセス・カレンをフェミニズム作家コステロとしてよみがえらせたのは、問題との対峙方法をより広い視点から展開するためのプラットフォーム作りだったのだ。

一連のコステロ作品と並行して、まだ南アフリカにいたころ書いた『少年時代』では、みずみずしい少年期の感覚を鮮烈に喚起させながら、アパルトヘイト社会で成長するとはこういうことだったと外部世界に向けて描いてみせた。続く『青年時代』では、詩人になろうと奮闘努力する学生時代と、田舎者として憧れのロンドンへ渡った六〇年代初頭に光を当てる。二十歳前後というのは概して、その渦中にいても後でふりかえっても、惨憺(さんたん)たる苦さがこみあげてくる時期であり、その意味でこの巻のダークコメディの味は真正だ。だがロマン主義とオブセッションの関係を分析するキレがやや緩く不完全燃焼気味である。ところが次の『サマータイム』で手法は晴れやかにシフトする。作家クッツェーはすでに故人、朱夏の時代である三十代を「独り者」というフィクションに仕立てて、ジョンと交流のあった人物（五人のうち四人が女性）へのインタビューを作家のノートや断章ではさみ込む形式で、過去の自分について他者に語らせる徹底的な「自己検証」をやったのだ。まさに「他伝／autrebiography」である。このようにフェミニズム思想とガチで向き合うクッツェーは、ここにきて大輪の花を咲かせた。

この『サマータイム』と『鉄の時代』のちょうど中間に位置するのが一九九九年に発表された『恥辱』である。そこには女性を愛でて一瞬で落とす対象と見なしてきた大学教授が登場する。ケープタウンの大学でワーズワースやバイロンといった英語ロマン派詩を教える五十代の白人男性だ。この小説は南アフリカ社会に充満するセクハラやレイプといった暴力を、人種がらみで描きながら、それが一社会内にとどまらず、世界中でいまそこにある現実としてざらつく問いを突きつけた。そのためか発表当時はスキャンダラスなまでにメディアの話題を呼んだ。

そして『恥辱』刊行の約二十年後、この本のペーパーバック版を出すUKペンギンのウェブサイトで「ぼくたちが聞く耳をもたないうちに『恥辱』がぼくたちに語っていたこと」という記事を読む時代になった。この記事の書き手は十五年前の学生時代に初めてこの作品を読み、今年再読してこのタイトルを思いついたという。いまではある種の#MeToo小説として読まれる『恥辱』や『サマータイム』の先駆性について、フェミニズム思想との関連で『鉄の時代』から補助線を引いて読み解く作業が必要な時代になったのだろう。

文庫化にあたって加筆訂正は出版後の日本語の変化や、ケープタウンを訪れて気づいた地名の読みなど必要最小限にとどめた。母親から娘に書き送られる遺書に唐突に父親と息子の話が紛れ込んでくる箇所はフロイトの『夢判断』からの引用、息子を民族／国家のために犠牲にすることを奨励されたスパルタの母についてはプルタルコス『モラリア』を参照しているとわかったので、それぞれ変更を加えた。また最終部分をより明解な表現に書き換えた。

もうひとつ。初訳の解説ではクッツェーを「世界文学の作家」としたが、現在クッツェー自身がこの「世界文学」という表現を厳しく批判していることを書き添えておく。「北」のメトロポリスを中心とした出版界がそれ以外のところから出てくる文学を囲い込む婉曲表現だというのである。ここは要注意だ。最近は自分の第一言語である英語の世界的ヘゲモニーを痛烈に批判して、新作をまずオランダ語、スペイン語、日本語などの翻訳で発表する姿勢を鮮明にしている。『モラルの話』はついに英語版を出さなかったほどだ。

これは、南部アフリカ、オーストラリアやニュージーランド、南アメリカ諸国を「北を介さずに」横断的に直接つなぐ「南の文学」構想を立ちあげて、三年間アルゼンチンのサンマルティン大学で講座のディレクターをつとめたことと密接につながっている。その成果が実を結び、いま「南」で開花しようとしている。

この作家の八十歳の誕生日を祝って二〇二〇年二月九日から三日間にわたり、南アフリカの東ケープ州マカンダ（旧グレアムズタウン）で南アフリカ文学館AMAZWI（旧国立英文学館NELM）の開館記念行事が行われた。「アマズウィ」とはズールー語で「ことば」の意味。クッツェーの初期作品の原稿やゲラ、幼いころの絵やクリケットのバットなども展示され、世界中から作家の友人知人たちが集った。数年前にフラットの物置で見つかったカレッジ時代の写真ネガから制作された『少年時代の写真集』も販売された。南アフリカではいま、人種を超えて若い作家たちがクッツェーを読み、大きな影響を受けながら活躍している。「鉄の時代」をともに生きて次々と他界した母、父、息子、元妻が眠る土地（ランド）で、クッツェーの仕事全体が正当に評価される時代になったのだ。作家自身からは、イベントは大成功だったと思う、と嬉しそうな便りがとどいた。「ウエルカム・ホーム、ジョン」と語りかけるような催しに八十歳のクッツェーがにこやかに応えるリポートも伝えられた。

二〇〇〇年にアフリカン・ブッカーと呼ばれるケイン賞が立ちあげられたとき、クッツェーは主要スポンサーのひとりだった。ナイジェリアの作家チママンダ・ンゴズィ・アディーチェはこの賞の最終候補になったことがきっかけで世界に知られるようになった。彼女の初作『パープル・ハイビスカス』を高く評価したクッツェーは、当時アフリカから若手作家が出てくることを期待して、ケイン賞とは別に、南部アフリカから短篇を募集するコンテストで三年間審査員をした。これからの文学、これからの作家を育て、方向づける仕事を引き受けていたのだ。この姿勢はアディーチェを含め広くアフリカ出身の作家に受け継がれている。ノーベル文学賞を受賞してからクッツェーはさらに、社会的存在としての作家の役割を積極的に担おうとしているように見える。南半球の地域を横につなぐ「南の文学」構想と、その総決算ともいえるマカンダの催しの成功はその結実といえるだろう。

最後にエピソードをひとつ。

『鉄の時代』の原著が出る直前のことだった。訳者のもとに分厚いタイプスクリプトが郵送されてきた。その表紙中央に Age of Iron という文字がならび、その下にもう一枚 Winter とタイプされた紙がはさまっていた。たしかに『鉄の時代』の季節は真冬だ。

これはなに？　と思ったけれど、日本語訳がすぐに出ないまま時がすぎた。池澤夏樹＝個人編集の世界文学全集に初訳が一巻として入ることになって、その翻訳作業と著者クッツェーの二度目の来日が重なった。地名人名の読みなど細かな疑問点を膝詰めで解決したあと、ずっと心の隅に眠っていた疑問を著者にぶつけてみた。

このWinterはなんですか？

シートを見せるとジョン・クッツェーは「覚えてないなあ」と答えてすぐに紙をもどしてきた。それから一瞬、宙を凝視してから「もう一度見せて」という。再度手渡すと、タイプ文字をじっとにらみ、ポッと記憶に火が灯るように相好をくずした。

「ああ、これはあのころ使っていた古いマシンの文字だ、紙を一枚一枚ロールに巻きつけて印刷したので、ものすごく時間がかかって……」

ＰＤＦや写真を一瞬にして送れる時代に、記憶とモノをめぐる、こんな心に残るエピソードが生まれることはない。それが、いまになってみるとちょっと淋しい。

二〇二〇年三月　北半球は芽吹きの季節

くぼたのぞみ

本書は、二〇〇八年九月に小社より刊行された『鉄の時代』（池澤夏樹＝個人編集 世界文学全集Ⅰ－11）の本文と解説に加筆・修正のうえ文庫化したものです。

鉄の時代

二〇二〇年 五 月一〇日　初版印刷
二〇二〇年 五 月二〇日　初版発行

著　者　J・M・クッツェー
訳　者　くぼたのぞみ
発行者　小野寺優
発行所　株式会社河出書房新社
〒一五一-〇〇五一
東京都渋谷区千駄ヶ谷二-三二-二
電話〇三-三四〇四-八六一一（編集）
〇三-三四〇四-一二〇一（営業）
http://www.kawade.co.jp/

ロゴ・表紙デザイン　粟津潔
本文フォーマット　佐々木暁
本文組版　株式会社創都
印刷・製本　凸版印刷株式会社

Printed in Japan　ISBN978-4-309-46718-4

なにかが首のまわりに

C·N·アディーチェ　くぼたのぞみ〔訳〕　46498-5

異なる文化に育った男女の心の揺れを瑞々しく描く表題作のほか、文化、歴史、性差のギャップを絶妙な筆致で捉え、世界が注目する天性のストーリーテラーによる12の魅力的物語。

パタゴニア

ブルース·チャトウィン　芹沢真理子〔訳〕　46451-0

黄金の都市、マゼランが見た巨人、アメリカ人の強盗団、世界各地からの移住者たち……。幼い頃に魅せられた一片の毛皮の記憶をもとに綴られる見果てぬ夢の物語。紀行文学の新たな古典。

アフリカの日々

イサク·ディネセン　横山貞子〔訳〕　46477-0

すみれ色の青空と澄みきった大気、遠くに揺らぐ花のようなキリンたち、鉄のごときバッファロー。北欧の高貴な魂によって綴られる、大地と動物と男と女の豊かな交歓。20世紀エッセイ文学の金字塔。

ボルヘス怪奇譚集

ホルヘ·ルイス·ボルヘス　アドルフォ·ビオイ=カサーレス　柳瀬尚紀〔訳〕　46469-5

「物語の精髄は本書の小品のうちにある」（ボルヘス）。古代ローマ、インド、中国の故事、千夜一夜物語、カフカ、ポオなど古今東西の書物から選びぬかれた九十二の短くて途方もない話。

池澤夏樹の世界文学リミックス

池澤夏樹　41409-6

「世界文学全集」を個人編集した著者が、全集と並行して書き継いだ人気コラムを完全収録。ケルアックから石牟礼道子まで、新しい名作一三五冊を独自の視点で紹介する最良の世界文学案内。

ラテンアメリカ怪談集

ホルヘ·ルイス·ボルヘス他　鼓直〔編〕　46452-7

巨匠ボルヘスをはじめ、コルタサル、パスなど、錚々たる作家たちが贈る恐ろしい15の短篇小説集。ラテンアメリカ特有の「幻想小説」を底流に、怪奇、魔術、宗教など強烈な個性が色濃く滲む作品集。

幻獣辞典

ホルヘ・ルイス・ボルヘス　柳瀬尚紀〔訳〕　46408-4

セイレーン、八岐大蛇、一角獣、古今東西の竜といった想像上の生き物や、カフカ、C・S・ルイス、スウェーデンボリーらの著作に登場する不思議な存在をめぐる博覧強記のエッセイ一二〇篇。

夢の本

ホルヘ・ルイス・ボルヘス　堀内研二〔訳〕　46485-5

神の訪れ、王の夢、死の宣告……。『ギルガメシュ叙事詩』『聖書』『千夜一夜物語』『紅楼夢』から、ニーチェ、カフカなど。無限、鏡、虎、迷宮といったモチーフも楽しい百十三篇の夢のアンソロジー。

フィネガンズ・ウェイク 1

ジェイムズ・ジョイス　柳瀬尚紀〔訳〕　46234-9

二十世紀最大の文学的事件と称される奇書の第一部。ダブリン西郊チャペリゾッドにある居酒屋を舞台に、現実・歴史・神話などの多層構造が無限に浸透・融合・変容を繰返す夢の書の冒頭部。

フィネガンズ・ウェイク 2

ジェイムズ・ジョイス　柳瀬尚紀〔訳〕　46235-6

主人公イアーウィッカーと妻アナ、双子の兄弟シェムとショーンそして妹イシーは、変容を重ねてすべての時代のすべての存在、はては都市や自然にとけこんで行く。本書の中核をなすパート。

フィネガンズ・ウェイク 3・4

ジェイムズ・ジョイス　柳瀬尚紀〔訳〕　46236-3

すべての女性と川を内包するアナ・リヴィア＝リフィー川が海に流れこむ限りなく美しい独白で世紀の夢文学は結ばれる。そして、末尾の「えんえん」は冒頭の「川走」に円環状につらなる。

血みどろ臓物ハイスクール

キャシー・アッカー　渡辺佐智江〔訳〕　46484-8

少女ジェイニーの性をめぐる彷徨譚。詩、日記、戯曲、イラストなど多様な文体を駆使して紡ぎだされる重層的物語は、やがて神話的世界へ広がっていく。最終３章の配列を正した決定版！

パピヨン　上

アンリ・シャリエール　平井啓之〔訳〕　46495-4

無実の殺人罪で仏領ギアナ徒刑所の無期懲役囚となったやくざ者・パピヨン。自由への執念を燃やし脱獄を試みる彼の過酷な運命とは。全世界に衝撃を与え未曾有の大ベストセラーとなった伝説的自伝。映画化。

パピヨン　下

アンリ・シャリエール　平井啓之〔訳〕　46496-1

凄惨を極める仏領ギアナ徒刑所からの脱走を試みるパピヨンは、度重なる挫折と過酷な懲罰に耐え、ついに命を賭けて海に身を投げる——。自由を求める男の不屈の精神が魂を揺さぶる、衝撃的自伝。映画化。

お前らの墓につばを吐いてやる

ボリス・ヴィアン　鈴木創士〔訳〕　46471-8

伝説の作家がアメリカ人を偽装して執筆して戦後間もないフランスで大ベストセラーとなったハードボイルド小説にして代表作。人種差別への怒りにかりたてられる青年の明日なき暴走をクールに描く暗黒小説。

死者と踊るリプリー

パトリシア・ハイスミス　佐宗鈴夫〔訳〕　46473-2

天才的犯罪者トム・リプリーが若き日に殺した男ディッキーの名を名乗る者から電話が来た。これはあの妙なアメリカ人夫妻の仕業か？　いま過去が暴かれようとしていた……リプリーの物語、最終編。

舞踏会へ向かう三人の農夫　上

リチャード・パワーズ　柴田元幸〔訳〕　46475-6

それは一枚の写真から時空を超えて、はじまった——物語の愉しみ、思索の緻密さの絡み合い。二十世紀全体を、アメリカ、戦争と死、陰謀と謎を描いた驚異のデビュー作。

舞踏会へ向かう三人の農夫　下

リチャード・パワーズ　柴田元幸〔訳〕　46476-3

文系的知識と理系的知識の融合、知と情の両立。「パワーズはたったひとりで、そして彼にしかできないやり方で、文学と、そして世界と戦った。」解説＝小川哲

島とクジラと女をめぐる断片

アントニオ・タブッキ　須賀敦子〔訳〕　46467-1

居酒屋の歌い手がある美しい女性の記憶を語る「ピム港の女」のほか、クジラと捕鯨手の関係や歴史的考察、ユーモラスなスケッチなど、夢とうつつの間を漂う〈島々〉の物語。

見知らぬ乗客

パトリシア・ハイスミス　白石朗〔訳〕　46453-4

妻との離婚を渇望するガイは、父親を憎む青年ブルーノに列車の中で出会い、提案される。ぼくはあなたの奥さんを殺し、あなたはぼくの親父を殺すのはどうでしょう？……ハイスミスの第一長編、新訳決定版。

プラットフォーム

ミシェル・ウエルベック　中村佳子〔訳〕　46414-5

「なぜ人生に熱くなれないのだろう？」――圧倒的な虚無を抱えた「僕」は父の死をきっかけに参加したツアー旅行でヴァレリーに出会う。高度資本主義下の愛と絶望をスキャンダラスに描く名作が遂に文庫化。

ある島の可能性

ミシェル・ウエルベック　中村佳子〔訳〕　46417-6

辛口コメディアンのダニエルはカルト教団に遺伝子を託す。2000年後ユーモアや性愛の失われた世界で生き続けるネオ・ヒューマンたち。現代と未来が交互に語られるSF的長篇。

服従

ミシェル・ウエルベック　大塚桃〔訳〕　46440-4

二〇二二年フランス大統領選で同時多発テロ発生。極右国民戦線のマリーヌ・ルペンと、穏健イスラーム政党党首が決選投票に挑む。世界の激動を予言したベストセラー。

闘争領域の拡大

ミシェル・ウエルベック　中村佳子〔訳〕　46462-6

自由の名の下に、人々が闘争を繰り広げていく現代社会。愛を得られぬ若者二人が出口のない欲望の迷路に陥っていく。現実と欲望の間で引き裂かれる人間の矛盾を真正面から描く著者の小説第一作。

大いなる遺産　上

ディケンズ　佐々木徹〔訳〕　46359-9

テムズ河口の寒村で暮らす少年ピップは、未知の富豪から莫大な財産を約束され、紳士修業のためロンドンに旅立つ。巨匠ディケンズの自伝的要素もふまえた最高傑作。文庫オリジナルの新訳版。

大いなる遺産　下

ディケンズ　佐々木徹〔訳〕　46360-5

ロンドンの虚栄に満ちた生活に疲れた頃、ピップは未知の富豪との意外な面会を果たし、人生の真実に気づく。ユーモア、恋愛、友情、ミステリ……小説の魅力が凝縮されたディケンズの集大成。

ナボコフの文学講義　上

ウラジーミル・ナボコフ　野島秀勝〔訳〕　46381-0

小説の周辺ではなく、そのものについて語ろう。世界文学を代表する作家で、小説読みの達人による講義録。フロベール『ボヴァリー夫人』ほか、オースティン、ディケンズ作品の講義を収録。解説：池澤夏樹

ナボコフの文学講義　下

ウラジーミル・ナボコフ　野島秀勝〔訳〕　46382-7

世界文学を代表する作家にして、小説読みの達人によるスリリングな文学講義録。下巻には、ジョイス『ユリシーズ』カフカ『変身』ほか、スティーヴンソン、プルースト作品の講義を収録。解説：沼野充義

ナボコフのロシア文学講義　上

ウラジーミル・ナボコフ　小笠原豊樹〔訳〕　46387-2

世界文学を代表する巨匠にして、小説読みの達人ナボコフによるロシア文学講義録。上巻は、ドストエフスキー『罪と罰』ほか、ゴーゴリ、ツルゲーネフ作品を取り上げる。解説：若島正。

ナボコフのロシア文学講義　下

ウラジーミル・ナボコフ　小笠原豊樹〔訳〕　46388-9

世界文学を代表する巨匠にして、小説読みの達人ナボコフによるロシア文学講義録。下巻は、トルストイ『アンナ・カレーニン』ほか、チェーホフ、ゴーリキー作品。独自の翻訳論も必読。